Vigdis Hjorth

1959 yılında dünyaya [illegible] set bilimi öğrenimi gördü. Çocukla[illegible] kın dile çevrilen Hjorth, çağdaş N[illegible] nden biridir. Özkurmaca unsurları t[illegible] çerçevesinde travmaya odaklanan *M*[illegible] ıştır. Hjorth, izleri metinlerinde hiss[illegible] udolf Nilsen gibi isimlerden etkilend[illegible] g gibi düşünürlerin izlerini de taşır[illegible]

Norveç'te aldığı çeşitli ödüller bir yana, İngilizce çevirisiyle 2019 yılında Amerikan Ulusal Kitap Ödülü'ne de aday gösterilen *Miras*, Hjorth'un Türkçedeki ilk romanıdır.

Dilek Başak

1962 yılında İstanbul'da doğdu. Darüşşafaka Lisesi, BÜ İngiliz Dili ve Edebiyatı ve Oslo Üniversitesi Tiyatro Bilimi Bölümü'nden mezundur. Mimar Sinan Üniversitesi Tiyatro Ana Sanat Dalı'nda öğretim görevlisi olarak; Afa Yayınları, Yapı Kredi Yayınları ve Tavanarası Yayıncılık'ta editör ve telif hakları sorumlusu olarak çalışmıştır. Başak, Norveççe ve İngilizceden çeviriler yapmakta, Oslo'da öğretmenlik görevine devam etmektedir.

SİREN
YAYINLARI

Arv og miljø

Siren Yayınları - Roman
Sertifika No: 52392
ISBN: 978-605-5903-88-6

Birinci Baskı: Mart 2021
Onuncu Baskı: Ocak 2024

Yayın Yönetmeni: Sanem Sirer
Yayın Koordinatörü: Erol Aydın
Çeviren: Dilek Başak
Kapak Tasarım: Nazlım Dumlu
İç Tasarım: ademşenel.com

Baskı: Ayhan Matbaası
Mahmutbey Mah. 2622. Sok. No: 6/31
Bağcılar-İstanbul Sertifika No:44871

NORLA

Bu metin, NORLA'nın çevirmen destek fonlarından yararlanılarak yayımlanmıştır.

Asmalı Mescit Mah. Ensiz Sokak No. 9/312
Beyoğlu-İSTANBUL
t *(212) 243 45 65* **f** *(212) 251 05 32*
www.sirenyayinlari.com
info@sirenyayinlari.com
sireninsesi.blogspot.com

Vigdis Hjorth

MİRAS

Türkçesi: Dilek Başak

SİREN
YAYINLARI

Bir şey yapmak zorundaysan
bunu gönüllüymüşsün gibi yap.

SLAVOJ ŽIŽEK

Babam beş ay önce öldü, zamanlama ya çok iyiydi ya da çok kötü, nereden baktığınıza göre değişir. Böyle aniden gitmeye pek itirazı olmayacağını düşünüyorum, bu yüzden olayı ilk duyduğumda, henüz ayrıntıları öğrenmemişken kendini bilerek atmış olmalı diye geçirdim içimden. Ölümü bir kazadan çok romanlardaki sürpriz sonları andırıyordu.

Önceki haftalarda, babam hayattayken kardeşlerim mirasın nasıl paylaşılacağı konusunda büyük bir kavgaya tutuşmuşlardı, ailenin Hvaler'deki kulübeleriydi mesele. Babamın düşmesinden sadece iki gün önce de ben kız kardeşlerime karşı ağabeyimin yanında saf tutmuştum.

Kavgadan tuhaf bir biçimde haberim oldu. Bir cumartesi sabahı, Frederikstad'da düzenlenen çağdaş tiyatro semineri için konuşma hazırlamak dışında başka bir işim olmadığına sevinirken kız kardeşim Astrid aradı. Kasım sonlarıydı, hava güzel ve açıktı, dışarıda güneş pırıl pırıl parlıyordu, eğer bilmesem, göğe doğru uzanan yapraksız ağaçlar olmasa, yerler yapraklardan kıpkırmızı kesmese mevsimi bahar zannedebilirdim. Keyfim yerindeydi, kahve yapmıştım ve Fredrikstad'a gideceğim, etkinlik bittikten sonra eski kentte dolanacağım, su hendeklerini göreceğim, yanımda götüreceğim köpeğimle birlikte nehri seyredeceğim için mutluydum. Duşa girdim, çıktığımda Astrid'in defalarca aradığını gördüm. Redaksiyonuna yardım ettiğim makale derlemesiyle ilgili aradığını düşündüm.

Telefona fısıltıyla cevap verdi. Biraz bekle, dedi. Geriden elektrikli aletlerin çalıştığı bir odada konuşuyormuş gibi sesler geliyordu. Diakonhjemmet Hastanesi'ndeyim, dedi sonra. Artık sesini daha iyi duyabiliyordum, uğultu kaybolmuştu. Annem, dedi, ama atlattı, tehlike geçti.

Aşırı doz, dedi daha sonra, annem dün gece aşırı dozda ilaç almış ama atlattı, sadece yorgun çok.

Bu annemin ilk intihar girişimi değildi, ama geçmişte, bu gibi hadiselerin öncesinde üzücü şeyler yaşanmış olduğundan yaptığı beni şaşırtmamıştı. Astrid annemin tehlikeyi atlattığını ama olayın çok sarsıcı olduğunu bir kez daha tekrarladı. Annem sabahın dört buçuğunda arayıp ona aşırı dozda ilaç aldığını söylemiş: Bir sürü hap içtim. Astrid ve kocası o gece bir partiden yeni dönmüşlermiş, araba kullanabilecek halde değillermiş, Astrid babamı aramış, babam da annemi mutfakta yerde yatarken bulup doktor komşuya haber vermiş. Gelen komşu ambulans gerekip gerekmediğinden emin olamamış, ancak tedbiri elden bırakmamak için yine de ambulans çağırmış. Annemi şimdi yattığı Diakonhjemmet Hastanesi'ne götürmüşler, tehlikeyi atlatmış ama çok, çok yorgunmuş.

Neden, diye sordum, Astrid pek net konuşmadı, bir şeyler geveledi, sonunda ailenin Hvaler'deki pek gözde kulübelerinin erkek kardeşim Bård'a haber verilmeden kız kardeşlerim Astrid ve Åsa'ya devredildiğini, durum ortaya çıktığında da Bård'un kulübelere biçilen değeri çok düşük bulduğunu anladım. Demediğini bırakmadı bize, ortalığı birbirine kattı, dedi. Astrid, annemin seksenine, babamın seksen beşine basması şerefine bir kutlama yapılacağını Bård'a yazmış ve ona ailesiyle birlikte kutlamaya katılıp katılmayacağını sormuş, Bård da onu görmek istemediğini, Hvaler'deki kulübelerin üstüne yattığını, kendisinin yıllardır ekonomik ayrımcılığa maruz kaldığını, kız kardeşimin kendisi dışında kimsenin hakkını gözetmediğini eklemiş.

Seçilen sözcükler Astrid'i dehşete düşürmüş, o da mesajı anneme göstermiş, annem de dehşete düşmüş ve aşırı dozda ilaç alarak hastanelik olmuş, yani bu, bir bakıma Bård'un suçuymuş.

Gelgelelim Astrid onu arayıp aşırı dozdan söz edince Bård, annemin durumdan kendisinin sorumlu olduğunu söylemiş. Kalpsiz davranıyor, dedi. Silahların en kötüsünü, çocukları kullanıyor. Bård'un çocukları Astrid ve Åsa'yı Facebook'ta arkadaşlıktan atmışlar ve annemle babama kulübe meselesinde hayal kırıklığına uğradıklarını yazmışlar. Annem, Bård'un çocuklarıyla arası bozulacak diye çok korkuyormuş.

Ona, anneme geçmiş olsun dileklerimi iletmesini söyledim, başka ne yapabilirdim ki? Bunu duyduğuna memnun olacak, dedi Astrid.

Hayatımızın akışında önemli bir rol üstlenecek, yönümüzü değiştirecek seçimleri etkileyecek ya da belirleyecek insanlarla yollarımızın tesadüf eseri kesiştiğini düşünmek ne garip. Belki de tesadüf değildir. Karşımızdaki insanın, bilinçli ya da bilinçsiz, gitmek istediğimiz yöne bizi itekleyeceğini seziyor olabilir miyiz? Belki davete icap etme sebebimiz budur. Karşımızdaki insanın yürümek istediğimiz yoldan bizi döndüreceğini, karşımıza engeller çıkaracağını hissedince onu yeniden görme isteği duymuyor olabilir miyiz? Tek bir kişinin, sırf geçmişte ona danıştık diye kriz anlarında davranışlarımızı yönlendirebileceğini ve bunca önem taşıyabileceğini düşünmek garip.

Kahvemi içmedim, huzursuz olmuştum, giyindim, rüzgârı yüzümde hissetmek ve biraz kafa dağıtmak için dışarı çıktım. Başa çıkamadığımı düşündüm. Çocuklarımın içinde aileyi en iyi tanıyan Søren'i aradım. Aşırı doza o da şaşırdı tabii ki, ancak bu hikâyeyi daha önce de duymuştu, annem her seferinde atlatırdı, her seferinde tam zamanında sağa sola haber salardı. Laf kulübelerin el değiştirmesine ve biçilen değere gelince ciddileşti ve Bård'un tepkisini anlayışla karşıladığını söyledi. O, benim gibi onlarla ilişkisini kesmemişti, onlarla temastaydı, annemle babama Astrid ve Åsa kadar yakın değildi gerçi ama bu, ekonomik olarak cezalandırılmasını gerektirecek bir suç olamazdı.

Klara'yı aradım ve o çileden çıktı. İntiharın şakası yoktu, bu yaptığı doğru değildi. Ailenin kulübelerini dört çocuktan ikisine gizliden vermek, hele de düşük bir bedel üzerinden vermek hiç doğru değildi.

Annemle babamın tabii ki böyle bir hakkı vardı, ama son yıllarda miras konusunda çocuklarına eşit davranmak istediklerini sıkça dile getirmişlerdi. Gelgelelim şimdi Bård ve benim kulübeler için alacağım tazminat bedelinin epey düşük olduğu ortaya çıkmıştı. Bård buna tepki göstermişti anlaşılan, üstelik kimse ona devrin gerçekleştiğinden bahsetmemişti. Bana da haber verilmemişti, ama ben yıllardır aileden uzaktım. Yirmi küsur yıldır böyleydi bu, sadece ortanca kız kardeşim Astrid ile yılda birkaç kez telefonda konuşmuşumdur. Uzun zamandır görüşmediğim küçük kız kardeşim Åsa birkaç ay önceki doğum günümde mesaj atınca şaşırmıştım. Önceki doğum günlerimi de kutladığını, ama yanlış numaraya mesaj attığını söylemişti. Sonrasında dank etti, o ana kadar ikiye karşı birdiler, Astrid ve Åsa Bård'a karşı, ancak işin içine ben de karışırsam dengeler değişirdi. Ben mirasla ilgilenmediğimi söylemiştim; kız kardeşlerim muhtemelen aynı tavır içinde olduğumu umuyorlardı, fakat emin olamıyorlardı. Astrid beni annem ve babamla barıştırmaya yeltendiğinde söylüyordum bunu. Bana duygusal baskı yapıyordu, böyle hissediyordum, yokluğumun onları nasıl üzdüğünden, yaşlı olduklarından, yakında öleceklerinden söz ediyor, bir bayramda ya da yılbaşında gelip gelemeyeceğimi soruyordu. Ona bunu söyletenin annem olduğundan emindim. Yaşlılık ve ölüm lafları beni yumuşatmadı, sadece sinirlenip üzüldüm. Gerekçelerimi ciddiye almıyor muydu? Onlara etraflıca açıklamada bulunmuştum. Annem ve babamla birlikte olmanın beni hasta ettiğini, hiçbir şey olmamış gibi onlarla karşılaşmamın kendime ihanet anlamına geldiğini, bunun mümkün olmadığını anlatmıştım. Denemiştim! Yumuşamadım ama sinirlenip üzüldüm, kışkırtıldığımı hissettim, o anda değil ama sonrasında, geceleyin e-postayı yazarken. Annemle babamı asla görmek istemediğimi, Bråteveien'e asla adımımı atmayacağımı, isterlerse beni mirastan mahrum edebileceklerini yazdım ona.

Onlarla bağımı kopardıktan sonra annem beni defalarca aramıştı, cep telefonundan öncesiydi, arayanın kim olduğunu göremiyordum. Kah ağlamış kah azarlamıştı, canım yanıyordu ama başka şansım yoktu, hayatta kalmak, batmamak, boğulmamak için onlardan uzak durmalıydım. Onu neden görmek istemediğimi sordu, sanki bilmiyormuş gibi, olmayacak sorular sordu: En sevdiğim evladım neden benden nefret ediyor? Defalarca ondan nefret etmediğimi söyledim, ta ki ondan *nefret edene* kadar, anlattım da anlattım, bir kez daha anlatmak zorunda kaldım her şeyi... Bir sonraki konuşmada sanki hiç denememişim, hiç reddedilmemişim gibi bir kez daha mı reddedilecektim?

Görüşmeyi kesmemizden sonraki ilk yıllarda bu türden telefon görüşmeleri yüzünden pek çok dram yaşanırdı. Annem arayıp beni suçlar, yalvarırdı, benimse iyice keyfim kaçar, çileden çıkardım. Bir ara iyice azıttı, sonra sakinledi sanırım, önünü görebilmenin ve huzurun bu anlamsız telefon görüşmelerinin doğurduğu korkunç huzursuzluktan daha iyi olduğunu düşünmüş olmalı. Astrid'in ara sıra yoklama yapması daha iyiydi.

Gelgelelim son yıllarda annem arada benimle iletişim kurmaya başlamıştı. Hastalandığında yazdığı oluyordu ve çoğu yaşlı gibi o da arada sırada hastalanıyordu: Hastayım, biraz konuşabilir miyiz? Gece yazıyordu bana, kesin içmiş oluyordu, ben de öyle, ertesi sabah beni arayabileceğini yazarak yanıtlıyordum onu. Annemle hastalık, tedavi gibi şeylerden konuşabileceğimi ancak şikayete başlarsa, işi drama dökerse telefonu kapatacağımı Astrid'e bildirdim. Bu ona iletildi mi bilmiyorum, ama annem aradığında sadece hastalığından ve tedaviden söz etti, belki telefonu kapattığımda o da benim gibi görüşmenin iyi geçtiğini düşünmüştür. En azından hüsranı, kederiyle bana gelmek yerine anladığım kadarıyla Astrid'e gidiyordu. Annemin hüsranı ve kederiyle başa çıkmak Astrid için zor olmalıydı, onunla barışmaya yanaşmam için çaba göstermesine şaşmamak lazımdı belki de.

Onlarla görüşmemem annem ve babamı hüsran ve kedere boğduğundan mirastan mahrum edilmeye hazırlıklıydım. Beklenenin tersine beni mirastan men etmeseler bunu sırf kötü görünmemek için yaparlardı, çünkü iyi görünmek önemliydi onlar için.

Fakat bütün bunlar için daha zaman vardı, ikisi de gayet sağlıklıydı.

İşte bu nedenle üç yıl önce Noel'de annemle babamdan bir mektup gelince şaşırmıştım. Artık yetişkin olan çocuklarım, ben annem ve babamla görüşmeyi kestikten sonra her zaman yaptıkları gibi Noel akşamından bir gün önce onları ziyarete gitmişti, bunu yapmalarını ben istiyordum çünkü annemle babam torunlarını görebildiklerinde benim üzerimdeki baskı azalıyordu. Çocuklar da kuzenleriyle yeğenlerini görüp eve harçlık ve hediyelerle geri dönmenin iyi olduğunu düşünüyorlardı. Üç yıl önce bir de mektup getirmişlerdi. Mektupta annemle babamın vasiyetlerini yeniden düzenledikleri ve çocukların dördünün de mirastan eşit pay alacağı yazılıydı. Astrid ve Åsa'nın, piyasadaki fiyatı üzerinden satın alacakları Hvaler'deki kulübeler hariç olmak kaydıyla. Çocuklarına birtakım mallar devredecekleri için mutlu oldukları belirtilmişti. Benimkiler çekinerek gülümsedi, onlar da mirastan men durumuna hazırlanmıştı.

Tuhaf bir mektuptu. Benim yüzümden çektiklerini iddia ettikleri dertler düşünüldüğünde oldukça cömert bir davranışta bulunmuşlardı aslında. Karşılığında ne beklediklerini merak ettim.

Noel'de aldığım vasiyet mektubundan birkaç ay sonra annem aradı. Çocuklar ve torunumla San Sebastian'daki pazar yerindeydim, Paskalya zamanıydı, orada kiraladığımız bir dairede tatil yapıyorduk. Arayanın annem olduğunu anlamadım, numarasını kaydetmemiştim. Heyecanlıyken hep sesi titrer, sesi titriyordu: Bård kıyameti kopardı, dedi. Ne demek istediğini anlamadım.

Bård kıyameti kopardı, diye tekrar etti, aynı deyimi Astrid de kullanmıştı, vasiyet yüzünden, kulübeler Astrid ve Åsa'ya kalacağı için. Astrid ve Åsa her zaman çok iyiler, çok ilgililer, dedi annem. Yıllardan beri bizimle kulübelere geldiler, çok keyifliydi, kulübelerin onlara kalması gayet doğal. Bård kulübelerde hiç kalmadı, sen hiç kalmadın, Hvaler'de bir kulüben olsun ister miydin ki?

Annem ve babamla her dakika karşılaşmayacağımı bilsem, Hvaler'de, kayaların tepesinde, denize nazır bir kulübem olmasını isterdim doğrusu.

Hayır, dedim.

Herhalde bunu duymak istiyormuş, anında sakinleşti. Bård ile görüşmediğimden neden bahsettiğini anlamamıştım. Hvaler'de bir kulübem olsun istemiyordum, vasiyetin cömert olduğunu düşünüyordum, başka bir beklentim de yoktu.

Astrid, daha sonra kulübelerle ilgili epeyce bir patırtı koptuğunu anlatacaktı. Bård Bråteveien'e ziyaretlerinden birinde kulübelerin Astrid ve Åsa'ya miras kaldığını öğrenince ayağa fırlamış ve zaten bir çocuğunuzu kaybettiniz -beni kastediyormuş- şimdi birini daha kaybediyorsunuz diyerek çekip gitmiş. Astrid'in Bård'un makul davranmadığını düşündüğünü görebiliyordum. Yıllardır kulübelere gittiği yoktu, zaten kendi kulübesi vardı ve Hvaler'deki kulübelerde misafir kaldıkları dönemde de karısı annem ve babamla pek geçinememişti.

Bu kadar katı olması şaşırttı beni, ama bir şey demedim. Bu kulübe kavgasına bulaşmadığıma sevindim.

Şimdi işler iyice çığırından çıkmıştı ama. Kulübeler Astrid ve Åsa'ya devredilmişti, Bård küplere binmişti, annem de avuç avuç ilaç yuttuğu için hastaneye kaldırılmıştı.

Klara Tank'ı ilk defa bir çocuk arabasını iterek edebiyat fakültesinin kapısından girdiğinde gördüm. Çocuk arabasında ünlü bir ressamın oğlu oturuyordu ve Klara, derslere, karısından ayrılmak üzere olan adamın çocuğuyla geliyordu. Ben, okumam gereken her şeyi okuyan, görevlerini yerine getiren ama bölüme nadiren uğrayan bir öğrenciydim, ikinci çocuğuma hamileydim, aile hayatı yaşıyordum, o yüzden Klara'yı edebiyat fakültesinde sadece birkaç kez görmüştüm, gerçi bebek arabalı öğrenci olarak dikkatimi çekmişti. Benimle ilk kez, bundan birkaç yıl sonra, bir edebiyat eleştirisi toplantısının ardından Hausmanns Caddesi'ndeki kaldırımda dururken konuştu. Popüler bir yazarın yerden yere vurulduğu bir edebiyat dergisinin yayın kurulundaydı ve çıplak bacaklarıyla, ellerini kollarını sallayarak eleştiriyi savunurken edebi yargı diyeceği yerde edebi yalan deyince gülmeye başlamış, sonra da duramamıştı, toplantıdan koşarak çıktı, geri gelmedi. Ben çıktığımda Hausmanns Caddesi'ndeki kaldırımda yanıma yanaştı, aylardan ekim olmasına rağmen hâlâ çorapsız dolaşıyordu, paltomun düğmesini açtı, ipek bluzuma dokundu ve çok güzel, dedi. Uzaklaştım, tuhaflığının benim üzerime bulaşmasını istemedim.

Akşam Fredrikstad'a gidecek olmama rağmen her zamankinden daha uzun yürüdüm. Halen oldukça yeşil olan koruma altındaki ormana girdim, ama orada alışkın olduğum huzuru bulamadım. Son haftalardaki fırtınalarda yıkılan ağaçlar yürüyüş yolunu kapatmıştı, kocaman koyu renkli kökleri ortada, yerde öylece yatıyorlardı. Kızlarımı aradım ama bulamadım, sevgilimi aradım, bulamadım, duyduklarımı birilerine anlatmaya can atıyordum, fakat neden, ortada dramatik bir durum yoktu, olay atlatılmıştı.

Astrid'le birkaç gün önceki son konuşmam aklıma geldi. Son altı aydır hiç görüşmediğimiz kadar sık görüşmüştük onunla. İnsan hakları eğitimi üzerine bir makale derlemesi hazırlıyordu ve dergi editörü olduğum için sayfa düzeni ve bölümler hakkında görüşümü almak istiyordu. Okudum, yorumumu yaptım, kitapta biçim ve sunum üzerine konuştuk ve birkaç gün önceki son görüşmemizde son düzeltmelerden, yayınevlerinden bahsettik. Sokaktaydım, yürüyordum, telefonu bir elimden öbürüne geçiriyordum hatırladığım kadarıyla, çünkü hava eldivensiz konuşulmayacak kadar soğuktu. Kitap mevzusu bittiğinde her zaman yaptığım gibi çoluk çocuğun nasıl olduğunu sordum. Şu Bård ve kulübeler meselesi var, dedi, vasiyetten söz ettiğini sandım.

Frederikstad'a gittim ve ancak eski şehrin karanlık, ıssız sokaklarında araba sürdüğümde sakinlediğimi hissettim. Kalacağım pansiyona yakın bir yerde park yeri buldum, daha önce de kalmıştım burada. Güneş batmak üzereydi, bakırımsı kızıl bir renk almış nehrin kenarında hendek boyunca köpekle yürüdüm ve Norveç edebiyatında çağdaş tiyatro metinlerinin seyrekliği hakkındaki tartışmayı düşünmeye çalıştım, ama kafamı toparlayamadım. Tekrar Tale ve Ebba'yı aradım, cevap vermediler, Lars'ı aradım, o da cevap vermedi, Bo'yu aradım, onun İsrail'de olduğunu sonradan hatırladım. Annem, aşırı doz ve kulübeler hakkında kızlarımla, sevgilimle ve Bo'yla konuşmam neden bu kadar gerekli ki, diye sordum kendi kendime. Çocukluk arkadaşımı aradım, araba kullanıyordu, o yüzden kısa kesmem gerekliydi. Aşırı doz meselesini duymuştu ama miras kavgası ilgisini çekti, bu türden şeyler onun da başına gelmişti. Kime ne isterlerse vermeye kesinlikle hakları var, ancak bu, Noel mektubunda sunulduğu gibi pek de cömert bir davranış değil, dedi. Miras meselelerine o da kafa yormuştu, öyle dedi, ailesine ait kulübe erkek kardeşine kalmıştı, anne babasının gözdesine, o da hayatı boyunca kendisinden esirgenen sıcaklık ve şefkatin telafisi için kulübenin aslında ona bırakılması gerektiğini düşünmüştü.

Trofast'ı odada bırakıp nehri geçerek beni şehrin merkezine götürecek tekneye bindim. Teknede Tale ve Ebba'yı tekrar aradım ama yine cevap vermediler, Klara'yı aradım ve ona, her şey yolunda gittiğine göre neden bu kadar sinirlerim bozuldu, neden birileriyle illa ki bu konuyu konuşmam gerekiyor acaba, diye sordum.

Mesele çok derinde Bergljot, dedi Klara. Acayip derinde.

Tekneden indim, yollarda yürüdüm, yağmur yağmaya başladı, ıslandım, kederlendim. Olayın derinliği, nasıl derinlere itildiğim, nasıl kederlendiğim, nasıl battığım konusunda Klara'nın dediklerinin doğru olduğunu fark ettim.

Tartışma iyi gitti, fena değildim. Daha sonra bir kafede oturup katılımcıları şahsen tanımamama, onlara anlatırken bile anlatmamam gerektiğini düşünmeme rağmen kulübelere biçilen değer ve aşırı doz hakkında konuştum. Konuşurken utanıyordum, dinleyenlerin suratlarını gördüğümde utanıyordum, eve dönerken utanıyordum, kulübelere biçilen değeri ve aşırı dozu çocukça, ancak çocuklukta, aptal gençlikte olacak şekilde çocukça, yana yakıla anlattığım için utanıyordum, bütün geceyi utanç ve pişmanlık içinde geçirdim ve büyümediğim, olgun ya da dengeli bir biçimde konuşamadığım, yeniden çocuk olmaktan utandığım için uyuyamadım.

Klara, Hausmanns Caddesi'nde paltomun düğmesini açıp ipek bluzuma dokunduktan bir gün sonra beni aramıştı. Kocam ve çocuklarla yaşadığım evin girişinde duruyordum, kimin aradığını anlamadım. Adını tekrarladı, ancak o zaman dank etti, korktum, beni hazırlıksız yakalamıştı. Editörü olduğu edebiyat dergisi için bir kitap eleştirisi yazmak isteyip istemediğimi sordu, istemiyordum, cesaretim yoktu buna, gerçi söylemeye de cesaret edemedim. Ertesi gün, bu konuda görüşmek için evine gelip gelemeyeceğimi sordu, gitmek istemiyordum, söylemeye cesaret edemedim. Ertesi gün sabahleyin oraya gittiğimde bir kitap rafını monte etmeye çalışıyordu ama beceremiyordu, kullanım kılavuzuna bakmıyordu, cin içiyordu. Ben içemezdim, daha araba kullanacaktım, rafı monte etmeyi üstlendim. Ben rafı takarken, kitap eleştirisinin önemi olmadığını, derginin kapatılacağını, yayınevine para kazandırmadığını söyledi ve kiramı nasıl ödeyeceğim ben, dedi. Bilmiyordum, başımı salladım, onun parasal sorunlarına bulaşmak istemiyordum. Evli bir adama âşık olduğunu söyledi, kalbim sıkıştı. Evli olan adamdan hamileydi ve ertesi gün kürtaj olacaktı, eğer kürtaj olmazsa adam onu bir daha görmeyecekti. Ona yardım edemezdim, eve gitmek istedim, canım cin çekti, rafı monte ettim ve çıkıp gittim, onu tekrar görmek istemiyordum.

Frederikstad'daki eski şehirde pazar günü. Arnavutkaldırımı yollarda sarı, kırmızı, çürümüş yapraklar ve soğuk, yağmurlu bir hava. Keder içinde yürüdüm sokaklarda. Kulübelere biçilen değerden ve aşırı dozdan yabancılara bahsetmemeliydim. Bu konuda konuşma gereği duyuyordum ancak nasıl konuşacağımı bilemiyordum. Sonra önceki gece kafede bulunanlardan biriyle rastlaştım, iyi olup olmadığımı sordu, sanki iyi olamazmışım gibi. Yüz metre ilerideki sarı ahşap evine davet etti beni, kahve ve elmalı kek ikram etti ve gözyaşlarımla birlikte çocukluğumdan hikâyeler ortalığa dökülüverdi. Anlattıklarımı anlayışla karşılayıp sakince konuştu, kendi geçmişinden bahsetti. Benim de bu noktaya gelmem mümkün olabilir miydi?

Kapıda durmuş gitmeye hazırlanırken, onunla ne kadar süredir görüşmediğimi sordu.

Kiminle?

Ağabeyinle.

Hatırlayamıyorum, yirmi yıldan beri, belki de daha fazla.

Onu ara, dedi ve gülümsedim, meseleyi anlamamıştı, yine de sarıldık, birbirimize bir armağan vermişçesine, tam dış kapıdan çıkarken arkamdan bağırdı: Ben Bård'un tarafındayım!

Arabayla eve dönerken karışık hisler içindeydim. Önceki gün kafede yaptığım itiraflardan utanç duyuyor, böyle kolayca tetiklenmiş olmaktan ötürü kendime kızıyordum, kek ve kahveye davet edildiğim için, bana kulak verip yol gösteren böyle bir insana, böyle bir günde rastladığım içinse minnettardım.

Annemle babamın, Astrid ve Åsa'nın başkalarına akıl danışıp danışmadığını sordum kendime; miras pay edilirken görmezden gelinen bir kişinin mirasın piyasa değerinin altında bir bedele gizlice el değiştirmesine itiraz edeceğini kestirebilmek için insan doğasına dair özel bir içgörü gerekmiyordu gerçi. Başkalarına akıl danışmış olsalardı birileri onları uyarmaz mıydı? Uyarılmayı istememişler miydi acaba? Ne pahasına olursa olsun bu işi sonuna kadar götürmek miydi niyetleri?

Tale'yi aradığımda Lier'e, eve dönmüştüm, hava kararmıştı, köpekle dolaşırken kar yağmaya başlamıştı, Tale telefonu açtı. Annemin içtiği ilaçlardan bahsettim, mirasın devrinden, biçilen değerden. Kızım beni tanıyordu, dibe vurduğumu anladı, bunları ciddiye almamam gerektiğini, bu işlere bulaşmamamı, tüm bunların kendi oyununu çevirmek için trajik bir kurban rolüne yatan annemin başının altından çıktığını ve maksadının onları eleştirecek kişileri susturmaktan başka bir şey olmadığını söyledi.

Bir daha bu insanlarla görüşmeyeceğim, dedi, bu gösterinin bir parçası olmayacağım ben.

Söylediğini duydum, mantığımın sesiyle.

Her zamankinden daha uzun yürüdüm, yorulmak, uyuyabilmek, bütün gece uyuyabilmek için, uzun uzun yürüdüm ve eve gelince şöminenin karşısında oturdum. Astrid aradı, annemin iyi olduğunu söyledi, onun için endişelendiğimi düşünmüş olmalı. Hâlâ Diakonhjemmet'te yatıyordu, ertesi gün eve çıkacaktı ve evlilik yıldönümleri planlandığı gibi gelecek hafta kutlanacaktı, Søren ve Ebba'nın da geleceklerini umuyordu. Aksi yönde bir şey söylemediler, dedim. Annem çok sevinir o halde, dedi, Bård'un çocuklarının gelmeyeceklerinden korkuyordu.

Çocukları kullanıyor, diye tekrarladı, en çirkini de bu, çocukları kullanması! Annem, Bård'un çocuklarıyla ilişkisinin kesilmesinden çok korkuyor. Onlarla hep iyi anlaşmıştır, Bård yüzünden araları mı bozulsun şimdi?

Gayet dikkatli bir biçimde, belki de kulübelerin sana ve Åsa'ya devri çocukları gerçekten üzmüştür, dedim. Anlattığı hikâyeye sorgusuz sualsiz inanmadığımı ilk kez açık ediyordum böylece. Sustu. Sonra, mesele sadece biçilen değerse her zaman için yeni bir değer biçilebilir, dedi. Belki de bu iş biraz saçma oldu, diye ekledi. Biçilen değerler düşük belki, dedi. Belki de en başta iki fiyat almamız gerekiyordu, ama o kadarını düşünemedik.

Bir şişe kırmızı şarap açtım. İçip bitirdiğimde sakinlemiştim, tekrar köpekle dışarı çıktım. Hâlâ kar yağıyordu, yüzümde eriyen iri, ağır kar taneleri, birazdan sırılsıklam olacaktım. Gökyüzü kocamandı, yıldızlar inanılmaz biçimde güçlü parlıyorlardı, içkidendi belki. Eve geri döndüm, kararımı vermiştim.

Bård'un telefon numarasını internette bulamadım, ben de Astrid'i aradım. Numarası bende yok, dedi. Ama daha dün onunla konuşmamış mıydın sen? Åsa konuştu, dedi. Åsa'yı arayıp bana döner misin, diye sordum, geç oldu, dedi, sonra da numarayı buluverdi.

Adımı, Bergljot'u duyunca sustu. Sonra, son zamanlarda sık sık aklına düştüğümü söyledi ve yine sustu. Astrid'le konuştuklarımızı anlattım, o da durumu nasıl gördüğünü anlattı. Üzgündü sanırım. Bir zamanlar ona yolladığım distopik bir romandan bahsetti, bizimkine benzediğini düşündüğüm bir ailenin çöküşü, bizimkine benzeyen bir çocukluk.

Aynen öyleydi, dedi.

Klara'dan çıkıp arabayla eve dönerken kalbim küt küt atıyordu. Evli bir adama âşık olduğumu anladığı için mi bana evli bir adama âşık olduğunu söylemişti? Çok mu belli oluyordu acaba? Bilen var mıydı? Dürüst, düzgün bir kocam ve üç çocuğumuz vardı, yine de ben başkasına, evli olan adama âşıktım ve ondan, evli adamdan başka hiçbir şey düşünemiyordum. Korkunç, rezil bir şeydi bu, ne yapacaktım, imkânsızdı, imkânsızdım. Sürekli bir işim, sabit gelirim olmamasına karşılık üç çocuğum, hali vakti yerinde, düzgün bir kocam vardı ama bir başkasına âşıktım. Korkunç, utanç verici, bağışlanamaz bir durumdu, ne demeye böyle bir şeye kalkışmıştım, neden böyleydim ben, bunu nasıl yapardım?

Bir hafta sonra Klara aradı, onun aradığını bilseydim telefonu açmazdım. Yine ziyarete gelip gelemeyeceğimi sordu, monte etmeyi beceremediği bir kitap rafı daha almıştı. İstemiyordum, gittim, rafı monte ettim ve ona evli adamı anlattım. Halinden anlamıştım, dedi. Böyle şeyleri fark ettiğini söyledi, yanağımı okşadı ve ağlamaya başladım, ne yapacaktım?

Bir aydınlanma ânı yaklaştığında, hayvanlar depremden önce gelen sarsıntıları nasıl hissederse, ben de bunun olacağını hissediyordum, hayatımı anlamaya başladığımda farkına varmıştım bu durumun. Beni kökten sarsacak, bir güzel silkeleyecek acı gerçek yüzünden korkuya kapılıyor, titriyordum, belki de bunun bir an önce olması için uğraşıyordum, kaçış yoksa bari bitsin, gitsin diye.

Aralık ayı, sis tamamen yere indi. Dün yağan kar eridi, ortalık sulu kar oldu, çimenleri, yolları kara bir çamur kapladı, dışarısı soğuk, kalorifer bozulduğundan içerisi de soğuk.

Tiyatro eleştirilerini gözden geçirmeli, *Sahnede* dergisinin gelecek sayısı için baş yazıyı yazmalıydım ama yapmadım. Çay hazırlayıp termosa doldurdum, üzerime yün giysilerimi ve lastik çizmelerimi geçirdim, kapüşonlu parkamı giydim. Şartlara uygun giyinmek mühimdir. Günün bu saatinde kimsenin gelmediği ormana gittim, devrilmiş bir kütüğün üzerine oturdum ve dolaşması için köpeği saldım. Geyik görmüşlüğüm vardı ormanda baharda, yazın kuşlar, sincaplar ve kurbağalar da, ama bugün sadece biz vardık burada. Trofast ortalığı kokluyor, kuyruğunu sallıyor, dalların ve kayaların üstünden zıplıyordu, mirastan ve de çocukluktan bihaberdi o. Tiyatroların aileler için sahnelediği keyifli oyunlar, *Noel Yıldızına Yolculuk* ve *Fındıkkıran* üzerine yazmam gerekiyordu, ne ironi ama. Hayır, çok yapmacık olacaktı bu, boğazıma bir yumru oturdu.

Sonra hava karardı, eve döndük, şömineyi yaktık. Bir şişe kırmızı şarap açtım, makale için aldığım notları buldum ve tam yazmaya başlamıştım ki Bård, şartlar pek iç açıcı olmasa da konuşmamızın iyi olduğunu yazdı. Bir gün öğlen yemeğine çıkmak ister miydim?

Katılıyorum, teşekkürler ve evet, güzel olur, diye cevap verdim.

Tam mesajı yollamıştım ki Astrid aradı ve Bård ile konuşup konuşmadığımı sordu. Haftaya onunla buluşacağımı söyledim. Bunun onu endişelendirdiğini hissettim.

Bilgisayarı kapatıp yatmaya hazırlandım, o sırada Klara arayıp Rolf Sandberg'in öldüğünü söyledi.

Rolf Sandberg. Annemin büyük yasak aşkı. Annemin ileri yaşta başladığı öğretmen yüksek okulunda profesördü. O da evliydi, ama ona sırılsıklam âşık olan annemle ilişkiye girmişti. Annemin Rolf Sandberg'le hummalı aşkı, babam Hvaler'deki bir komodinin örtüsü altında yeni yazılmaya başlanmış bir aşk mektubunu bulduğu güne kadar, birkaç yıl sürmüştü. Belki de babamın mektubu bulmasını istemişti. Olan biteni öğrenirse babamın ondan boşanmak isteyeceğini, o zaman da Rolf Sandberg ile evlenebileceğini düşünmüştü belki de. Ancak babam umduğu tepkiyi vermemiş, her zaman yaptığı gibi öfke nöbeti geçirerek etrafı kırıp dökmüştü. Rolf Sandberg de annemin umduğu tepkiyi göstermemiş, annem ona babamın mektubu bulduğunu anlattığında, bir boşanma iki boşanmadan iyidir, demişti. Annem, içki ve ilaçlarını alıp kendini odaya kilitlemiş, babam kapıyı kırıp ambulans çağırmış ve annem Frederikstad'daki hastaneye götürülmüştü, midesi yıkandı.

Annem yalnız yaşamayı denemişti ama yapamamıştı. Babam, yalnız yaşamayı denesin diye ona bir daire kiralamıştı, ancak annem, bir buçuk hafta sonra, tıpış tıpış Bråteveien'e, babamın yanına döndü. Gelgelelim Rolf Sandberg'le görüşmeyi kesmedi, muhtemelen onu sevmekten de asla vazgeçmedi. Bana ilişkisinden bahsetme lütfunda bulunmuştu. Astrid ve Åsa bu lütuftan paylarını alamamıştı, çünkü annemin Rolf Sandberg ile hâlâ görüştüğünü öğrenecek olurlarsa çok gücenip bunu babalarına anlatırlar ve onun tarafını tutarlardı. Bana gelince, babamın adına gücenmeyeceğimi, ona bir şey söylemeyeceğimi biliyordu. Astrid ve Åsa ile benim aramdaki fark buydu, babamla kurduğumuz ilişki.

Sonra ben ailemle bağlarımı kopardım ve Rolf Sandberg hakkında bir daha bir şey duymadım, ama annemin eninde sonunda bir araya gelecekleri umudunu taşıdığından eminim. Şimdi Rolf Sandberg ölmüştü, onun ölmek üzere olduğunu duyan annem de hayalleri yıkılınca aşırı dozda ilaç almıştı muhtemelen.

Saat gece yarısını geçmiş olmasına rağmen Astrid'i arayıp Rolf Sandberg'in öldüğünü, aşırı doz meselesinin muhtemelen Bård'un mesajıyla değil de Rolf Sandberg'in ölümüyle ilgili olduğunu söyledim. Huzursuzlanmıştı, hissettim.

Rolf Sandberg'in öldüğünü, annemin aşırı dozda ilaç almasının muhtemelen onun mesajıyla değil ama bununla ilgili olduğunu Bård'a yazdım.

Klara da ben de boşanmak istemeyen, bizi istemeyen ama bizimle otel odalarında yatmak isteyen, kopmayı bir türlü beceremediğimiz evli erkeklere âşıktık ve çok mutsuzduk. Klara yalnız yaşıyordu, bunun dezavantajları vardı, ben kocam ve çocuklarımla yaşıyordum, bunun dezavantajları vardı. Birilerinin kız çocuğu olmak yerine anne olmayı istediğimden erkenden evlenip çocuk yaptığımı fark ediyordum, şimdiyse kocama ve çocuklarıma ihanet etmiştim, utanç duyuyordum. Klara kimseye ihanet etmemişti ama vicdan azabı içindeydi, iki yakasını bir araya getirebilmek için geceleri Renna Bar'da garsonluk yapıyordu. Kocamın kazancı iyi olduğundan öğrenci kredisi almadan üniversiteye gidebiliyordum, hem aldatan kadın hem de dolandırıcıydım ben. Her fırsatta Klara'ya gidip onun Renna'dan arkadaşlarıyla içiyordum, bu insanlar psikolojik bakımdan dengesiz, alkolik, zeki, çulsuz, ipsiz sapsız, perişan, dışlanmış tiplerdi. Sağkalım yeteneğinden yoksun, tuhaf, marjinal tipler, tıpkı benim gibi başka perişan ve ipsiz sapsız insanlarla takılmak için Klara'nın kapısına dayanıyorlardı, nedendi bu? Kendi felaketime koşmak için zorlayıcı bir dürtü vardı içimde, derdim neydi? Klara'ya gidip hayattan düşmüş o tuhaf tiplerle içki içiyor, orada kalıp ertesi sabah günün ilk ışıklarıyla birlikte yorgun, paspal insanlarla uyanıyordum, ardından alelacele eve dönüp çocuklarıma, kocama sarılıyor, bu temiz, ferah evde sonsuza dek yaşamak istiyordum, terk etmeyecektim burayı, söz veriyordum kendime, yine de çok geçmeden tekrar Klara'ya dönüp çöküşe geçiyordum.

Aşırı doz olayından dört gün sonra, Rolf Sandberg'in ölüm ilanının gazetede çıktığı gün annem ve babam Bråteveien'de ortak bir doğum günü kutlaması yaptılar. Tale, Søren ve Ebba'nın kutlamaya katılacaklarını duyunca sinirlendi. Neden güzel anılarını mahvediyorlardı ki? Bråteveien rejiminin suyuna gidip onların anlatısını onaylamak, hiçbir şey olmamış gibi davranmak, dürüst olmamak neden? Dünya bu yüzden batıyor işte, çünkü insanlar fikirlerini söylemiyor, dürüst davranmıyor, kimsenin keyfi kaçmasın diye yapmacık tavırlar takınıyorlar, Søren ve Ebba bu kötü tiyatro gösterisine katılmak için neden Bråteveien'e gidiyorlar? O, bir daha asla Bråteveien'e gitmek niyetinde değildi ve bunu hiç vakit geçirmeden onlara bildirecekti.

Böyle yapmamasını söyledim. Miras kavgası yüzünden yaptığını düşünürler, Hvaler'deki kulübeyi istediğini sanırlardı.

Kutlama günü huzursuzdum. Tehlikeden uzak olduğumu bilsem de duygularım değişmedi. Kapılar kilitliydi, Søren ve Ebba koskoca insanlardı, başlarının çaresine bakabilirlerdi, yine de çocuklar Bråteveien'i her ziyaret ettiklerinde olduğu gibi endişeliydim. Vakit yaklaştıkça, sanki bir şeyler patlayacakmışçasına saate bakıp durdum. Gözümün önüne Søren ile Ebba'nın kapıdan girişleri geldi, bir yıldır görmediğim, şimdilerde neye benzediklerini bilemediğim annemle babamı kucaklarken gördüm onları. Astrid ile kocasını ve onların çocuklarını, Åsa ile kocasını ve onların çocuklarını kucaklamaları ya da ellerini sıkmaları geldi gözümün önüne, Søren ile Ebba'nın yüzlerini gördüm, içim acıdı ya da kendi acımı onlara yansıttım. Neler konuşulduğunu hayal ettim, suya sabuna dokunmayan birkaç laf, tebrikler. Mirasa, aşırı doza, Rolf Sandberg'in ölüm ilanına ya da odadaki file dair tek söz söylenmeyecekti, orada olmayanlara, Bård ile bana ve Bård'un çocuklarına dair.

Vakit yavaş geçti, neyi beklediğimi bilmeden sabırsızca bekledim. Ne duymak istediğimi biliyordum, her şeyin iyi gittiğini, tehlikesiz mevzulardan konuştuklarını, iş ve okul konusunda bilgi tazelediklerini falan, yine de bir dram kokusu alıyordum. Noel'den bir gece önce çocuklar Bråteveien'i ziyaret edip hediyelerini aldıkları zaman da böyle hissetmiş, onlar geri dönene kadar diken üstünde beklemiştim. Korkum yersizdi, maddi değil manevi olan mirastı bu bana ailemden. Saat altıda başladı, saat sekiz oldu, aramadılar, aramak istemiyordum çünkü hâlâ orada olabilirlerdi. Sekiz buçukta Søren aradı, annemin çabucak sarhoş olduğunu, babamın koltuğunda düşüncelere dalıp gittiğini ve her zamankinden daha sessiz olduğunu, ama tüm bunlara rağmen her şeyin yolunda olduğunu söyledi. Bård ve çocukları gelmemiş ama Astrid ve Åsa çocuklarıyla birlikte oradaymış tabii ki ve Astrid bir konuşma yaparak annemle babama yakınlıklarının, onlarla birlikte keyifli vakit geçirmenin, sık sık, haftada birkaç kez görüşmenin, üstüne üstlük Hvaler'de geçirilen uzun ve harika yazların Åsa ile onu mutlu ettiğini söylemiş.

Søren, Åsa ve Astrid'e "biz" den daha fazla miras kalması belki de hiç tuhaf değil, dedi biraz da utanarak, çünkü daha sık bir araya geliyorlar ve anne babalarını çok seviyorlar.

İki çocukları daha olduğunu bilmesem gayet uyumlu bir aile olduklarına hani neredeyse inanırdım, dedi.

Bo Schjerven ile bir pazar günü, Norveç Tiyatrosu'ndaki bir kitap tanıtım etkinliğinde tanıştım. Tüm salonlarda sonbaharda çıkmış kitaplar okunuyordu ve fuayede ülkenin kültür dergilerinin stantları yer almaktaydı, aralarında Klara'nın Renna'dan edebiyatla ilgilenen bir arkadaşının onun dairesinde sabahlara kadar oturup hazırladığı yeni kurulmuş *Anlaşılmaz Yayınlar* dergisi de vardı. Klara bir ile üç arası stantta olacaktı, ben de uğramaya söz vermiştim. Vardığımda Klara'yı üzerinde *Anlaşılmaz Yayınlar* yazan, tiyatronun büyük çiçek saksılarından birine dikilmiş plaj şemsiyesinin altında otururken gördüm. Keyifsiz görünüyordu, eleştirdikleri yayınların yazarları sevimsiz yorumlar yapmıştı, hatta bir polisiye yazarı ona bıçak çekmişti. Metin yazmak onları basmaktan daha eğlenceliymiş, dedi, bir biraya ihtiyacı vardı. Tiyatronun kafesine gitti, adamın biri bana doğru gelirken şemsiyenin altındaki yerimi aldım ben de, adam dergilerden birini aldı, merdivenlere oturup okudu, yüksek sesle içini çekti. Klara'nın bir an önce geri dönmesini istedim. Adam ayağa kalktı, yanıma geldi ve *Anlaşılmaz Yayınlar*'da adı geçen ve düpedüz anlaşılmaz bir yayın olduğu belirtilen şiir derlemesini kendisinin çevirdiğini söyledi. Dergiyle bir alakam olmadığını söyledim ona. Bu ufacık tefecik, dört göz adam gözlük camlarının üstünden bana baktı ve *Anlaşılmaz Yayınlar* editörlerinin Rusya'nın 1920'lerdeki siyasi koşullarından haberi olup olmadığını sordu. Bilmediğimi, *Anlaşılmaz Yayınlar* ile bir ilgim olmadığını söyledim. O zaman neden bu aptal derginin standında oturduğumu sordu. Editörler 1920 yılında St. Petersburg'un edebi çevrelerinde yaygın olan devrimci fikirlerden haberdar mı, diye soruyordu, bilmediğimi söyledim, bana kalırsa haberdar değillerdi. Soluk benizli, sert adam, Ivan Jegorjev adındaki makale yazarını editörlerin tanıyıp tanımadığını sordu. Bilmiyordum ve Klara'nın bir an önce geri gelmesini umuyordum. Bu çoluk çocuk işi *Anlaşılmaz Yayınlar*'ın editörlerinin kıyısından köşesinden Rus tarihini ya da Rus şairlerini okuyup okumadıklarını, *Hazan Elmaları* şiir derlemesinin geldiği gelenekten haberleri olup olmadıklarını sordu. Bilmiyordum, bana kalırsa haberleri yoktu, Klara'nın bir an önce geri gelmesini umuyordum. Adam bütün ciddiyetiyle öne doğru eğildi ve *Anlaşılmaz Yayınlar*'daki embesil eleştirmenin özellikle anlaşılmaz bulduğu satırların, siyasetçi V.G. Korolenko'nun komünist partinin dördüncü parti kongresinde yaptığı konuşmanın açımlaması olmasından dolayı en önemli satırlar olduğunu söyledi. Bu ufak tefek, sesi giderek yükselen adam, onun çevirdiği bir şiir derlemesi üzerine illa da yazılacaksa, sözü geçen konulara aşina olmak gerektiğini, bunun, okur yazar birinin vazifesi olduğunu söylüyordu, okur yazar biri şiiri ciddiye almazsa kimin ciddiye almasını bekleyebilirdik ki? *Anlaşılmaz Yayınlar*'da *Hazan Elmaları* üzerine yazan, genç ve kendini beğenmiş olduğu besbelli bu kadın bu türden konularla ilgilenmiş olsaydı derlemeden çok şey çıkarabilirdi, o kadar ki, bu derleme hayatını değiştirebilirdi. Yüzümü inceledi. Hayatını değiştirebilirdi, dedi ve lafı içime oturdu. Neyse ki adamın tanıdığı birileri geldi, o da dergiyi yerine bırakıp gözden kayboldu. Klara'yı aradım, orada daha fazla kalmak istemiyordum. Adam aniden geri geldi ve benden yüz kron borç istedi. Erkek kardeşi gelmiş, kafede kahve içmek istiyormuş ve parası yokmuş, ama kardeşi meraklanmasın diye ona bunu söylemek istemiyormuş. Adama yüz kron verdim, o da hesap numaramı almak için ısrar etti, bir hafta sonra hesabıma yüz on kron yatırılmıştı, on kron faiziyle.

Grand'da buluşacaktık. Benim önerimdi. Nadiren dışarı çıkıyordum, ama birden öyle deyivermiştim. Grand, diye yazdım Bård'a, yerimizi o ayırtacaktı.

Yolda aniden aklıma annemin eskiden kadın arkadaşlarıyla Grand'da buluştuğu geldi. Şehre gezmeye inmişken bir de "sandviç" yerlerdi, Grand'a yaptıkları bu gezilerden birine ben de katılmıştım, annemle olan bu anı mı etkilemişti seçimimi acaba? Çocukluğumun geri gelmediğini umdum, çocukluğuma geri dönmediğimi, titremeye o yüzden başlamadığımı umdum. Kapıyı açtım, lokanta girişinde kuyruk vardı, Noel öncesi, şık şıkırdam bir sürü yaşlı insan, Grand'ı seçmemeliydim. Belki anneme ve arkadaşlarına rastlayacaktım, orada duran kadın anneme benzemiyor mu, arkamı döndüm, gitmek istiyordum, sonra hatırladığım kadarıyla kardeşime benzeyen birini gördüm, bir sırt ve bir kafa, Bård dedim, bana döndü, oydu, yirmi yıl daha yaşlı. Beni tanıdı, yirmi yıl daha yaşlı, birbirimize sarıldık, kardeşlerin yaptığı gibi, aralarında bildiğimiz kadarıyla bir sorun olmadığı zaman. Yanımızdan onu tanıyan bir kadın geçti, selamlaştılar, birbirlerine sarıldılar, beni küçük kız kardeşi olarak tanıştırdı ona, benim küçük kız kardeşim, dedi. Sonra sustuk. Sıradayken konuyu açamazdık, yirmi üç yıldır herhangi bir şeyi paylaşmış değildik. En son, büyük kızının konfirmasyonunda görüşmüştük. O zaman en son görüşmemiz on yıl öncesindeydi, gelirken yaptığım hesaplara göre ve her iki sefer de resmi durumlardı, dışarıda, Grand'dan farkı olmayan bir lokantada görüşmüştük. Liseden bu yana, üç aşağı beş yukarı, özel bir konuşma geçmemişti aramızda. İkimiz de ailemizden kopmuştuk, birlikte ve anlaşarak verilmiş bir karar değildi, kendi kendimize, tek başımıza geri çekmiştik kendimizi. Bård ile ilgili haberleri Astrid'den alıyordum, yılda iki kez onunla konuşuyorduk, ancak anladığım kadarıyla söylenecek pek bir şey yoktu, çocuklarının okulu iyi gidiyordu. Artık Nordstrand'daki villada değil de Fagerborg'da bir dairede oturduğunu bilmiyordum. Astrid bunu söylememişti, bunu Grand'da öğrendim, Bård masamızı ararken ben aşağıdaki vestiyere ceketlerimizi astım. Bir zamanlar, bir arabanın arka koltuğunda kardeşlerimizle birlikte sıkış tıkış oturduğumuz için ceketini teslim edecek kadar çok güveniyordu bana. Ceketlerimizi vestiyere astım ve onu kafede masada otururken buldum, babamın gençliğini andırıyordu. Babam şimdilerde çok yaşlı, dedi Bård. Kahve ısmarladık, arabayla mı geldin diye sorduğumda tramvayla geldiğini söyledi, artık Nordstrand'da değil de Fagerborg'da oturduğunu anlattı, görüştüğümü bildiği Astrid'in bundan söz etmemiş olmasına sinirlendi anladığım kadarıyla. Önce o gidip kendine yiyecek bir şeyler aldı, bana yabancı gelen bir yürüyüşle açık büfeye birkaç defa gitti geldi, sonra elinde bir sandviçle geri döndü. Ben büfeye gittim, elimde bir sandviçle geri döndüm. Beraberce, Grand'daydık işte.

Kulübelerle ilgili anlaşmazlık benim bildiğimden de uzun süredir devam ediyormuş meğer. Annem ve babam, kulübelerin Astrid ve Åsa'ya kalacağına yıllar önce karar vermişti. Bård bunu kızından öğrenmişti. Bård'un kızı annemle babamı Bråteveien'de ziyarete gittiğinde Astrid ve Åsa ona Hvaler'deki kulübeleri devralacaklarını söylemişti. Kız neye uğradığını şaşırmıştı, Hvaler'de bebek ayakkabılarıyla dolaşmıştı o, gerçi hayal kırıklığını ve öfkesini dışa vuramayacak kadar genç ve utangaç bir torun ne diyebilirdi ki? Bu yüzden mi ona söylemişlerdi acaba, itiraz edemeyecek kadar genç ve terbiyeli toruna bu yüzden mi söylemişlerdi, sonradan itirazı olmadı diyebilmek için mi? Bård'un kızı eve gelip söylenenleri babasına anlatınca Bård soluğu Bråteveien'de almış, annemle babam da kulübelerin Astrid ve Åsa'ya miras kalacağını söylemişler. Ağızlarından çıkanları duyuyorlar mıymış acaba? Gençliğini, annem ve babamla ilişkisi kötüleşene kadar ailesiyle birlikte her yazı Hvaler'de geçiren oğullarına, tek oğullarına, ailenin en büyük çocuğuna, annemle babamın ardından kardeşler arasındaki ilişkinin yeniden güçleneceğini hayal eden birine söylenecek laf mıymış bu? Onlardan bu konuyu yeniden düşünmelerini istemiş, onlar da kararlarının kesin olduğunu söylemişler. Birkaç hafta sonra kulübelerin Astrid ve Åsa'ya miras kalacağını, eğer kulübeleri istemeyecek olurlarsa bunların en yüksek fiyatı veren kişiye satılacağını belirten vasiyetin bir örneği postadan çıkmıştı. Kulübeler Bård ve bana miras kalmayacaktı.

Bizi orada istemiyorlar, dedi.

Biz de bunu anladığımız için gitmiyorduk oraya.

Bård bir yıl sonra annemle babama bir mektup yazmıştı, mektubu bana gösterdi, tüm belgeleri yanında getirmişti, gayet samimi yazılmış mektupta dört kardeşin de kulübeleri paylaşması gerektiğini savunuyordu. Çünkü herkesin Hvaler'le güçlü bağları vardı, çünkü bakımını ve masrafları paylaşırdık, çünkü daha fazla sayıda kişi kulübelerden faydalanabilirdi, arazi büyüktü çünkü, gelecekte yeni kulübeler yapılabilirdi.

Kararlarının kesin olduğu cevabını vermişlerdi.

Bård aynı görüşleri Astrid ve Åsa'ya da bildirmişti, onlarsa annemle babamın mirasa dair kendilerinin karar verdiğini yazmışlardı cevap olarak. Bård konuyla ilgili son e-postasında Hvaler'in en güzel anılarının zemini olduğunu yazmıştı. Neden kardeş başına yarım kulübe düşmesin ki? Bu kadar zor olmasa gerek, diye yazıyordu. Arkadaşlarından pek çoğuna kardeşleriyle birlikte kulübeler miras kalmıştı ve genellikle de işler iyi gitmişti. *Sizlerden bu konuyu bir kez daha düşünmenizi rica ediyorum. Sizler bir gün bu dünyadan göçüp gittiğinizde kulübelerden birinin yarısına sahip olmak, benim için, çocuklar için çok önemli.* Son olarak da, annemle babamın, Hvaler'de kendi oğulları ve onun çocuklarını görmektense damatlarını görmeyi tercih etmelerine anlam veremediğini yazmıştı.

Cevap alamadı. Yapacak bir şeyi yoktu. Sonuna kadar haklarıydı. Ancak ne yaptıklarını anlıyorlar mıydı? Yakıp yıktıklarını, yaralar açtıklarını? Astrid ve Åsa, annemle babamın, onların da onayıyla bu işi böyle yürütmelerinin sonuçlarının nereye varacağını anlıyorlar mıydı, Bård ile kardeşlik ilişkilerinin bundan etkilenmeyeceğine mi inanıyorlardı? Ne Bård'ın ne onun çocuklarının ne benim ne de benim çocuklarımın Hvaler'deki kulübelere ortak olmasını *istemiyorlardı.* Bård güzellikle sormuş, tartışmıştı çünkü olayın bir kumpas olduğunu bilmiyordu. Annem ve babam, tatillerini oğulları ve onun ailesiyle geçirmek yerine damatlarıyla geçirmek istiyorlardı. Bizi Hvaler'de görmek istemiyorlardı. Bård'u ve çocuklarını, beni ve çocuklarımı bayramlarda, doğum günlerinde yanlarında istiyorlardı, ancak Hvaler'de diplerinde olmamızı istemiyorlardı. Astrid ve Åsa kocaları ve çocuklarıyla Hvaler ve diğer yerlerde dizlerinin dibinde olabilirdi, çünkü Astrid ve Åsa geçmişe takılıp kalmamışlardı.

Annemle babam Astrid ile Åsa'yla kulübelerin bu ikisine kalmasını planlamışlar, planlarını da hayata geçirmişlerdi. Bu konuda hemfikirlerdi. Bård kararın değişebileceğini sandığından boşu boşuna sormuştu. Birileri neler döndüğünü biliyordu, diğerlerinin haberi yoktu. Boktan bir işti, ama annemle babam, Astrid ve Åsa, bu iş en güzel şekilde hallolmuş gibi davranmışlardı. Astrid'in durumu bana hiç anlatmamış olması tuhaf değil miydi?

Geliyorum diyen bir felaketti bu, ancak onlar bunu anlamamıştı ya da anlamıştı da umurlarında değildi, fırtınayı atlatmayı umuyorlardı.

Bård Hvaler'deki kulübeyi alamamıştı, buna dayanabilmesi gerekliydi, dayanmıştı da, ama bir şeyler kırılmıştı.

Bård, ağustos ayında, yazdan sonra bir merhaba demek için annemle babamı Bråteveien'de ziyaret etmişti ve annem ona babamın yaşlandığını, artık çim biçme, ot yolma gibi işleri yapamadığını, bu yüzden eski kulübeyi Astrid'e, yeni kulübeyi de Åsa'ya devrettiklerini söylemişti. Kulübe sahibi olamayacağı gerçeğini sineye çekmiş olan Bård devir işlemini ne gibi bir bedel üzerinden yaptıklarını sormuştu ona. Annem bedeli söylediğinde Bård kalkıp gitmişti. Bardağı taşıran son damla bu olmuştu, bu gülünç denecek bedel. Bize sadaka vermek *istiyorlardı*. Bård ve benim mümkün olduğunca az para almamızı *istiyorlardı. Maksat* buydu ve Astrid ile Åsa için hava hoştu. Bu iş kendi başlarına gelmiş olsaydı ne hissederlerdi acaba? İkisinin de iki çocuğu vardı, vakti gelince kendi çocuklarına da mı aynısını yapacaklardı? Onlara miras kalan kulübeleri sadece tek çocuğa mı bırakacaklardı? Hayır. Buna hiç şüphe yoktu. Çünkü mahrum kalan için korkunç bir şeydi, anneyle babanın en az o kişiyi önemsediği anlamına geliyordu.

Bård Bråteveien'den çıkıp giderken annem arkasından ona herhangi bir şey miras kaldığı için sevinmesi gerektiğini haykırmıştı.

Bize herhangi bir şey miras kaldığı için sevinmeliydik. Bahsini birkaç yıl önce Noel'de duyduğumuz, Bård'un okumak için kendisine yollanmasını istediği vasiyetname dilendiği anda değiştirilebilirdi, görünüşe bakılırsa zaten değiştirilmişti de, hâlâ mevcutsa tabii, belki de geçerli bir vasiyetname yoktu, o zaman eski kulübe Astrid'e, yeni kulübe Åsa'ya hediye olarak verilmişti ve birlikte söylendiğinde kulağa pek hoş gelen Bård ile Bergljot için hiçbir şey alamama tehlikesi söz konusuydu.

Annemle babamın böyle açıkça haksızlık yapmasının, Astrid ve Åsa'nın da görünüşe göre bu haksızlığı sineye çekmesinin ve kardeşler arasındaki ilişkinin bozulmaması, Bård'un kendini eline üç beş kuruş tutuşturulup dışlanmış gibi hissetmemesi için annemle babama hiçbir şey söylememesinin ağabeyimi sarstığını görüyordum, onun hiç umurlarında olmadığını açık açık ortaya koyuyorlardı çünkü, ona düzgün davranmak gibi bir dertleri yoktu. Bård bugüne değin bazı darbeler almıştı zaten ve şimdi son darbe vurulmuştu, kopma noktasına geldiğini anlıyordum. Ben de arada darbeler almıştım ve son darbe on beş yıl önce gelmişti, o zaman da onlarla görüşmeyi kesmeye karar vermiştim.

13 Mart 1999'da, Bogstadveien üzerindeki Narvesen büfede oldu.

Öncesindeki yıllarda ailemle ilişkimi asgari düzeyde tutmaya çalışmıştım, çünkü çocuklar küçüktü, anneanne ve dedeyle, teyzeler ve amcalarla, yeğenler ve kuzenlerle görüşme konusunda onların iyiliği için, annemin başımın etini yememesi, bana baskı kurmaması, vicdan azabı çektirmemesi için böylesi şarttı, gerçi beni seviyormuş gibi yapan insanlara nazik davranmak kolay olmuyordu. Roma'dan onlara suya sabuna dokunmayan bir kart atacak oldum ve annemden normal bir aile gibi Noel'i birlikte kutlayacağımıza sevindiğini yazdığı bir mektup geldi cevaben. Ben de kendime hâkim olamadım, sinirlerim boşaldı, hakarete uğramış, yok sayılmış gibi hissettim, çünkü bu normal olamazdı, normal değildi, olan biteni anlatmıştım, tekrar tekrar, ama duyan yoktu, duymak isteyen yoktu. Normal bir aile gibi Noel kutlamak mı? Bu düşünce beni hasta etti, aradım, telefona cevap vermediler, ben de Noel için sevinmediğimi, onları göreceğim için sevinmediğimi, sadece bu fikrin bile içimin endişe ve tiksintiyle dolmasına yettiğini belirten feci bir mesaj bıraktım. Ama ertesi gün öfkemden, saldırganlığımdan ve kontrolsüz, çocukça, fazlaca keskin duygularımdan dolayı utandım, Astrid'i aradım ve ondan Bråteveien'e gidip şu öfkeli mesajı silmesini istedim, ancak mesajı çoktan dinlemişlerdi, dokunaklı bir tavırla öyle söyledi, o zaman annemle babamın üzüldüğünü, sarsıldığını anladım, Astrid'in beni, yaşlı annesiyle babasını üzen ve sarsan kötü biri olarak gördüğünü anladım. Kendimi kötü biri gibi hissettim, ama ben de üzgündüm, Astrid'in benim de ne halde olduğumu görmesini isterdim, ama görmedi işte.

Aynı gün, Klara'yla Narvesen büfede buluştuğumuzda ağlaya ağlaya ona içimi döktüm, o da artık onlardan kopmam gerektiğini söyledi: Onlarla görüşmeyi kesmelisin.

Olur mu, diye ağladım. Evet, dedi, bir sürü insan böyle yapıyor. Onları bir daha görmeme fikri acımı anında dindirdi. İlişkiden kurtulmak, ağlayıp sızlanmalardan, suçlamalardan, tehditlerden kurtulmak, özürler bulmaktan, durmaksızın kendini savunmaktan ve dinlenmediğin halde kendini anlatmaktan kurtulmak, kopmak mümkündü. Evet, dedi. Bir şey söylemem, bir şey yazmam gerekmiyordu, sadece karar vermem lazımdı, zaten karar verilmişti, aileden kopuyordum, Bogstadveien'deki Narvesen büfede karar verdim ve oldu bitti.

Annem birkaç girişimde bulundu. Astrid birkaç girişimde bulundu, ancak ben sessiz kaldım. Sonra pes ettiler, yıllar geçti, sonra Astrid, bir şeyler olduğunda arada sırada yokladı. Annem ameliyat olacağı zaman: Annem ameliyat olacak, bilmeni istedim. Sanki bir şeyi değiştirecekmiş gibi. Sanki arayacakmışım gibi. Hastalık yüzünden, ölüm yüzünden başka bir tavır sergileyecekmişim gibi. Yapacak mıydım? Açıkçası hayır, çünkü mesajı unutmuştum. Ertesi gün tesadüfen yeniden gördüğümde unutmuş olmama sevindim ve neden sevindiğim üzerine düşündüm. Bir yanım böyle bir mesajın beni allak bullak edeceğinden mi korkuyordu acaba? Ama olmadı işte, buna sevindim, yıkma, kırk yılı aşkın süredir içimde güçlü bir biçimde yaşayan hayal kırıklığı dolu, tehditkâr, suçlayıcı seslerini kısma ve yok etme eylemimde başarılı olmuştum. Üzücü bir durum olduğunu, annemin ameliyatının iyi geçtiğini umduğumu, ona geçmiş olsun dediğimi yazdım. Astrid'in bunu yeterli bulmadığını anlıyordum, ama ne yapabilirdim ki? Telefon edip ne diyecektim? Hastaneye gidip annemi kucaklayacak mıydım? Kendimi hastaneye giderken, yattığı odaya girerken hayal ettim ve içimdeki her şey isyan etti. Duyguyu yeniden hissetmek için bir kez daha hayal ettim, içimdeki her şey isyan etti. Mümkün değildi. Açlıktan ve ağlamaktan perişan yüzünü görecek halim yoktu. Elini elimde tutarak onu sevdiğimi söyleyip yatağının kenarında oturamazdım, çünkü onu sevmiyordum. Bir zamanlar sevmiştim, bir zamanlar inanılmaz yakın ve bağımlıydım ona, bir zamanlar benim için bir tek o vardı, annem, ama bu duygu geçmişte kaldı ve yeniden dirilemez çünkü o zamandan bu yana olanlar öncesini de kapsayan bir güce sahip. Anneme sevgi, özlem duymuyordum ve bu sevgi ve özlem eksikliğinin ailede açıklamam, savunmam gereken bir şey, bana ait bir arıza olarak görüldüğünü biliyordum. Astrid bilmem gereken şeyler hakkında bu türden mesajlar yolladığında açıklamalarda bulunup kendimi savundum. Astrid bu mesele sanki bir irade meselesiymiş, sanki ben çıkıp gelmek, onlara iyi davranmak, onlarla sohbet etmek gibi kararlar alabilirmişim gibi bana yaklaştığında mesajlarına çok öfkeli cevaplar verdiğim oluyordu. Ertesi gün utanç içinde özür dilediğimde Astrid öfkeli e-postalarımı okumadan sildiğini yazıyordu. Astrid öfkeli e-postalarımı okumadan sildiğini yazıyordu ve haklıydı, anlaşılır bir şeydi yaptığı, ancak bu, Astrid'in yazışmalarda meselenin özünü hiçe sayması, bu konuda ya da belirttiğim gerekçeler hakkında asla yorumda bulunmaması, bu dev öfkenin nereden kaynaklandığı konusunda hiç kafa yormaması benim hayal kırıklığına uğramamı, reddedilmiş hissetmemi engellemiyordu. *Bilmen gerektiğini düşündüm.* Bilecek, ya telefon edecek ya da hastaneye gidecektim. Telefon etmedim, hastaneye de gitmedim ve onların yakıştırdıkları gibi biri olduğumu bir kez daha kanıtladım: duygusuz, bencil, yıkıcı. Bana tekrar tekrar kara koyun rolü biçtiler ve ben bekleneni yapamadığım için üzüldüm! Bacaklarım beni taşımak istemiyordu. Bilinmeyen numaradan telefon geldiğinde korkudan yerimde zıplıyordum çünkü annem arıyordu. Numarasını kaydettim ki onun aradığını görüp açmayayım. Hastalandığında beni aramaya kalkışabilirdi çünkü hasta, belki de ölmek üzere olan birini reddedecek kadar kötü olamazdım herhalde, değil mi?

Ayrıca, bacaklarım beni taşıyabilseydi de hastaneye gitmeyi becerebilseydim ve yatağın başında, hasta yatağının başında söylenmesi uygun kaçmayacak öfkeli sözler dışında bir şeyler söyleyebilseydim eğer, onların taleplerinin mantıklı, benim tavrımın mantıksız ve kötücül olduğunu itiraf ettiğim, pişmanlık duyduğum sanılabilirdi ve bu mümkün değildi, gidip de inkar mı edecektim kendimi?

Peki kafamdaki seslerini susturabilsem, bu seslerin üzerimde hiçbir gücü kalmasa hastaneye gidip biraz olsun yalan söyleyemez miydim? Annemle hastane muhabbeti yapıp kurtulmuş olurdum. Eğer annemi umursamıyorsam ne önemi vardı ki, umursamadığım biri karşısında dürüst olmak neden önemliydi? Aileme istediğini veremiyordum, bırak annen pişman olduğunu düşünsün, bırak ailen pişman olduğunu düşünsün, bu durumda kendini bir kereliğine inkar et ve kurtul, madem umursamıyorsun, inadı bırak. Hayatımda bir sürü başka yalan vardı, bir yalan daha olsa ne çıkardı ki? Neden hastaneye gidemiyorum, bir iki tatlı laf edip oradan ayrılırım ve bu ikilemden de yakayı sıyırmış olurum. Yani bir ikilem yaşıyordum, öyle mi? Hayır! Çünkü bu bir seçenek değildi, çünkü bunu kaldıramazdım. İşte bu kadar zayıftım, elim kolum bu kadar bağlıydı.

Peki hastaneye gidip dürüst olabilir miydim, mümkün müydü bu? Oraya git ve söylediklerimin sonuna kadar arkasındayım, hiçbir şeyden pişman değilim ve veda etmek için buraya geldim, de. Hayır! İmkânsız! Neden? Nedenini bulamıyordum! Filozoflar, lazım olduğunuz vakit neredesiniz? Bogstadveien'deki Narvesen büfede aldığım onları bir daha görmeme, bana baskı yapmalarına izin vermeme kararına benzer bir içsel kararla yeniden kopmaya çalışıyordum, ancak sonunda, 1999 yılında Bogstadveien'deki Narvesen büfede aileden koptuğumda hissettiğim iç rahatlığını ve ferahlığı hissedemiyordum.

Kopulamayan şeylerden sadece bir mola mı almıştım, erteliyor muydum sadece? Çünkü bir de, annem ölmeden önce beni görmek istemese bile Astrid arayıp vefatı haber verecekti, onları eninde sonunda cenazede görecektim. Bundan kaçamazdım, değil mi? Uzun süredir ortalarda olmadığımdan bana soğuk davranacak, beni ayıplayan tavırlar sergileyeceklerdi. Yıllardır görmediğim, şimdilerde neye benzediğini bilmediğim, şu ya da bu şekilde kötülemiş olan babam da yaslar içerisinde orada olacaktı ve ben onu teselli edemeyecektim, törene katılıyor olacaktım, ama yalnızca bir kara çalı olarak. Bunu kendim seçmiştim, her ne kadar başka seçme şansım olmasa da ve şimdi seçimimin keyfini çıkarıyordum. Bu onlar için de tatsız bir durum olurdu herhalde, değil mi? Neden bu kadar ısrar ediyorlardı, neden bu kadar çok istiyorlardı? Durum onlar için de tatsız olmasına rağmen benim için bin beterdi, bunu görmek miydi dertleri, bu yüzden mi? Beni tek başıma ve keyifsiz görme, bana duydukları bastırılmış saldırganlığı dile getirme fırsatını ele geçireceklerdi, çünkü annemle babamı üzmüştüm ve bununla onların başa çıkması gerekmişti, bu yüzden mi?

Ya da kardeşlerimin bana bunca öfkesinin, nefretinin nedeni, bilinçli ya da bilinçsiz benim yaptığımı yapmak istemeleriydi, uzaklaşmak, kaçmak: ebeveyn rejiminden kaçtığım için içerliyorlardı bana, çünkü aynısını yapmaları zordu artık.

ABD'ye göç etmeliydim, diye düşündüm, bir yelkenliyle dünyayı dolaşmalıydım, bu olay olduğunda bir okyanusun ortasında bulunmalıydım, her şey olup bittikten sonra, iki liman arasında bir e-posta yollanırdı ve okyanus, küçücük hayatlarımızı, küçücük ölümlerimizi bir perspektife oturturdu.

Ya gelişim ve aydınlanma fırsatından kaçıyorsam peki? Ya çok önemli bir şeylere çok yaklaşmışsam diye sordum kendime, belki de olay şimdi bundan ibaretti, belki de görevim buydu. Bunu keşfedemezsem önemli olanı öğrenemeyecektim, geride sadece başlangıçlar ve yüzeysellikler kalacaktı.

Ama kolay değildi, zorlu olmuştu benim için, başlı başına bir mücadele. Belki de geçmemişti, belki de yolun son dönemeciydi bu ve şimdi pes etmemem gerekiyordu.

Astrid'den gelen yalnızca-bilmeni-istedim mesajını yeniden okuduktan sonra gece uyku tutmadı. Barışmak, affetmek? İnsan itiraf edilmemiş bir şeyi affedemez ki! İtiraf yetisine sahip olduklarını mı sanmıştım acaba? Bastırmak, reddetmek için bu kadar çaba harcadıkları bir konuda doğruyu mu söyleyeceklerdi? Benimle aralarını düzeltmek için milletin gözünde kınanma riskini alacaklarını mı düşünmüştüm gerçekten? Hayır, buna değmeyeceğimi tekrar tekrar göstermişlerdi. Peki ya sadece bana itiraf edecek olsalar? Annemle babama yalnızca bana itiraf edebileceklerini yazsam, kimseye söylemeyeceğime söz versem? O zaman da olmazdı, adım gibi eminim, çünkü onlara göre böyle bir şey yoktu, bunu hiç konuşmamışlardı. Kendilerine saygılarını kurtarmak adına, paçayı kurtarmak adına sessiz bir anlaşmaya varmış, büyük kızlarının zayıflığı ve duygusuzluğunun kurbanları olduklarına dair dillendirilmemiş bir anlaşmaya varmışlardı uzun süre önce, bu hikâye böyle anlatıldığı sürece de merhamet ve şefkat görüyorlardı, bunsuz yaşayamazlardı, bununla besleniyorlardı ve herkesten gizli, sadece bana itirafta bulunsalar bile onlara sunulanları kabul etmeleri zorlaşacaktı, başkalarının önünde sürekli aynı oyunu oynamaları, acınan insanlar olmaları zorlaşacaktı. Acınacak birisi varsa o da onlardı. Onlara da yazık diye düşündüğüm oluyordu ara sıra, çünkü işleri içinden çıkılmaz hale getirmişlerdi, çünkü hasta ve yaşlıydılar, yakında öleceklerdi, benimse sağlığım yerindeydi, aman nazar değmesin, yolun yarısındaydım. Sen de öleceksin, diyerek avuttum kendimi. Kendimi cesaretlendirmek için, bu yarın bile olabilir, dedim. Neden önemsiyorlar ki, diye haykırdım göklere, benimle dertleri ne, diye haykırdım karanlığa. Aslında umurlarında değildi, yıllardır umursamamışlardı.

İki gün sonra Astrid'den bir mesaj geldi, annemin testleri temiz çıkmıştı. Yeniden iyi olacaktı, hatta iyileşmişti bile. Babam da öyle. Çok iyi, dedim ve selam söyledim. Kendi hayatıma devam ettim.

Bir ay sonra Astrid telefon etti. Yakında elli yaşına basacaktı, kalabalık bir parti düzenliyordu, karşılaşmaktan memnun olacağıma inandığı bir sürü kişi davetliydi. Tarihi söyledi, uyuyordu bana, sevindiğini söyledi, duraksadı ve annemle babamın da geleceğini belirtti. Onlar da büyük partiye katılmak istiyorlar, dedi, "son" kelimesini sarf etmedi ama etmiş kadar oldu.

Bir şeylerin değiştiğine inandığı belliydi; annem ameliyat olduğunda hastaneye gitmememe rağmen ona geçmiş olsun demiş ve bugün yarın ölebileceğini muhakkak anlamıştım, o yüzden tutumumu değiştirmiş olmalıydım. Ona göre olay çok soyut, diye düşündüm. Benim içinse çok somut. Annemle babamın bulunduğu bir odaya girip ellerini mi sıkacağım? Kucaklaşacak mıyım onlarla? Ne diyeceğim? Onlar yıllardır belli aralarla görüşüyorlar, geçinip gitmeye alışmışlar, bense sürüden ayrılanım, kara koyunun ta kendisiyim. N'aber deyip sırıtarak ortaya mı çıkacaktım yani? Dünyayı bambaşka görmüyormuşuz gibi, beni ben yapan olayı, yapı taşlarımı göz ardı etmiyorlarmış gibi. Yaptığım şeyin nedenini, bunun beni ne kadar derinden yaraladığını Astrid hiç mi anlamıyordu? Benimle sanki bu bir tür kapris, sabit bir fikir, gerçekle cidden yüz yüze geldiğimde bir kenara bırakabileceğim çocukça bir isyan arzusuymuş gibi konuşuyordu. Kendimi toparlayabilirmişim, akıllı olup tavır değiştirmeye karar verebilirmişim gibi. Yıllardır adımımı atmadığım, annemle babamın ise düzenli olarak ziyaret ettiği bir eve girme ve onlarla karşılaşma düşüncesinin bünyemde nasıl bir korku yarattığını anlamıyordu. Astrid ve başkaları için onlar giderek yaşlanan, zararsız ve zayıf insanlardı eminim, ama benim için cenderesinden kurtulmak için yıllarca terapi görmek zorunda kaldığım güçlü kişiliklerdi, bu muydu mesele? Astrid, kamburu çıkmış, bir ayağı çukurda bu yaşlı yaratıklardan korkmamı anlamıyordu, oysa ben beklemediğim bir anda onlara rastlayabilirim diye havaalanına bile gittiğimde korkudan titriyordum. Neden korktuğumu sorardım kendime havaalanına giden trende. İnsanın fobileriyle mücadele ederken yaptığı gibi onları gözümün önüne getirmeye çalışırdım. Diyelim ki havaalanına girdim, onlar da check-in kuyruğunda duruyorlar, ne olacak şimdi? Korku tüm bedenimi ele geçiriyor! Tamam ama ne? Yanlarından geçip gidecek miyim? Hayır. Çok aptalca olur, çocukça. Elli yaşında bir kadın, check-in kuyruğunda bekleyen anne babasına merhaba diyemiyor, buna cesaret edemiyor. Durup onlara nereye gittiklerini sorardım herhalde, cevap verecek ve bana nereye gittiğimi soracaklardır, ben de cevap verir, zoraki gülümseyip iyi yolculuklar dilerdim. Boş laflar işte, belki de neredeyse "normal bir aile" gibi davranmak işleri kolaylaştırırdı, ama hayır! Çünkü sonra tuvalete gidip kendimi içeri kilitlemem ve tir tir titreyerek klozetin üzerine oturup uçağımı kaçırma pahasına onların ortadan kaybolmasını beklemem gerekirdi. Hiç faydası yoktu. Bu olayın beni ne zaman olursa olsun içine çekmesini aşmayı başaramamıştım, içine çekilmek istemiyordum, içine girmek istemiyordum, ama yine içindeydim işte! Yetişkin olmayı, sakin, derli toplu olmayı ne çok isterdim, elli yaş doğum günü partisine gitmemeye karar vermeyi, bir mazeret bulmayı, her şeyi unutmayı ne çok isterdim. Ama yapamadım. Çünkü annemle babam davet edilmemiş olsalar kız kardeşimin elli yaş doğum günü partisine giderdim, çalıştığı insanlarla tanışmak için, eminim çok keyifli, ilginç, belki de bana faydası dokunacak insanlardı bunlar. Bu bir yenilgiydi. Öylesine felce uğramış, öylesine ürkek bir haldeydim ki bana faydası dokunabilecek şeylerden uzak durmak zorunda kalıyordum. Aptal çocukluğumda çakılı kalmıştım. Dünyadaki işlevimin adını şöyle koyabilirdik: Çocukluğunda çakılı kaldı. Elli yaşıma gelmiştim ama hâlâ çocuklarda görülen anne baba otoritesi kaynaklı endişeyi taşıyordum. Kız kardeşlerimde artık bu endişe yok muydu? Belki Astrid beni çocukluğumdan kurtulduğuma, travmalarımı, anne baba otoritesi endişesini atlattığıma inandığı için çağırmıştır? Belki de hastanede bulunamamamın eski bir alışkanlık olduğunu, ama artık eski alışkanlıkları kırmanın zamanı geldiğini düşünüyordu. Yani bu davet, benim aşama kaydettiğime inanan Astrid'in bir komplimanı olarak görülebilirdi. Astrid, yüzümde bir gülücükle, annemle babamın varlığından hiç etkilenmemiş olarak oraya gelebilecek halde olduğuma ve onların beni nasıl değerlendirdiklerini umursamadığıma inanmıştı.

Bunu düşüneceğimi söyledim. Başka hiçbir şey düşünmüyordum. Kimsenin bulunmadığı ormanda uzun yürüyüşlere çıkıp bana kimsenin ulaşamayacağı başka bir kıtada bulunduğumu hayal ettim. Kimse sana ulaşamaz, dedim kendi kendime, ulaşılabilir olmazsan eğer. Sen kimsin, diye sordum, kim olmak istiyordun, kendini hangi ölçütle ölçeceksin?

En büyüğüyle mi?

Bir zamanlar avucumun içi gibi bildiğim sokaklardan geçerek Astrid'in ellinci yaş partisine gittiğimi gözümün önüne getirdim, bir cumartesi akşamı, açık bir sonbahar havası. Elmalar dallarında olgunlaşmış, çitlerden sarkan frenküzümlerinin dalları ağırlaşmış, yabanarıları vızıldıyor, kesilmiş çim kokusu duyuyorum. Sakince kapıyı çalıp kız kardeşimin evine giriyorum.

Oraya varabilecek miyim hiç? Hayır. Özgür olmayı isterdim, özgür değilim. Kuvvetli olmayı isterdim, güçsüzüm. Kalbim gümbür gümbür çarpıyordu ve onu nasıl sakinleştireceğimi bilemiyordum. Yosun kaplı yere çöktüm, yüzümü dizlerime gömdüm ve ağladım.

Bu üç yıl önceydi.

Yolum uzundu.

Bård'un yolun ne kadarını kat ettiğini, onun yolunun benimkinden ne kadar farklı olduğunu düşündüm.

O tuhaf Grand'da, iki yabancı gibi sessizce oturduğumuzda bunu soramazdım.

Bunun yerine ona yıllar önce, çocukların iyiliği için ailemle az da olsa hâlâ görüştüğümüz sıralarda, Tale ve onun arkadaşları, Klara ve ben Hvaler'deki eski kulübedeyken olanları anlattım. Müzik çalıyor, dans ediyorduk, annem kapıda beliriverdi ve onlara ecstasy mi verdin yoksa, diye sordu.

Bård güldü, ben de güldüm ama o zaman gülmemiştim. Annem kızlara ecstasy verdiğimi mi sanıyordu? Sinirden nutkum tutulmuştu, ama Klara durumu anladı, anneme bir sandalye ve bir bardak kırmızı şarap uzattı. Klara, annemin de eğlenceye katılmak istediğini anlamıştı. Annem yeni kulübede oturuyordu, eğlendiğimizi duymuş, katılmak için gelmişti. Klara anneme bir sandalye ve bir bardak kırmızı şarap verdi, annem de karanlıkta yeni kulübeye dönmeden önce birkaç dakika oturdu. Zavallı annem. Yeni kulübede babamla birlikte esir kalmıştı. Eski kulübeden neşeli sesler yükselince bizimle birlikte olmak için gelmiş ama bunu anlamamıştı ve bu hoş duyguyu bir suçlamaya çevirivermişti: Onlara ecstasy mi verdin yoksa?

Ben de anlamamıştım, çünkü savunmaya geçmiştim.

Bård'a Astrid'in ellinci yaş doğum gününe gidip gitmediğini sordum. Gitmemişti. Davet edilmişti ama yurtdışındaydı. Ben davet edildiğimi, ancak annemle babam da geleceği için gitmediğimi söyledim. Onlardan korkuyordum, dedim, annemle babamın düşüncesinin bile bende kaygı yarattığını söyledim. Kaygı değil, dedi Bård, güçlü bir sıkıntı.

Hem kaygı hem de güçlü bir sıkıntı, dedim ve ikimiz de güldük.

Tale'nin artık Bråteveien'dekilerle görüşmek istemediğini, bu tiyatro gösterisine dahil olmak istemediğini anlattım. Ailesi ve bir çift yakın arkadaşıyla birlikte bir seferinde yazın hafta sonu için Hvaler'deki eski kulübeye gittiklerini söyledim. Erkekler tekneyle çıkmış, annemle babam da bir merhaba demek için kulübeye gelip onların nerede olduklarını sormuşlar. Tekneyle denize açıldılar, demiş Tale, annem çılgına dönmüş, çünkü yağmur yağıyormuş, dalga çıkmışmış, geceymiş, hava sisli ve soğukmuş, ya denize düşerlerse, ölürlermiş, belki de çoktan ölmüşlermiş. Tale ne yapacağını bilememiş, korkmuş, annemin endişeleri, panik hali ona da bulaşmış. Babam da başka sebeplerden sinirlenmiş, tekneyi evin sahibine, teknenin sahibine hiçbir şey söylemeden almışlarmış, bu nasıl küstahlıkmış. Tale, kulübelerin sinirli sahiplerinin önünde sesini çıkarmadan durmuş, sanki onların insafına kalmışçasına. Endişesinin esiri olmuş, ortalığa yayılan derin korkusunun idaresindeki annem de ona iskeleye inmesini buyurmuş. Bu korku çocukluğum sırasında bana da bulaşmıştı, alkol, Rock müzik gibi şeylere karşı duyduğu endişe beni de onun kadar endişeli biri haline getirmişti. Tale iskelenin ucunda annemle durmuş, denize bakmış. Burada o kadar çok durdum ki, demiş annem. Burada ne günler geceler geçirdim, dualar ettim demiş: Burada nice hayat kurtardım!

Annemin dramatik pozlarını taklit ettim ve Bård güldü. Annem böyleydi işte. Babamın azarlamalarını taklit ettim, Bård güldü. Babam böyleydi işte.

Ama Tale'nin oradan bir gün önce dönmesinin, Hvaler'de ve Bråteveien'de kalmakta zorlanmasının nedeni bu değildi. Erkekler tekne gezisinden döndüklerinde arkadaşı benim neden annem ve babamla görüşmediğimi sormuş, Tale de durumu arkadaşına anlattığında onun nasıl bir tepki gösterdiğini görmüş. Ertesi sabah annem gelip ona kızına iyi bakıp bakmadığını sormuş bir de. Annem geceleyin kötü bir rüya görmüş, rüyasında Tale kızına iyi bakmıyormuş: Kızına iyi bakmadığını gördüm rüyamda, çok kötüydü, Emma'ya iyi bakıyorsun, değil mi?

Annem, rüyasında Tale'nin kızına iyi bakmadığını görüyor ve hiç gözünü kırpmadan bu kaygısını Tale'ye boca ediyor, böyle bir rüya üzerine kafa yoracak cesareti yok, hali de yok. Kızına iyi bakmayan kimmiş acaba, neden annem kızına bakamayan birini rüyasında görmüş ki? Bu soruyu kendine yöneltecek cesareti ve hali olsaydı, o zaman, tam da o zaman cehennemin kapıları açılmış olurdu.

Annem ve babamla ipleri kopardığım, onları görmek istemediğim için vicdan azapları içerisinde kıvrandığım bir sırada bana bunu hatırlatan Bo Schjerven oldu.

Yakında ölecekler, diye ağlıyordum.

Sen de öleceksin, dedi.

Bunu unutmuştum.

Grand'dan çıkıp Karl Johans girişinden metro istasyonuna yürürken gelişime kıyasla daha hafif hissettim kendimi. Onu tanıyan biriyle oturup annemle dalga geçmek, aileyi bilen biriyle oturup haklarında konuşarak gülmek iyi gelmişti. Astrid'le konuştuğumda annemle asla dalga geçemezdim. Onunla konuştuğumda ağır bir yük olurdu sırtımda, çok yalnız hissederdim.

Klara'yı arayıp annemle babamdan konuşup güldüğümüzü söyledim. Klara sordu: Seçme hakkın olsaydı Hvaler'de bir kulübeyi *ve* annenle babanı mı seçerdin yoksa hiçbir şeyi mi?

Hiçbir şeyi seçerdim.

O akşam Bård bir mesaj yolladı bana, şöyle diyordu: Her şerde bir iyilik vardır, sevgiler, ağabeyin.

Bu işin iyi tarafı birbirimize yeniden kavuşmak olmuştu.

Aralık ayında, Noel'den önce Lars'ın ormandaki yazlık evindeydim, ev yarı yarıya donmuş nehrin kıyısındaydı ve her yer olağanüstü sessizdi. İyice kulak kabartılırsa ufacık bir şırıltı duyuluyordu. Ortalık karanlık, soğuk ve sakindi, ağaçlar kapkara dallarını havaya kaldırmış, onlardan çekilip koparılmış yazın yasını tutuyor, karın, karla kaplı olmanın özlemini çekiyorlardı. Şehirden ve insanlardan uzaktayken orada iyi çalışıyordum, Trofast da serbestçe koşuşturuyordu.

O gece havada aralık karanlığı ve kar vardı, sabahleyin çimenler yemyeşildi, güneş sanki aylardan aralık değilmiş gibi parlıyordu. Aralık, ayaz, aniden bastıran karanlık, akşam kırmızı şarap, gece huzursuz rüyalar, sabah yere inmiş sis, sonra aniden ortalığın aydınlanması, bir bahar güneşi, her şey çok alakasızdı. İşime odaklanamıyordum, huzursuzdum, üzerinden geçilmemiş tiyatro eleştirileri yığılmıştı. Popüler romanları tiyatro eserlerine dönüştürmenin tehlikelerinden söz eden bir şey yazacaktım, ama konuya nasıl gireceğimi saatlerce kestiremedim, sonra Åsa'dan bir e-posta alan Bård'dan bir e-posta geldi. Åsa kulübelere yeniden değer biçileceğini yazmıştı. Bir önceki çok düşüktü. Mirasa avans kabul edilen hediyenin değerini saptamak mirası bırakana kalmıştı, ancak annemle babam birkaç emlakçıdan alacakları fiyat ve vergi dairesinin biçtiği değerle makul bir bedel için zemin hazırlamak niyetindeydiler. Biz bu işi kendi aramızda anlaşıp halledebilecek olursak annemle babamın anlayış göstereceğini düşünüyordu.

Kararı vermek annemle babama kalmıştı, ancak anlaşabilirsek annemle babamın yeni biçilecek değeri göz önüne alacaklarına inanıyordu. İma edilen şuydu: Bård itirazını sürdürürse annemle babam yeniden biçilen değeri göz önüne almayacaklardı.

Bir saat sonra Bård'un babama gönderdiği e-postanın kopyası geldi, dibe vurmuştu, dibe vurmayı iyi bilirdim. Bård babama çocuklarına yıllardır miras konusunda eşit davranmaktan dem vurduğunu hatırlatıyordu. Peki Hvaler'deki kulübelerin dört evlattan ikisine mirasa avans olarak ve gerçek değerleri biçilmeden verilmesi adil miydi? Üstelik diğer ikisine, kendisine ve Bergljot'a (adımı yazmıştı) herhangi bir miras kalmasından yıllar önce.

Ben hiç sorun çıkarmadım, sizi hiç üzmedim, diye yazmıştı, sorun çıkaran, üzüntülere sebep veren beni kastediyor olmalıydı. Beni ve çocuklarımı ne kadar sevdiğinizi siz söyleyin. O da buna, söyledikleriniz ortada, yaptıklarınız da, diyerek cevap verecekti.

Huzurum kaçmış halde ormanda oturdum. Bråteveien'de toplanmış, Bård'u baş belası, Bård'u onlardan koparan kişi rolünü üstlenen karısını da kışkırtıcı biri diye yaftalayarak çekiştirdiklerini gözümün önüne getirdim. Bunun ailenin kendi hikâyesine oya gibi işlendiğini biliyordum, bir zamanlar ben de katkıda bulunmuştum. Aileden kopup aramıza mesafe koyduğumda ilk kez olayları farklı gözle görebilmiştim, ancak o zaman bile bu çok yavaş gerçekleşmişti, minicik adımlarla ilerlemiştim. Anne ve babanın söylemleri çocukların gerçeklik kavramını öyle bir biçimler ki bundan yakayı kurtarmak neredeyse imkânsızdır.

Şimdi yakayı kurtarmış mıydım peki? Yoksa olduğum yerde takılıp kalmış, düşmanın adını mı değiştirmiştim?

Bilgisayarı kapattım, giyindim, köpekle birlikte nehre gittim ve onu saldım. Kaçmadı, adının anlamı gibi sadıktı. Sudaki taşları saydım, ilkbahar ve sonbaharda hiçbiri görünmezdi, nehrin geriye doğru aktığını gözümde canlandırdım, geldiği yere, kaynağına doğru, nehir kenarında bir saat yürüdüm ve hava kararınca patikada yalnız başıma geriye döndüm, sınırı geçmeden gidebileceğim kadar uzağa gitmiştim. İçeri girdim, bilgisayarı açtım, Bård'dan yeni bir e-posta gelmişti, o da şimdi nehrin kaynağına ilerliyordu. Åsa, yolladığı mesajda, kulübeler için benim ve Bård'un payının karşılanacağını bildiren bir vasiyetname olduğunu ve yeniden fiyatlandırma yapılacağını temin ediyordu. Birkaç boş satırdan sonra, çok ağır laflar sarf etmediğinde onunla iletişime geçmenin daha kolay olabileceğini belirtiyordu: Senden mesaj almaktan korkuyorum neredeyse.

Bård, asıl dileğinin kulübeleri dört kardeşin de eşit şekilde paylaşması olduğunu unutmaması gerektiğini yazdı. Çocuklarımızla birlikte doğal bir buluşma alanı yaratmış olacaktık o durumda kendimize. Böyle bir çözüme Astrid ve onun karşı çıkmasının çok üzücü olduğunu yazdı. Ondan e-posta almaya korkuyorsa, bunun nedeninin, onun ve Astrid'in bize karşı nasıl davrandıklarını okumaktan hoşlanmaması olmalıydı, öyle diyordu. Çocuklarıyla ona Hvaler'deki kulübelerden birinin yarısını vermeyi neden reddettiklerini asla anlamayacaktı.

Lars ormandaki eve geldi. Yemek yaptık, şarap içtik, ona Bård'un mesajlarından söz ettim. Yattık, seviştik, Åsa'nın Bård'a, Bård'un Åsa'ya yazdıklarını anlattım. İçini çekti, uyumak için sırtını döndü ve Hvaler'deki kulübelerle ilgilenmediğimi sandığını söyledi, Hvaler'de kulübe falan istemiyorum, diye bağırdım, ama Bård'un tepkisini de anlıyorum! Bård'un neden tepki gösterdiğini, neden bıkmış olduğunu anlamıyor musun? Bana şaşkın şaşkın baktı ve içini çekti: Evet, bıkmış.

Sağlıklı biri olmak neye benziyordu acaba?

Sağlıklı biri olmak, sakatlanmamış biri olmak nasıl bir şeydir bilmiyordum, kendi deneyimlerimden başka bir şey yoktu elimde. Kötü rüya görüp de geceleyin uyandığımda Lars'a sokulur, sağ kolumu onun sırtına atar, onun rüyalarını kapmaya çalışırdım, onunkilerin huzurlu olduğundan emindim. Onun zararsız rüyaları kafama aksın diye zihnimi bütünüyle Lars'a açmaya çabalar, uyuyan bedeninden rüyalarını emmeye çalışırdım ama olmazdı, bir kapı yoktu, kendi içimde kilitli kalmıştım ben.

Ertesi gün, öğlen on ikiyi biraz geçe, romanlardan uyarlama tiyatro metinleri hazırlamanın tehlikeleri üzerine yazmak için tam oturmuşken, Lars da kahvesi ve gazetesiyle verandadayken, Bård'dan eki olan bir e-posta geldi. Gece hiç uyumadığını, ama şimdi metni bitirdiğine inandığını yazmıştı. Onu şekillendirip yollamak harika, diye yazıyordu, bu, bizim küçük aile dramımızın son perdesi.

Babama,

Bir oğlum olsaydı ona nasıl davranırdım, anlatmak istiyorum.

Oğlumla iyi bir ilişki kurmayı, ona yakın olmayı isterdim.

Hem büyürken hem de yetişkinliğinde birlikte yapmaktan keyif alacağımız etkinliklere yönlendirmek isterdim onu.

Oğlumun ilgilendiği etkinlikleri takip edip ben de onlarla ilgilenirdim.

Bu etkinliklerle kendim ilgilenmiyor olsam bile onu izlerdim, çünkü bunlar oğlumu ilgilendiren şeyler olurdu.

Oğlumun uğraştığı ve becerebilmek için çok çalıştığını bildiğim etkinliklerde başarılı olduğunu görmekten gerçekten mutluluk, tatmin ve gurur duyardım. Eğitim ve iş söz konusu olduğunda da aynı duyguları hissedip aynı şeyleri dile getirirdim.

Yetişkin biri olduğunda ve iyi bir eğitimin yanı sıra iş tecrübesi kazandığında, onun benden daha yetkin olduğu iş idaresi alanında sunabileceği önerilere kulak verirdim.

Bir baba ve insan olarak en güzel anlarım, oğlumla bir şeyleri birlikte yaşadığım anlar olurdu.

İkimiz de biliyoruz ki sen tek oğluna böyle davranmadın.

Yüzlerce hokey ve eltopu maçına çıkmışımdır. Bu maçlardan <u>birine</u> geldin.

İkimizin de eğlenebileceği türden şeyler öğretmedin bana.

Arkadaşlarımdan çoğunun babalarını seni tanıdığımdan daha çok tanıyorum. Trond ve Helge'nin anne ve babalarıyla seninle gittiğimden daha sık kayağa gittim.

Üç farklı diplomam var, iş hayatımda oldukça başarılıyım. Buna rağmen benimle gurur duyduğuna, benim için sevindiğine dair ne tek bir laf ettin ne de bunu gösteren bir şey yaptın.

Pek çok spor dalında başarılı oldum ancak sen ne ilgilendin ne de çaba gösterdin.

İnsan hayatını başa saramıyor, aldığı kararlarla yaşamak zorunda.

Baba olarak senden çok da fazla bir şey beklemedim, ancak miras meselesinde dört çocuğuna da adaletli davranmanı bekliyorum. İkimiz de biliyoruz ki şu ana kadar böyle olmadı, hem de hiç.

Camlı verandaya çıktım. Lars kocaman anorağını giymiş, çayıra, ormana, nehre dönük koltuğunda oturuyordu, gazete okumuyordu, sigara içmiyordu, öylece çayırı, ormanı, nehri seyrediyordu, buraya sahip olduğu için gurur duyduğunu düşündüm, insan bir şeye sahip olmanın mutluluğunu hissedebilir, tuhaf bir gurur, politik olarak doğru olmasa da iyi ve doyurucu bir his, hani Kenya'daki Masai'lerin ya da Grönland'daki yerlilerin, resmi olmamasına rağmen, kendilerinin saydıkları arazilere baktıklarında hissettikleri gibi. Bir zamanlar, çok eskiden, sonbaharın sonu ya da mart başı gibi kulübelerin kapatılmış olduğu ve tek bir insana rastlanmadığı zamanlarda, gençken ya da çocuklar küçükken Hvaler'de yalnız kaldığımızda, avucumun içi gibi bildiğim takımadalara, denize ve kayalıklara baktığımda kendimi çok iyi hisseder, gurur da diyebileceğimiz bir tür aidiyet duygusuna kapılırdım. Hvaler'de olamamak büyük kayıptı, aileden kopmamın bedeli, ama başka şansım yoktu, aileden kopmakla kazandığım iç huzuru Hvaler'le kıyas götürmezdi.

Lars'ın omuzuna dokundum ve ona bir şey okuyup okuyamayacağımı sordum. Bana baktı, mirasla ilgili olmamasını umuyordu. Oturdum, kar yağmaya başladı. Bak, dedi. Haziran ayının ortalarında elma ve vişne ağaçlarından dökülen tomurcuklar misali koca koca kar taneleri havada dönüp duruyor, yere konmak istemiyorlardı. İkimiz de birer kar tanesi seçtik ve yere konup eriyene kadar onu takip ettik. Noel geliyor, dedi. Saate baktım, 10 Aralık. Trofast kar tanelerini yakalamaya çalışıyordu, çocukluk gerçekdışı bir olaydı. Hokey maçları, piyano dersleri gerçekdışıydı. Hatırlamamak için kendimi zorluyordum. Üçüncü sınıfta, üstümde çok gururlandığım portakal rengi yeni elbisemle okula giderken eğer *o* olmasaydı mutlu olabilirdim, diye düşündüğümü hatırlıyorum.

Babam belki de Bård'un e-postasını okuyordu o anda, yollanalı yedi dakika olmuştu. Onu gözümde canlandırmaya çalıştım, ancak görüşmeyeli çok olmuştu, bilgisayar başında otururken de hiç görmemiştim onu, ne tür bir bilgisayarı olduğunu, çalışma odasında mı, oturma odasında mı yoksa mutfakta mı, nerede durduğunu bilmiyordum. Oğlundan, tek oğlundan, ilk çocuğundan böyle bir mektup almak feci bir şey olmalıydı. Zavallı yaşlı baba, muhtemelen kır saçlı, gözlükleri burnunun üzerinde, kamburu çıkmış, gözlerini kısmış halde ekranın karşısında gelen kutusunun üzerine tıklıyor. Bård'dan babaya. Birden babama karşı büyük bir acıma duygusuna kapıldım. Geçmişinden kurtulamayan, geçmişteki hatalarını sırtlanmak zorunda kalan yaşlı bir adam, yaptığımdan dolayı, bu zavallı yaşlı adamla ilişkimi kestiğimden dolayı içimde bir suçluluk duygusu uyanıverdi.

Sonra kendime, acıdığım kişinin babam olmadığını, bunun bir baba hayali, arketipi, miti olduğunu, yitip gitmiş bir baba olduğunu hatırlattım. Gerçek babamın, onu tanıdığım kadarıyla Bård'un mektubundan etkilenmek yerine refleks olarak savunmaya geçeceğini hatırlattım kendime. Babamın bana en son söylediği şey, yedi yıl önce ondan telefonda duyduğum son şey şuydu: Git de aynaya bak, karşında bir psikopat göreceksin.

Haziran ayının güneşli bir cumartesi sabahıydı, yaza merhaba partisinden sonra parti lokalinde, pencere kenarında düzenleme komitesinden bir adamla birlikte oturuyordum, ortalığı toparlamış, bir bira açmıştık.

Adam bana kız kardeşim Åsa'yla Trondheim'da aynı okula gittiğini söyledi. Bilmiyordum, komikti, Åsa'yla Trondheim'da geçirdikleri öğrencilik günlerinden komik hikâyeler anlatıyordu. Çakır keyiftim, eğleniyordum, birkaç yıldır konuşmadığım Åsa'yı aradım ve şöyle dedim: Kiminle bira içtiğimi tahmin et bakalım. Telefonu adama verdim, adam onunla konuştu, iyi geçti, eğlenceliydi. Sonra bir yıldır konuşmadığım Bård'u aradım, ona da benzer şeyler söyledim, güldü, iyi geçti, belki içimde bir şeyler Bård ve Åsa'yı özlemişti çünkü onları sarhoşken, savunma mekanizmalarım çalışmazken aramıştım. Astrid'i aradım, benzer şeyler söyledim, mesafeli olmasına rağmen iyi gitti, beni en iyi tanıyan oydu, ruh halimin anında değişebildiğini biliyordu, içtiğimi de kesinlikle fark etmiş olmalıydı, hazır elim değmişken annemle babamı da aradım, düşünmeden hareket etmiş olmalıydım, belki diğerlerini aradığımda olduğu gibi bu konuşmanın da iyi geçeceğini sanmıştım. Telefona annem cevap verdi, Åsa ile Trondheim'de birlikte okumuş adam hakkında komik bir şey söyleyecektim ki annemin fısıldadığını duydum, babama sesleniyor olmalıydı: Bergljot arıyor. Telefonu hoparlöre almış olmalı diye düşündüm sonradan, babama onun tarafında olduğunu göstermek için, o duymasın diye benimle fısıldaşmak istemediğinden, belki de babam ondan bunu yapmasını istemişti. Annem, Åsa ile Trondheim'de birlikte okumuş adam hakkında bir şey söylememe fırsat vermeden doğrudan meseleye girdi, saldırgan bir biçimde ona ve babama karşı nasıl bu kadar kötü davranabildiğimi, hep benim iyiliğim için çabalamış olmalarına, bana her şekilde yardımcı olmalarına rağmen nasıl bu kadar nankör olabildiğimi sordu, bu kadar kötü davranmam için ne yapmış olabilirlerdi? Tamamen hazırlıksız yakalanmıştım, sonradan, bu kadar hazırlıksız yakalanmamın akıl almaz bir şey olduğunu düşündüm, ne sanmıştım ki, Åsa ile Trondheim'de birlikte okumuş adamla keyifli keyifli sohbet edeceklerini mi? Ne kadar saftım, yere çakıldım. Babam öldüğünde artık bu soruları sormayacaksın ama çok geç olacak, dedim ve annem telefonu hoparlöre aldığından babam gelip ahizeyi kaptı: Git de aynaya bak, karşında bir psikopat göreceksin.

Babam öldüğünde annemin bana geleceğine inanıyordum, ama bunun için geç kalınmış olacaktı. Laf ağızdan çıkmıştı. Artık çok geçti. Böyle biri olmuştum işte, böyle biri olmayı seçmiştim, merhametsiz. Git de aynaya bak, karşında bir psikopat göreceksin! Babam böyle biri olmuştu, böyle olmayı seçmişti ya da, gerçek bir seçim değildi bu, merhametsiz olması gerekiyordu. Bård'un istediği babamın bir şeyler hissetmesiydi, ama ben babamın bir şeyler hissedecek yetiye sahip olmadığına inanıyordum, Bård'un mektubu onun umduğu gibi karşılanmayacaktı. Babam için Bård'un mektubu nankörlüğünün deliliydi, bu lafı hem benim için hem de Bård için kullanmıştı. Annem, Astrid ve Åsa da eğer okumuşlarsa Bård'un mektubu karşısında başlarını sallayacaklardı. Altmışına dayanmış, yetişkin bir adam saçma sapan şeylerden dolayı yaşlı babasına eziyet ediyor.

Astrid ve Åsa'dan başkasına gösterilmeyecekti mesaj. Ailedeki durumu açıklamak gerekirse eğer, altmışına merdiven dayamış Bård'un, yaşlı babasını çocukluğunda onun eltopu maçlarına yeterince gitmemekle suçlayacak tıynette ve olgunluktan nasibini almamış biri olduğu söylenecekti.

Mektup geri tepecekti, Bård da bunu biliyordu, anlaşılmasını beklemiyordu muhtemelen, ama bunları çok geç olmadan, kendi iyiliği için olabildiğince açık bir dille belirtmeye ihtiyacı vardı.

Mektubu Lars'a okudum. Dikkatle dinledi. Oo, dedi ben okumayı bitirip sustuğumda. Lars bir babaydı, Lars'ın bir oğlu vardı. Oo, dedi bir kez daha ve düşüncelere daldı. Kar yağıyordu. Babamızın bizi görmesini isteriz, dedi. Bütün mesele bu. Kar yağıyordu ve köpek kar tanelerini yakalayabilmek için karda koşuyordu. Bir oğlan çocuğu için en önemli şeydir bu, babası tarafından görülmek. Babaya mektup, dedi.

Bir müddet sessizce oturduk. Sonra kendi babasının da oldukça ilgisiz olduğunu söyledi. O kuşaktan pek çok baba biraz ilgisizdi, o zamanlar şimdi olduğu gibi değildi, babalar hokey ve eltopu maçlarına gitmezlerdi. Baban birazcık ilgisiz miydi? Hayır, dedim. Çünkü sıradan ilgisiz babalar bile, oğulları yelken ya da kayak yarışlarında galip geldikleri vakit diğer babaların önünde onlarla övünürlerdi, ama babam Bård'a bir aferin diyebilecek, Bård hakkında olumlu tek bir laf edebilecek halde değildi. Babam korkuyordu. Ölesiye korkan biri korkudan titremeye bile cesaret edemez, babam da titremeye, tek bir zayıflık belirtisi göstermeye cesaret edemiyordu, Bård'a iltifat etmeyi de zayıflık belirtisi olarak görüyordu. Babamın düzeni korku sayesinde yürüyordu. En ufak bir zayıflık gösterecek olursa düzen bozulacaktı, babam bundan korkuyordu. Babam, ancak Bård karşısında el pençe divan durdukça, itaatkâr oldukça onu kabul edebilirdi, fakat Bård böyle biri olmak istemiyordu. Para onun başarı ölçütü olmasına rağmen Bård'un zengin olmasından hiç hoşlanmamıştı babam, çünkü Bård zengin olunca babam onun üzerindeki maddi gücünü kaybetmişti.

Zengin olmadığıma memnunum, dedi Lars.

Yıllar eminim ki babamı biraz yumuşatmıştır, öyle bir intiba edinmiştim, dedim. Ama Bård konusunda köşeye sıkışmış ve yerinden kımıldamaya pek niyeti yok ya da beceremiyor.

Bård daha en kötüsünü söylemiş değil, dedim. Şimdilik sadece semptomları sıralıyor. En kötüsü, içine girip onu formüle etmenin zor olması, çünkü bunun için Bård'un tekrar küçük olması, çocuk olması gerekiyor.

10 Aralık, kar yağıyor. Çalışmaktan vazgeçtim, karda sessiz bir yürüyüşe çıktık, dünya sessiz ve beyazdı. Lars akşam karanlığında, lapa lapa kar yağarken gitti, ben yine yalnız kaldım. Karanlık bastırdı, kar yağdı. Camlı verandada oturdum ve sigara içmediğim halde bir sigara yaktım. Orada kalorifer yoktu, kendimi bir güzel sarıp sarmaladım, sigara ve şarap içtim, yağan karı seyrettim. Yazmam, makaleleri düzeltmem gerekiyordu, ben karanlıkta sigara ve içki içtim, giderek yükselen karı seyrettim.

Gece yarısını biraz geçe içeri girdim ve annemin aramış olduğunu gördüm. Son durumlardan dolayı aradığında açmayayım diye telefonunu kaydetmiştim. Mesaj bırakmıştı. Aramamı istiyordu. Bård ve kulübeler meselesiyle ilgili. Sesi titriyordu, tıpkı beni etkilemek istediğinde olduğu gibi, çocukken yatağımın kenarına oturup ne kadar acı çektiğini, onun dediğini yapmadığımda göğsünün nasıl sıkıştığını anlattığında olduğu gibi. Bütün ıstıraplarını bana kusup çekip gittiğinde, ben kalp çarpıntıları içinde yatarken o, rahatlamış olarak arkasından kapıyı kapatırdı. Rolf Sandberg'le ilişkisinden dolayı üzüntüyle her telefona sarıldığında, kendimi öldüreceğim diye her aradığında saatlerce onu teselli eder, onu çok sevdiğimizi, ona ihtiyacımız olduğunu söyler, bunu yapmaması için ona yalvarırdım, o da üzüntüden titreyen sesiyle beni sömürüp posamı çıkarırdı.

Vasiyetle ilgili Noel mektubunu almamın hemen ertesinde, üç yıl önce aradığında söylediklerimin aynısını şimdi de söyleyeceğimi, duymak istediğini, yani Hvaler'deki kulübeleri istemediğimi, vasiyetin çok cömert olduğunu (hâlâ Noel mektubundaki gibiyse) söyleyeceğimi sandığı için aramıştı - vasiyet aynı kaldıysa tabii. Belki vasiyet değiştirilmiştir, zaten durum da değişmişti, annem beni üç yıl önce San Sebastian'dayken aradığında olduğundan farklıydı. Yattım, kötü uyudum, Bård'un mektubunu düşündüm. Ertesi gün ona yazdım, bu meselede onunla aynı görüşü paylaştığımı aileye söylememi ister mi, diye sordum. Cevap vermesi vakit aldı. Ya sessiz kalmam ya da bana da haksızlık yapıldığını düşündüğümü dile getirmem gerektiği kanısındaydı.

Ne demek istediğini anlıyordum. Neye işaret ettiğini. Ona arka çıkmayı teklif etmiştim, ama kendi adıma ortaya çıkıp kendi düşüncelerimi ifade etmeyi istemiyordum.

Ama kulübeler ve miras için kavga etmek istemiyordum ki ben! Böyle şeylerin umurumda olmadığını söylemiştim hep. Şimdi ortaya çıkıp bir şeyler talep edemezdim, bu itibarımı sarsardı!

Babam ve ona sadık annem tarafından yüzüstü bırakılma duygusunu, biçilen değerlerin çok komik olduğu düşüncesini onunla paylaşıyordum, Åsa ve Astrid'in tavırlarının doğru olmadığı konusunda onunla hemfikirdim. Onu sahnede kötü adam olarak yalnız mı bırakacaktım peki, mümkün olduğunca görünmeden, usul usul yaklaşıp gölgesine mi sığınacaktım?

Klara'yı aradım.

Uzun zamandır patırtı koparmadığımı, üç yıl önce Noel'de vasiyeti haber verdiklerinde annemle babamın da istediklerinin aynen bu, yani patırtı çıkarmamam olduğunu söyledi. Ben sessiz sedasız oturmuş cömert davrandıklarını sanırken onlar canları istediğinde vasiyeti yırtıp atabilir ya da yenisini yazabilirlerdi.

Astrid ve Åsa'ya yazmak istediğimi Bård'a yazdım.

Anlaşılmaz Yayınlar ilk sayısından sonra kapandı ve Klara ekonomik gereklilikten geceleri geç vakitlere kadar Renna'da çalışmak zorunda kaldı. Dairesini *nachspiell** yeri olarak belleyen Renna çalışanları, müşteriler ve ona paspas muamelesi yapan evli adam Klara'yı canından bezdirmişti. Evli adam nihayet ilişkiyi sonlandırdı ve Klara dibe vurdu. Klara giderek daha çok dibe vurdu. Farklı bir hava solumaya ihtiyacım var diye sayıklıyordu.

* Dışarıda içildikten sonra birinin evine gidip içmeye devam etmek. (ç.n.)

Ben başmakaleyle boğuşurken Bård'a sözünü verdiğim e-posta da benimle boğuşuyordu. Gece geç vakit makaleyi yolladığımda yeni bir dosya açtım, kuvvetimi toplamak için bir bardak şarap aldım, birdenbire bekleyemez olmuştum, ya bu işe acayip kafayı takmıştım ya da ıstırap çekmekten korkuyordum, her an bayılacakmışım gibi yazdım ve geç olmasına rağmen Bård'a yolladım. Uzun bulup bulmayacağını merak ediyordum.

Kime: Astrid ve Åsa

Konu: Hvaler'deki Kulübeler

Üç yıl önce, mirasın herkese eşit bölüştürüleceğini yazan Noel mektubunu aldığımda, daha önce herhangi bir miras beklentim olmadığından olumlu bir şaşkınlık duymuştum, diye yazdım. Annem arayıp Bård'un kulübeler yüzünden büyük patırtı kopardığını söylediğinde vasiyetnamenin cömert olduğunu bu nedenle belirttiğimi yazdım. Ama şimdi pişmanım, diye yazdım, Bård'un annemle babamdan bütün torunların faydalanabilmesi için kulübelerin dört çocuk arasında eşit bölüşülmesini, başka ve daha adil bir çözümü dikkate almalarını istediğini yeni öğrendim ve Bård'u o zaman aramadığım için pişmanım. Bu öneri herhangi bir gerekçe sunulmadan reddedildi, buna tepkisini de kulübelerin gizlice ve komik fiyatlara devrolmasına tepkisini de yerinde buluyorum. Benim yaptığımın tersine o, asla ailesiyle arasına mesafe koymamıştır, o zaman niçin küçük kız kardeşlerinden farklı bir muamele görsün ki?

Kulübeler bu kadar düşük fiyatlara ve gizlice devredildiğine göre bunun nedeni, miras paylaşımının son aşamasında Bård ve benim elime mümkün olduğunca az para geçmesini sağlamak olmalıydı. Başka bir deyişle ailenin bir koluna daha fazla, diğer ikisine daha az para verilmesi. Bunun haksızlık ve ihanet olarak anlaşılmasına şaşmamak gerekti. Üstüne üstlük, aşırı dozun faturasını Bård'a çıkarmak istemelerinin çok ayıp olduğunu belirttim, kendinizi Diakonhjemmet'te annelerine bakan iyilik timsali kızlar yerine koyarken Bård'u kötü adam olarak mı göstermek istiyorsunuz, diye yazdım. Aslında bu durumdan tamamen onların sorumlu olduklarını, isteselerdi annemle babamı şimdi yaptıklarından vazgeçirmek için onlar üzerindeki etkilerini kullanabileceklerini ekledim öfkeyle.

Sakinleştim, bir bardak daha şarap aldım. Astrid ile son konuşmalarımızdan birinde, Bård'un onunla Åsa'yı ne kadar kıskanıyor olabileceği üzerine birtakım düşüncelerini dile getirdiğini belirterek yazmaya devam ettim. Hayır, sizi kıskanmıyorduk, diye yazdım, ama sizden çok farklı bir biçimde yetiştik, annemle babamla yaşadıklarımız sizden farklıydı. Her ikiniz de haklara ve yasa önünde eşitliğe, bir meselenin her iki yanını da görmeye ağırlık veren eğitimler aldınız, şimdi ben ve Bård'un bu durum karşısında nasıl hissettiğimizi anlamak için herhangi bir çaba göstermemeniz insanı derinden üzüyor. Sonra da şunu ekledim: *İçinizden birinizin kalkıp da nedir senin meselen diye asla sormaması içimi çok acıttı ve acıtıyor*. Söylemem gerektiğini hissetmiştim. Son olarak, biz çocukluğumuzda ve yetişkin yaşamımızda sizlerden daha azını aldık, maddi ve manevi olarak, dedim, şimdi kasıtlı bir kayırma güdülmesi, böylesi bir ayrımcılığın kabul edilmesi biz ve ailelerimiz için müthiş bir hayal kırıklığı. Selamlar, Bergljot.

Bård hemen cevap verdi, uzun bulmamıştı, olması gerektiği gibiydi, birkaç yazım hatasını belirtti. Yarın düzeltirim, diye yazdım, şimdi yollamak istemiyorum, gecenin bir yarısı, yoksa Astrid, benim kızgın gece yarısı mesajlarıma yaptığı gibi bunu da göz ardı edecek, diye yazdım. Onları okumadan sildiğini iddia ediyordu.

Onun durumunun da zor olduğunu anlıyordum, herkesin çöp kutusuna dönme tehlikesi vardı, belli ki annem onu çöp kutusuna döndürmüştü, çünkü benimle ilişkisi olan bir tek oydu, benimle görüştüğü için bazen ona ceza kesildiğinden, bazen de beni barışmaya ikna etmesi için zorlandığından emindim, Astrid'in imkânsız bir cambazlığa soyunduğunu anlıyordum, benimle görüşen tek kardeşime öfke kusmam haksızlıktı. Bunu anlıyordum, anladığımı ona söyledim, sabahları özür üstüne özürler diledim, o da özür dilememe sevindiğini ve gece gelen mesajları sildiğini söyledi. Belki de beni rahatlatmak için böyle söylemişti? Geceleri gelen mesajlar o kadar korkunçtu ki benim bunları yazmaktan pişman olduğumu anlıyor ve iyiliğim için okumamış gibi davranıyordu. Geceleri yolladığım o öfkeli mesajlardan dolayı pişmandım, sabah uyandığımda pişmanlık hissediyordum, gece neler yazdığımı düşününce korkunç panikliyordum, ancak Astrid'in bunları okuyup ya da okumadan göz ardı etmesine de bozuluyordum, çünkü bu öfkeli gece mesajları en gerçek olanlardı ve bana doğruyu söylemenin yasak olduğu, doğruyu söylersem cezalandırılacağım öğretildiği için onları yazdığıma pişman oluyordum.

Klara kıçına tekmeyi yemişti, Klara dibe vurmuştu, Klara'nın beş kuruşu yoktu, Klara'nın farklı bir hava solumaya ihtiyacı vardı.

Öğrenci kredisi almadan tiyatro bilimi bölümünde master'ıma başladım, hali vakti yerinde, iyi ve dürüst biriyle evliydim ama evli olan ve benimle ilişkisi olmasına, başka kadınlarla ilişkisi olmasına rağmen hep evli kalacağını anladığım bir üniversite profesörüne umutsuzca âşıktım, sevdiğim adamın başkalarıyla da olduğuna dair hikâyeler duyuyordum, sanki adam kocammış gibi canım yanıyor, kalbime bıçaklar saplanıyordu, zira aşk kalp çevresinde çalışan bir cerrahtır. Bu evli adamın ihanetini kaldıramazdım, diğeriyle aram böyleyken iyi ve dürüst adamla da evli kalamazdım, annemin, çocuklarını düşünmek zorundasın laflarına kulak asmayıp boşanmam gerekiyordu, çünkü hiç durmadan öteki adamı düşünüp onun yanında yatmak isterken, aşkımız ve evli adamın karısına ihaneti yüzünden bunca acı çekerken bu iyi adamın yanında yatmaya devam edemezdim. Nasıl yapabilmiştim, derdim neydi benim, bu sadık, iyi adamın yerine hiç durmadan ihanet eden birine nasıl âşık olabilmiştim, iyi kalpli ve bağışlayıcı kocamı azarlayıp eleştirirken derdim neydi, onu mahvettiğimi hissediyordum, çok fenaydım, onun hakkında kötü şeyler düşünüyor, geceleri büyük kızımın odasına girdiğini gözümün önüne getiriyordum, oysa televizyon önünde uyuyakalmış buluyordum onu, derdim neydi de böyle düşüncelere kapılıyordum?

Boşanmam gerekiyordu, başka seçeneğim yoktu. Bir türlü bırakamadığım evli adamı kaybetmiştim, benden daha iyisine layık olduğundan bırakmak zorunda olduğum iyi adamı da kaybedecektim. Kendimi kaybetmeye hazırladım, Klara'ya gittim, yatakta yatmış titriyordu, babasının intihar etmiş olduğunu öğrenmişti. Babasının boğularak ölmediğini, boğularak intihar ettiğini aniden anlamıştı. Bir sözcüğün değişmesi ne büyük fark yaratıyor. Klara ailesiyle buluştuğu gün, kapının arkasında üstünü giyerken babasının kız kardeşlerinin keşke Nils Ole kendini öldürmemiş olsaydı dediklerini duymuş. Bulanık ve kafa karıştırıcı olan her şey aydınlanıvermiş o anda, sanki etini bıçaklar deşiyormuş, sanki keskin bir cam parçası gözüne kaçmış, sanki kafasından aşağıya buzlu su dökülmüş gibi canı yanmış. Boğularak intihar etmiş meğer. Suya o niyetle girmiş, açığa ilerlemiş ve boğulmuş, rıhtımdan suya düşmemiş, sarhoş değilmiş. Ayıkmış, suya ayık girmiş, o niyetle, ölmek için. Klara henüz yedi yaşında olmasına rağmen onu geride bırakıp kendini öldürmüş, Klara'yı geride bırakıp kendini boğarken ne düşünüyordu, suya girmişti, bir daha Klara'yı asla göremeyecekti, çok çaresiz hissediyordu muhtemelen - ama Klara varken ve Klara mutluyken, Klara onu çok seviyorken ve daha yedi yaşındayken babası nasıl o kadar çaresiz olabilirdi?

İntihar ettiğini herkes biliyordu, bir tek Klara bilmiyordu. Asla dile getirilmeyen ve ona, yani kızına anlatmak istemedikleri, utandıkları bir aile sırrıydı bu. Bunu bilmek bir açıdan insanı rahatlatıyordu çünkü bir yerlerde korkunç bir hata olduğunu hep hissetmişti, ama bu hatanın kendinde olduğuna inanmıştı. Öyle değildi ama. Adam kendini öldürmüştü.

Burada daha fazla kalamayacağım, dedi. Farklı bir hava solumak istiyordu.

14 Aralık Pazartesi gününden önceki gece uyuyamadım. Saat iki oldu, üç oldu, yazdığım metni tekrar tekrar okudum, ertesi gün yollanması gerekiyordu, ertesi gün savaş meydanına sürülecektim.

14 Aralık Pazartesi. Saat on birde uyandığımda her yer sakin ve aydınlıktı, kapının önündeki çimenlerin, ağaçların, arabaların üstündeki kar kalın, sakin ve beyazdı, tüm kenar köşe kaybolmuş, dışarıda her şey yuvarlanmış ve yumuşacıktı.

Titreyen ellerimle kahveyi ateşe koydum, bilgisayarın başına geçtim, ama yazıyı bir kez daha okuyacak halim yoktu, hızlıca üzerinden geçtim ve bitsin gitsin diye yazım hatalarıyla birlikte yolladım.

Yazı yollandı. Okunabilir. Savaş meydanına sürülmüştüm. Kendimi arabada, otobanda, şehirde olduğumdan, özellikle de evimde olduğumdan daha ulaşılamaz hissettiğim ıssız ve beyaz ormanda kalmalıydım, pencerelerde ışık varsa, arabam girişte park edilmişse, köpeğim tasmasıyla kaldırımda bekliyorsa, evden sesler geliyorsa, kışın kar yağdığında, kardaki ayak izlerinden evimin elli metre ötesinden geçen otobüsteki yolcular, kaldırımdaki yayalar ve komşularım evde olduğumu anlıyorlardı. Telefona cevap vermeyebilirdim, internete girmeyebilirdim, yorganın altında yatabilirdim, uzaklardaymışım gibi davranabilirdim ancak birileri semtime uğrayacak olup da kardaki ayak izlerimi görürse orada, içeride olduğumu anlardı. Belki biri gelir, zili çalar, kapıya vururdu, belki biri evin arkasına geçip veranda kapısına vurur ve öfkeyle, buyurgan bir biçimde adımı haykırırdı: Bergljot!

Keşke Lars'ın ormandaki evinde, uzaklarda kalsaydım, asabi adımlarım yerde zarif bir kavis çizen karı bozmasaydı, ama düzeltmem gereken oyun metni evdeydi, eve gitmeliydim.

Yazı gitti, okunabilir, belki şimdi okunmuştur. Yazdığımın arkasındayım, mesele o değildi. Neydi peki?

Evi temizledim, eşyaları topladım ve telefonum çalacak diye endişelendim. Huzursuz ve endişeli, arabaya bindim, ne için, ne için, yakında olacaklar için. On dakika sonra tam otobana çıkmış, saatte yüz kilometreyle arabayı kullanıyordum ki yandaki koltukta duran iPhone'un mesaj sinyalini duydum, kesin bir savaş harekatıydı. Araba kullanırken e-posta açmaya cesaret edemedim, ama Astrid'in ne yazdığını görmek için bekleyemezdim, bir çıkış, bir yan yol aradım ama yoktu, ne yazmıştı, ne cevap vermişti, sonra bir kilometre ötede Statoil benzin istasyonu olduğunu belirten tabelayı gördüm, yüz yirmiye kadar gazladım, otobandan çıkıp durdum, ellerim titriyordu, şifreyi unuttum, allahın cezası şifre neydi, Astrid ne yazmıştı?

Durum hakkında bir e-posta yolladığımı görmüş. Bir durum değerlendirmesi de o yapmıştı. Yolladığım mesajı okumadan önce bana hemen bunu yollayacaktı. Kendi durum değerlendirmesinin daha çok meseleyle ilgili bilinenlerin bir açıklaması olduğunu düşündüğünü yazıyordu. Bunu daha önce yollamadığı için özür diliyordu, çünkü seyahatteydi. Bunu Bård'a da yollayacaktı, öğleden sonra, şimdi bir toplantıya gidiyordu. E-postamı en kısa sürede okuyacaktı, toplantı bittikten sonra.

Klara'yı arayıp kafasını şişirdim. Astrid'le görüştüğümde sıkça hissettiğim duygudan bahsettim, sanki ben bir bomba patlatmışım ama o sadece Böö demişim gibi tepki veriyor, dedim. Ben elimdeki baltayla tehdit ettiğimi sanıyorken, o, plastik bir bıçakla saldırıyormuşum gibi tepki veriyor. Benden korktuğu yok ya da bana saygı duymuyor, beni ciddiye almıyor. Astrid gündemi belirlemek istiyor, dedi Klara. Tartışmanın kendi yazdıkları etrafında dönmesini istiyor, senin yazdıkların etrafında değil.

Arabayla eve geldim ve evde olduğumu belli edecek biçimde arabayı karla kaplı girişe bıraktım. Astrid'in e-postasını açmadım, onu okumadan silmek istiyordum, onun benimkilere yaptığı gibi. Ama belki de yalan söylemişti, muhtemelen yalan söylemişti ve ben de yalan söyleyebilirdim.

Merhaba herkese, diye yazmıştı, biraz geç kaldığı için özür diliyordu, ama seyahatteydi. Daha önce bir şey belirtmediğinden şimdi oturmuş yazıyordu. Birbirimize kulak vermemizin önemli olduğunu düşünüyordu, o yüzden kendi düşüncelerini dile getirmek istiyordu.

Olay oldukça tatsız gelişti, diye yazmıştı, çok kızmıştı, üzülmüştü. En başta sorunun düşük fiyatlandırma olduğunu sanmıştı, ancak yanlış anlamalar ve güvensizlik kötü iletişimle birleşince ortaya suçlamalar, duygu patlamaları dökülmüş, mesele çığırından çıkmıştı. Bir çözüm bulmak için çıkış noktasına dönmemiz gerekliydi: Kulübelere biçilen bedel. Ancak meseleyi halletmek için önerilerde bulunmadan önce Bård'un annemle babam hakkındaki ithamlarına değinmek istiyordu.

Annemle babamın adaletsiz davrandıklarına ve mirası eşit bölüştürmek istemediklerine katılmadığını belirtiyordu. Tam tersine, onların bunu istediğinden kesinlikle emindi. Son yıllarda onlarla epey vakit geçirmişti ve annemle babam bunu sık

sık söylemişlerdi. Vasiyetnamede de bu eğilimde oldukları belirtilmişti. Çocuklarına miras bırakabildikleri için mutlu olduklarını pek çok kez dile getirmişlerdi. Ne kadar şanslı olduğumuzun bilincine varmamız, minnettar olmamız gerektiğini düşünüyordu. O yüzden annemle babama gösterdiğimiz bu öfke, bu saldırganlık karşısında çok şaşırmıştı. Kimse mükemmel değil, diye yazıyordu, herkes hata yapabilir, annemle babam da hata yapabilir. Yaşamım boyunca ben de hatalar yaptım, eminim siz de yapmışsınızdır, diye yazıyordu. Kendi kazanmadığımız, onların hayatları boyunca çalışmalarının ürünü olan servet yüzünden kavga etmemizin anne babamızı buhrana soktuğunu görmenin üzücü olduğunu düşünüyordu.

Para söz konusuyken matematiksel adaleti sağlamak çok basitti, ancak kulübeler söz konusu olduğunda bu daha zordu. Amma velakin, bu türden meseleler daha önce halledilmişti ve sık uygulanan çözüm doğru bir pazar fiyatı belirlenmesi ardından kulübeleri alamayanların paylarının para olarak tazmin edilmesiydi. Bård ve benim payımız doğru tazmin edildiği sürece, kulübeleri ona ve Åsa'ya miras bırakmaya karar verdiler diye annemle babamı adaletsizle suçlamak için ortada bir neden yoktu. Sorun doğru pazar fiyatını saptamaktaydı. Elinde yetkinlik belgesi olan bir bilirkişi tarafından verilmesine rağmen, pek çok etmen ilk fiyatın düşük olduğunu gösteriyordu. Sonradan düşünüldüğünde iki fiyat değerlendirmesi alınmayışının yanlış olduğu görülmüştü, çünkü alınan fiyat annemle babamın niyeti hakkında yanlış anlaşılmalara, haksızlık yapıldığına dair ithamlara yol açmıştı. Bård'un iddia ettiği gibi benim hakkımızın yendiğini düşünmesini anlıyordu, ancak annemle babamın gayet normal olan kararını da anlayışla karşılamamız gerekiyordu. Mesele sadece kulübelerdeki kullanım düzeninin son on iki, on üç yıldır olduğu gibi sürdürülmesiydi ve annemle babam bu düzenden memnundu. Bu nokta oldukça önemli, diye yazmıştı. Åsa ve o son yıllarda annemle babamla birlikte Hvaler'de çokça vakit geçirmişlerdi, herkes de buna bayılıyordu. Åsa ve onun kulübeleri devralmasıyla düzen böyle devam edecek, annemle babam önümüzdeki yazlarda da Hvaler'de kalabileceklerdi. Annemle babamın bu isteğine saygı duymamız gerektiğini düşünüyordu. Bizlerin payı para olarak tazmin edilirken, Åsa ve ona kulübelerin miras kalması ne sürprizdi ne de mantıksız bir karar, hayatlarımızın aldığı yönün bir sonucuydu sadece. Seneler önce, kardeşler eski kulübeyi devraldığında, kullanım ve sabit masrafların karşılanması konusunda bir anlaşma yapılmıştı. Yaklaşık on üç yıl önce Bård gelmemeye başlamış, onlar da kız kardeşler olarak kullanım ve giderlerle ilgili sorumlulukları üstlenmişti. Sonra Bergljot zaman zaman annemle babamın kulübesinde kalmasına ve çocuklarının nadiren eski kulübeyi kullanmasına rağmen eski kulübeye gelmeyi bırakmıştı, böyle yazıyordu. O zaman da Åsa ve o masrafları ve ufak tefek tamiratları karşılamayı üstlenmişti, son yıllarda Åsa ailesiyle birlikte daha çok yeni kulübede kalmış, tek başına ya da annem ve babamla birlikte oradaki işlerin sorumluluğunu üstlenmişti. Eski kulübenin sabit masraflarını karşılayan, birtakım pratik işleri halleden de o olmuştu. Ebba, Tale ve onun ailesi her yaz bir iki hafta eski kulübede kalıyorlardı, diye yazıyordu ama bu doğru değildi, abartıyordu. Ve Søren'in işi sebebiyle oraya gittiğini, herkesin buna sevindiğini yazmıştı. Bård'un çocukları ziyaret etmek isteyecek olsalardı buna da sevinirlermiş.

Annemle babamın kulübeleri devretmek için beklemeleri gerektiği düşünülebilir diye yazmıştı, ancak onların kararını anlıyordu çünkü kulübeler eskiydi, bakımları yapılmalı, faturaları ödenmeliydi. Annem seksenine, babam seksen beş yaşına gelmişti. Bir de Bråteveien işin içine girince çok fazla oluyordu. Ayrıca Åsa ve onun mal sahibi konumlarının netleştirilmesi, tamirat vs. gibi işlere bulunacakları katkılar düşünüldüğünde iyi bir şeydi dediğine göre. Kulübelerin satılmayacağını, hayatta oldukları sürece orada olmaya devam edebileceklerini bilmek annemle babam için iyiydi. Bunlar insani duygular, diye yazıyordu. Bu meseleyle ilgili kendi duygularımıza kulak verdiğimiz gibi annemle babamın duygularına da saygı göstermemiz gerekiyordu. Mal mülk nihayetinde onların sahip olduğu şeylerdi ve bunlarla ilgili karar hakkı tamamen onlara aitti. Belki meseleye dair daha iyi bir iletişim yolu seçilmiş olabilirdi, iki bilirkişiyle konuşulabilirdi, ancak bunun adaletsizlikle bir alakası yoktu.

Şimdi meseleyi ele alırken iki emlakçıdan alınan yeni fiyatların göz önünde bulundurulması gerektiğini düşünüyordu. Yeni bilirkişilerin her iki kulübeye de ilkinden daha yüksek fiyat biçtikleri bilgisini veriyordu. Muhtemelen dört yeni fiyat alırsak gerçek pazar fiyatına yaklaşırdık. Böylelikle Åsa ve ona kalacak miras bu oranda kesintiye uğrardı. Sürece katkıda bulunmalıydık, eğer biz dört kardeş anlaşıp annemle babama yeni fiyatlandırmaları baz alacağımızı söylersek onlar da bunu kabul ederlerdi, öyle demişlerdi. Böylelikle mesele hallolurdu. Sorunun çözülmesinin son derece önemli olduğunu düşünüyordu. Ayrıca bu annemle babam ve biz kardeşler için zor bir durum olduğu kadar çocuklarımız için de öyleydi. Onun çocukları yeğenleriyle kuzenlerine değer veriyorlardı, öyle yazmıştı, onları daha sık görmeyi istediklerini söylüyorlardı, onlarla buluşmanın her zaman keyifli olduğunu düşünüyorlardı. Aralarındaki ilişkiyi korumaları bizim yüzümüzden zorlaşırsa bütün çocuklara yazık olacaktı. Annemle babamın Mari ve Siri'yle aralarının bozulmasından çekindiklerini de biliyordu.

Jens ve o, bizim aramızdaki sorunun onlarla bir ilgisi olmadığını, yeğenleri ve kuzenleriyle aralarının bu meseleden dolayı bozulmaması gerektiğini çocuklarına anlatmışlardı.

Herkes yüzde yüz tatmin olmasa bile, bu sorunu halledebilmek için elimizden geleni yapmalıydık. Daha önce de belirttiği gibi Åsa ve o en kısa sürede Fredrikstad'daki emlakçılarla görüşeceklerdi. Selamlar, Astrid.

Odadaki filden, benim Hvaler ve Bråteveien'e gitmeyi kesmemin nedeninden söz edilmemişti, sanki ben hiç yokmuşum, hikâyem hiç yokmuş gibi.

Yani hikâyenin miras meselesine, Hvaler'deki kulübeler konusundaki anlaşmazlığın içine karışmasını mı istiyorsun, diye sordum kendime.

Evet, dedim pek de inandırıcı olmayan bir şekilde.

Her şey bağlantılıdır. Anlamak üzere kulak kesilmiş biri için hiçbir sözcük tamamen masum değildir.

Astrid'den e-posta almamdan bir saat sonra ondan bir telefon mesajı geldi.

Bu arada mesajımı okumuş, meseleyle ilgili bilinen gerçekleri açıklamasının sandığı kadar basit olmadığını anlamış olmalıydı. Tesadüfen benim taraflardaymış, bir uğramak niyetindeymiş, öyle yazıyordu.

Ama onu görmek istemiyordum, bir ikna konuşmasına düşmek istemiyordum, olayı nasıl yaşadığımı en nihayet dile getirebilmeye cesaret etmişken onun terapi jargonunu hiç çekemeyecektim. Evde olmadığımı, Lars'ın ormandaki evinde kaldığımı yazdım. Telefonu, bilgisayarı kapattım, kulak tıkaçlarımı takıp yatağa yattım ve gelip de bana ve köpeğe ait kardaki taze ayak izlerini görürse, evde olduğumu anlarsa, pencereyi, kapıyı çalarsa duymamayım diye yorganı başıma kadar çektim. Kar yağmaya başlasın, izlerimizi örtsün diye dua ettim.

Klara, babasını, adam en son onu okula arabayla bıraktığında görmüştü. Birinci sınıfa gidiyordu. Annesi beslenme çantasına kocaman yeşil bir elma koymuşmuş o gün, o zamanlar kocaman yeşil elmalar ender olarak bulunuyormuş. Bunu okula götüreceği, sıraya koyup sonra da yiyeceği için seviniyormuş.

Babası, arabayı okulun önüne park ettikten sonra, arabadan inip birbirlerine veda edecekleri sırada elmanı alabilir miyim diye sormuş. Klara şaşırıp kalmış, üzülmüşse de elmayı babasına vermiş. Ya vermeseymiş!

İyice karanlık bastırana, dünya sessizleşene, otobüsler geçmeyi bırakana, komşuların camlarında ışıklar sönene, insan hakları savunucuları da dahil olmak üzere herkesin uyuduğu günün o en az sıkıntılı vaktine dek yorganın altından çıkmadım. Şömineyi yaktım, sakin sakin içki içtim ve Astrid'in mektubunu bir kez daha okudum. Tale'nin yazları haftalarca Hvaler'de kaldığını yazıyordu, ancak Tale Hvaler'de iki yaz boyunca iki gün kalmıştı ve eski kulübede iki yaz boyunca iki gün kalabilmek için epeyce uğraşmıştı, çünkü Astrid'in uygun bir zaman bulabilmesi zor olmuştu, kulübenin sahibi oymuş ve orada tek başına oturuyormuşçasına yazı çok önceden planlamıştı. Astrid, Tale'ye ısrarcı davrandığını hissettirmişti, o da Hvaler'de pek keyifli vakit geçirmemişti, Astrid orada değildi ve annemle babam her şeye burunlarını sokmuşlardı.

Ortada bir de başöğretmen tavrı vardı; Astrid, sanki sorunun bir parçası değilmişçesine bize ders vermeye çalışıyordu.

Tabii bir de arabulucu tavrı vardı; o yumuşak edasıyla bizden basbayağı kendimizi toparlamamızı, minnet göstermemizi istiyordu. Herkes yüzde yüz tatmin olmasa bile bu sorunu ortadan kaldırmak için elimizden geleni yapacağımızı umuyorum, diye yazıyordu, ama o zaten istediğine sahipti.

Ama en fenası hatalar mevzusuydu. Hani şu, herkes hata yapabilir lafı, annemle babam da kesinlikle hata yapmıştır. Kendisi de hata yapmıştı muhakkak. O kadar büyüktü, o kadar kendini biliyordu ki, bizim yani Bård ve benim aksime Astrid hata yapabildiğini itiraf edebiliyordu, bu şekilde, yani hatalı olabileceğini itiraf ederek de içimizdeki en hatasız kişi oluveriyordu. Dolaylı olarak bize kendimizi yoklayıp iyice bir düşünürsek hata yaptığımızı anlayabileceğimizi ve o zaman da annemle babamın yaptığı şu ya bu hatayı affedebileceğimizi söylüyordu. Kendimizi tartıp biçmemizi öneriyordu, pedagog rolünü üstlenmişti, bize, yani ablayla abiye karşı takınılan yetişkin rolüydü bu, sanki biz, medeniyet ve psikoloji dersi verilmesi gereken, duygusal şiddet içerisinde başa çıkılamayan düşüncesiz çocuklarmışız gibi. İçtikçe içtim ve iyice zıvanadan çıktım, duygularımın şiddetine kapıldım, bu duygunun içine gömülmek istiyordum, yazmadan duramadım, yazmak istiyordum, herkes hata yapabilirmiş, kahretsin ya, çok öfkeli şeyler yazdım, acayip kızgındım, kafam son derece netti ve 14 Aralık'ta, e-postayı yolladığımda saat gece yarısını geçmişti, aslında içimden bir ses yapmamam gerektiğini söylüyordu.

Herkesin hata yapabileceğini yazmışsın, senin de hata yaptığını, herkesin hata yaptığını varsaydığını yazmışsın, sonra da belli belirsiz bir politik doğruculuğa sığınmış, başıma gelenleri hafife almışsın. Bunca yıldır hiçbir şeyi anlamadın mı acaba? Besbelli ki anlamamışsın. Bu bile taciz sayılır. İnsan hakları ihlallerine uğramış mağdurlarla böyle mi yüzleşiyorsun sen? Herkes hata yapabilir, öyle mi?

Tüm sinirimle klavyeden hırsımı alarak yazmaya devam ettim: Ben beş, sen iki yaşındayken, Åsa yeni doğmuştu, annem, biraz kafasını dinlemek için sizleri de alıp o sıra Volda'da yaşayan anneannemle dedeme gitti, babam Bård ve benimle Skaus Sokağı, 22 Numara'da yalnız kalıyordu. O aralar evin ikinci katında pek de hoş şeyler olmuyordu. Babam çok sarhoştu, Bård altı yaşındaydı ve pek bir şeyden anladığı yoktu, ama kötü şeyler oluyordu. Ayrıntıları bilmek ister misin?

Bu e-postayı Astrid'e, birer kopyasını da Bård ve Åsa'ya gönderdim, tabii ki cevap gelmedi, uyuyorlardı, herkes uyurken çocuk gibi olur, ama kendi içlerinde savaşmadıkları doğru değil, bu bir güzelleme, çünkü uyurken savaşırız, neredeyse istisnasız bir kuraldır bu, bu yüzden uykuya direndim, uyuyakalıncaya kadar içtim ve yazdıklarımı tekrar tekrar okudum, okuyup içerek uyuyakaldım. Ertesi gün öğleden sonra uyandım, saat beşi gösteriyordu ama doğru olamazdı, hava aydınlıktı. Bilgisayarı açtım, on ikiyi on geçiyordu, saatim durmuştu, pili bitmiş olmalı. Ne Åsa ne de Astrid'den yanıt gelmişti, onlardan yanıt beklediğim yoktu, en azından Åsa'dan, ne cevap verecekti ki, daha önce ona hiç yazmamıştım. Neden ortalarda olmadığıma açıklama getiren annemle babamdan hikâyeyi duymuşsa bile, ki duymuş olmalı, onların versiyonunu dinlemişti, bunun ne olduğunu bilmiyordum ancak hikâye, daha çocukluktan hayal dünyamın geniş olması, bir şeyler uydurmakta ne kadar yetenekli olduğum, ayrıca mutsuzluğum, sebepsiz parlamalarım, boşanmam için birilerini suçlama ihtiyacım hakkındaydı ya da bunları terapistimin kafama soktuğu hakkında, bir sürü olasılık vardı. Belki de Astrid'in tavsiyesine uyup mesajı okumadan silmiştir, Astrid de kesinlikle öyle yapmıştır. Astrid bir özür bekliyordu, ancak bu kez özür mözür yoktu. Yoktu, çünkü akşamdan kalma olmama rağmen sabah da sinirliydim. Hayır, Astrid'in annem ve babamla yolunu ayırmasını istemiyordum, onların tarafını tutması çok işime gelmiş, beni özgürleştirmişti, Åsa ve Astrid annemle babamın tarafını tutmasalardı benim ayrılmam zor olurdu, daha fazla vicdan azabı çekerdim, zaten yeterince vicdan azabı çekiyordum, ancak Astrid anlattıklarım karşısında -gerçekleri anlatıyordum ve o yüzden mesele ciddiydi- asla açık davranmadığı için, annemle babamın da diğer insanlar gibi hata yapabileceğini yazdığı için sinirleniyordum. Hata buydu, Astrid'in hatası. Tarafsız olduğunu iddia etmesiydi, ancak aslında öyle değildi, bir taraf diğerine karşı bir suç işlemişse ve o buna karşı bir tavır almamış ya da buna inanmamışsa, herkesle tatlı tatlı konuşması tarafsız olduğu anlamına gelmiyordu.

Onun düşündüğü şekilde çözülemeyecek sorunların bulunduğunu, ortadan kaldırılabilmesi, etraflıca konuşarak halledilmesi mümkün olmayan, taraf seçilmesi gereken anlaşmazlıklar bulunduğunu anlamadığı ya da kabul etmek istemediği görülüyordu.

Klara'nın farklı bir hava solumaya ihtiyacı vardı. Anton Vindskev buna çare buldu. Klara, Anton Vindskev ile Renna'da tanışmıştı. Anton Vindskev kuzu şiş ısmarlamış, ancak kuzu şiş kalmamıştı, Anton Vindskev'in sevgilisi çok kızdı, Anton Vindskev Norveç'in en büyük şairi olduğu için muhakkak kuzu şiş bulunmalıydı. Klara buna inanmadığını söyledi. Norveç'in en büyük şairi kim öyleyse, diye sordu Anton. Stein Mehren, dedi Klara, Jan Erik Vold, dedi, ama kesinlikle sen değilsin. Klara, Anton Vindskev ile işte böyle arkadaş oldu. Kopenhag'da daha güzel şiirler yazabildiği için oraya taşınmıştı Anton Vindskev. Babasının intihar ettiğini anlayınca dibe vurup farklı bir hava solumaya ihtiyaç duyan Klara'ya Kopenhag'daki dairesinin bir odasını kiralamayı teklif etti. Klara, farklı bir hava solumak için Kopenhag'a gitti.

O iyi, dürüst adamdan ayrılmıştım. Havadar, kocaman evimden çıkıp daha küçük bir eve taşındım, masaları, sandalyeleri, tabakları taşıdım, evin yarısını arabama yükleyip kocaman evden daha küçüğüne geçtim. Acı çekiyordum. İyi ve dürüst adamı kaybetmiştim, öncesinde de büyük tutkumu, evli profesörü kaybetmiştim, iki erkeği birden kaybetmenin ıstırabını çekiyordum, ancak doğru olanı yaptığımı, kaçınılmaz bir noktaya doğru giden yolda ilk adımı attığımı biliyordum. Bunu yapmalıydım, masaları ve sandalyeleri taşıdım, doğru olduğuna dair hiç kuşkum olmadan eşya taşıdım durdum, kimselere, hatta kendime bile ya da en çok da kendime açıklayamadığım bir kararlılıkla yaptım. Kaybettim, kendi kabahatimdi, kaybetmek istiyordum, değil mi? Peki neden? Çocuklarımın evlerini kaybetmeleri benim kabahatimdi. Annem boşanmamamı istemiş, ısrarla çocukları düşünmemi söylemişti, zavallı çocuklarım, ama boşanmıştım yine de.

Klara Kopenhag'daydı. Boşanmıştım, yalnızdım, hepsi kendi seçimimdi, her şey çok iyi olabilirdi.

Evli adam kendine yeni bir metres buldu, bunun için onu suçlayamazdım. Eski kocam kendine yeni bir sevgili buldu, iyi davranabileceği bir başkası, bunun için onu suçlayamazdım. Bu duruma katlanmak zorundaydım, kendi seçimimdi, beni uyarmışlardı, çocukları düşün demişlerdi, çocukları düşündüm, ama onların düşündüğü şekilde değil ve boşandım. Babam yeni evimdeki banyoyu elden geçirmeme yardım etti, yeni evime arabayla geldiğimde babamın arabasını kapının önünde gördüğüm oluyordu ve endişeye kapılıyordum. Yeni evimin anahtarı babamda olamazdı, mümkün değildi, babam istediği gibi gelip gidemezdi, aniden evimde olamazdı, mümkün değildi, onu birdenbire evde bulabilirim, gecenin bir yarısı habersiz gelebilir diye endişeleniyordum. Bunu ona söylemeye cesaret edemedim, ama anahtarı olamayacağını söylemeliydim, banyonun bir an önce bitmesini umuyordum. Banyo bitti, babamdan anahtarı geri almaya cesaret edemedim yine de ve anahtar onda kaldığı sürece aniden evime gelebilirdi.

Endişeden bayılacak kadar harap olmuştum, sisler içerisinde, kafam karışmış halde ortalıkta dolanıyordum, çamaşır yıkadım. İçinde boğulacakmışım duygusuna kapıldığım, nefret ettiğim bir şeydi çamaşır; bitmek bilmeyen çamaşırları yıkamak zorunda olmak bana normal bir yaşamın en sıkıcı, en boş, en duygusuz işi gibi geliyordu. Kirli sepetinin içindekiler, dolmuş taşmış kirli sepetinin yanında dağ gibi yığılmış çamaşırlar, kocaman çarşaflar ve nevresimler, örtüler, bazen de perdeler, bir yığın külot, çoraplar ve kirli havlular, o zamanlar günlük hayatımı zindana çeviren çamaşırları suçlardım. Dağ gibi yığılmış çamaşırlar olmasaydı, diye düşünürdüm o zamanlar, çok daha mutlu olabilirdim, okumam gereken, okumayı özlediğim kitapları okurdum, ama bunun yerine bir makine dolusu daha çamaşır yıkamalıydım, yıkadıktan sonra da asılması imkânsız çarşafları kurumaları için asmalıydım, bir de yağmur ya da kış meselesi vardı, çamaşır askılığı küçük olduğundan veya üzeri zaten çoraplar, külotlar, etekler, bluzlar, fanilalarla dolu olduğundan çamaşırları kapı, sandalye üzerine asmak zorunda kalıyordum ve çamaşıra lanet okuyordum. Ancak dünya başıma geçince, kafam bozukken, pes etmişken çamaşırlar beni ayakta tuttu, çamaşırları yıkayıp asmak için harcadığım zaman, kuruduklarında onları katlamak, çocuklar gece yattıklarında dolaplara yerleştirmek, sonra da çamaşırlar yıkanıp, kurutulup, katlanıp, dolaplara tertemiz yerleştirilince uyuyakalmak, o zaman çamaşırlar hayatımı kurtardı diye düşündüm.

Çamaşır yıkadım, evi yıkadım, modern Alman tiyatrosu üzerine master tezimi yazdım, küçük gazetelere tiyatro eleştirileri, bir perdelik de bir oyun yazdım, normal yaşamaya, normal görünmeye çalıştım, düşmenin o baş döndürücü duygusunu bastırmaya çabaladım. Pırıl pırıl bir mayıs öğleden sonrası, çocuklar bahçede oynarken her yerimi saran tarifsiz bir acıyla irkildim. Bedenimin neresinde olduğunu bilemiyordum, ancak fiziksel bir şeydi bu, psikolojik değil, hareket edemiyordum, ayakta duramıyor, konuşamıyor, yatakta iki büklüm yatmaktan başka bir şey yapamıyordum. Bu ıstırap üç saat sürdü, sonra geçip gitti, yavaş yavaş kendime geldim, her yanım uyuşmuştu. Üç gün sonra, mayıs ayının güneşli bir çarşambası, çocuklar okuldayken aynı şey yine oldu, üç saatlik korkunç bir ağrı krizi geri geldi. Cuma ve sonraki hafta salı günü de. Kriz beşinci kez vurduğunda gücümü toplayıp krizden önce ne yaptığımı görmek için bunun hangi vakit geldiğini not aldığım ajandamı açtım. Tek perdelik oyunu yazıyordum. Ne yazıyordum? Bilgisayarın başına geçip okumaya başladım, oradaydı işte, başka sözcüklerin arasına saklanmıştı, şok yaşadım, dünya başıma yıkıldı, birdenbire başkası olmuştum, bundan önce bir başkasıydım, gerçeğin ortaya çıkmasından önce. Rutinlerin belirlediği bir yaşam sürmüş, rutinlerle ayakta kalmıştım, ama sonra bu olmuş, varoluşumu paramparça eden gerçekle acı bir şekilde karşı karşıya kalmıştım.

Sonrasında gelen acıyı taşıyamazdım, keşfettiğimi, bu korkunç farkındalığı taşıyamazdım, bununla tek başıma başa çıkamazdım, fakat konuşulacak bir şey de değildi. Normalde bana iyi gelen, acıya dair şiirler okudum, Gunnar Ekelöf, Gunvor Hosmo, Sylvia Plath, fayda etmediler, Tanrı'ya yalvardım, cevap vermedi, inanmadığım Tanrı'ya teslim olacaktım, yeter ki yardım etsin. Yardıma ihtiyacım var, yardıma ihtiyacım var! Derinlerden geliyordu. Geceleri ülkedeki psikanalistlere yalvardığım mektuplar yazdım. Kendimi anlayabilmek, iyileştirebilmek maksadıyla psikoloji hakkında bir sürü şey okudum, tabii ki Freud'u biliyordum, Freud okumuştum, Jung okumuştum, yaşıtım birkaç psikolog tanıyordum ama onlara danışmayı istemiyordum çünkü benden akıllı değillerdi, olayı böyle görüyordum. Kendimi başka bir insana açacaksam eğer, bunun bir psikanalist olması gerekliydi.

Mektuplardan kimseye söz etmedim, onları unuttum çünkü çocukların okula götürülmesi, beslenme çantalarının hazırlanması, bağımsızlık günü kurdelelerinin hazırlanması, yeni futbol ayakkabılarının alınması, yüzme havuzuna ve basketbol antrenmanlarına bırakılmaları gerekiyordu ve çamaşır yıkamalı, yiyecek alışverişi yapmalı, yemek pişirmeli, çocukları yatırmalıydım, az biraz becerdim de bunları. Sonra, haziran ayında, bir perşembe günü öğleden sonra, tam Søren'i futbol antrenmanına götürecekken bir adam aradı ve mektubumu aldığını söyledi, neden söz ettiğini anlamadım. Derken anladım, acıyı hissettim ve yere çöküverdim, konuşamadım, ne dediğini duyuyordum, mektubu zihnimde bastırmış olduğumu ve onun, düşüncelerini bastıran biriyle konuştuğunu anladım. Beni görüşmek için çağırdı ve ofisinde suçluluk ve utanç ile titrerken bana ciddi bir ifadeyle yazdıklarımı bir yardım çağrısı olarak gördüğünü söyledi. Anlamıştı. Ciddiye almıştı.

Bir sürü acayip test yaptırmam için beni Rikshospital'e gönderdi, sonunda testleri değerlendiren kişi analizin hayatımı değiştirebileceğini, ilişkilerimi paramparça edebileceğini ve bağlarımı koparma tehlikesi içerdiğini söyledi, anladığım kadarıyla beni uyarıyordu ancak zaten her şey mahvolmuştu, kaybedecek başka bir şey yoktu ortada. İki gün sonra, masrafları devlet tarafından karşılanan psikanaliz tedavisine kabul edildiğimi öğrendim, gerekli olduğu sürece haftada dört gündü.

Yeni bir durum ortaya çıkmıştı. Umutsuzca mutsuz olma durumu aynıydı, ancak değişime doğru bir adım atılmıştı.

Haftada dört gün divana uzandım, beni dinleyen kişiyi görmedim, dinleyip dinlemediğini bilmiyordum. Ne yüzünden ne de bedeninden bir tepki okuyabiliyor, onayladığına, anladığına, şaşırdığına, sempati duyduğuna dair bir işaret göremiyordum, el kol hareketleri yapmamın, gülümsememin, göz devirmemin, kendimi güzelleştirmemin, konuşmamı mimikler ya da gerçeklerle süslememin bir faydası yoktu, sözcükleri sesim taşıyordu, o yüzden sözcükler çoğunlukla havada asılı kalıyorlardı ve ne dediğimi, nasıl yalan söylediğimi duyabiliyordum. Divana uzandığımda ağzımdan çıkan ilk cümle şu oldu: Biz dört kardeşiz, en çok sevilen bendim aralarında.

Bunu söylediğim anda, herhangi bir tepki gelmediği için devam edemediğimden doğan utanç verici sessizlikte tepemden aşağıya kaynar sular boşaldı. Kendi hikâyemi anlatmaya başladığımda sıkça kullandığım sözcükler tüm yalancılığıyla beni ele verdi. Doğru değildi, tam tersiydi! Ancak bir anda ışıldayan bu gerçeği daha önce anlamamıştım. Nasıl olmuştu da hayal etmiştim böyle bir şeyi? Hikâyemin geri kalanı da böyle yalan dolan mıydı acaba?

Haftada dört kez. Randevuma gelmeden önce oraya gittiğimde neler söyleyeceğimi düşünürdüm, oradan çıktığımda, gelecek sefer neler anlatacağımı düşünmeye başlamadan önce de neler söylediğimi düşünürdüm ve olanları geri alamayacağım için utanç ve acı içerisinde kıvranırdım ancak bunları işlemeden yaşayamazdım.

Küçükken babamla sık sık yalnız kalırdım, şekerci dükkânına giderdik, şeker alırdı bana. Şekerci dükkanına gitmemizden önce ya da sonra neler olduğunu pek hatırlamıyorum ama şekerci dükkânına gittiğimizi hatırlıyorum, babamın bana şeker alması harika bir şeydi. Bir gün babamla şekerci dükkânındayken âşık olduğum çocuk içeri girdi, oğlanlara küçük yaşta âşık olmaya başlamıştım, çok ilgiliydim oğlanlarla, âşık olduğum çocuk içeri girdi, ben hemen kızardım ve çocuk şekerci dükkanında babamla birlikte olduğumu gördüğü için çok utandım.

Büyüdükten sonra babamla çok nadir yalnız kalmışımdır, ancak bazen Bråteveien'de yalnız olurduk ve aramızda bir gerginlik olurdu. Bir seferinde babam gördüğü bir rüyayı anlatmıştı. Babam rüyalarıyla, Jung'la ilgiliydi. Üzerinde eski püskü bir sabahlık olan alkolik bir kadının Bråteveien'deki odalarda dolaştığını görmüştü, korkunç bir görüntüydü, kabustu. Anında, tuhaf bir biçimde, gördüğü rüyanın benim hakkımda, babamı korkutan gelecekteki ben hakkında olduğunu düşünmüştüm. Babam Jung'la, rüyalarla ilgileniyordu, çünkü onların kontrol edilemeyeceğini biliyordu.

15 Aralık. Saat durmuş, saat beşi gösteriyor ama on ikiyi on geçiyor. Gelen kutumu kontrol ettim, e-posta yok. Evde kalıp her dakika e-postamı kontrol etmeye dayanamadım, sıkı sıkı giyindim, kendimi bir güzel sarıp sarmaladım, Elfriede Jelinek üzerine yazdığım makaleyi çantama attım ve saatçiye kadar yedi kilometre yürüyüp saatime yeni pil taktırdım. Merkez istasyonunun yanındaki kafeye gidip kahve içtim, elimde kalemle makaleyi okudum, her dakika e-postamı kontrol edeceğim bilgisayar yanımda yoktu, telefonumdan kontrol ettim, Bård cevap yazmıştı, hikâyemi dinlemek istediğini söylüyordu. İlk fırsatta, dedim. Hikâyemi anlatmak istemiyordum, hikâyemi bilmesini istiyordum, bilmesini istiyordum ancak hikâyeyi anlatmak istemiyordum çünkü iğrençti, anlatmak beni hasta ediyordu. Telefonda e-postama baktım, Bård ikiye on kala Astrid'den dün gelen mesajı cevaplamış, bana da bir kopyasını göndermişti. Elfriede Jelinek makalesini bir yana bıraktım, zaten konuya dikkatimi veremiyordum.

Bård, annemle babamın bize eşit davranmak gibi bir niyetleri olsaydı vasiyetname yazmazlardı, çünkü miras yasası paylaşımın adil olmasını gözetirdi, diye söze girmişti.

Benim bilmediğim olayları hesaba katmıştı; aileden uzakta olduğum, onunsa ödevini iyi yaptığı yıllarda cereyan eden olayları. Birtakım dairelerin devri ve çeşitli ekonomik yardımlar söz konusuydu, bunlardan babama pek çok kez söz etmişti, babam da hepsinin bir kenara not edildiğini, gelecekteki miras paylaşımı sırasında faiziyle dikkate alınacağını söylemişti ancak şimdi bunun geçici bir kayırma durumu olduğuna inanıp sakinleşmesi, patırtı koparmaması için söylenen bir yalan olduğu ortaya çıkmıştı. Bård, Klara'nın lafını kullanmıştı.

Bård kulübelerden birinin masraflarını Astrid'in ödemesinin makul olduğuna, çünkü kulübeleri yıllardır onun kullandığına işaret ediyordu. Annemle babamın kulübelere daha yeni su ve kanalizasyon bağlattıklarını, bu büyük masraf yapılır yapılmaz da onları devrettiklerini, babamın intikal vergisini ödediğini ve yeni biçilen fiyatın ilkine oranla yüzde kırk daha yüksek olduğunu yazıyordu. İlk bilirkişiye nasıl bir görev verilmişti? Bergljot'u ve onu zararlı çıkarıp Astrid'in kulübeyi en düşük fiyattan alabilmesi için vergiyi düşük tutma görevi mi? İşte yine adım ve onun adı zikredilmişti.

Son olarak da, çocuklara gelince, onlar birer yetişkindi ve fikir edinmeleri için meselenin ne olduğunun kendilerine anlatılmasına gerek yoktu, kendi kararlarını kendileri verebilirlerdi.

Sadece bir saat sonra, üçe on kala Astrid cevap yazdı, ben kolumda pili yeni takılmış saatimle merkez istasyondaki kafede oturuyordum. Bård'un konuyu yanlış anladığını yazıyordu, Bård anında yanlış anlamadığını yazdı ve benim hiç bilmediğim ekonomik ve pratik konularda hararetli bir tartışmaya tutuştular. Astrid bana, beni tabii ki ciddiye aldığını, her zaman da ciddiye almış olduğunu yazdı, demek ki dün geceki e-postayı silmemişti, bu iyi bir şeydi, büyük bir ihtimalle ondan başkalarına da yollanmış olduğu içindi. Yüz yüze görüşmek istiyordu, yüz yüze görüşmeyi evvelki günden beri istediğini belirtti. Bana gelebilirmiş.

Bu kıymetli bir hamleydi, ancak istemiyordum, bedenimin her zerresi buna karşı çıktı. Çünkü bundan bir şey çıkacağı yoktu, asla bir şey çıkmamıştı, benim yüzümden herkesin ne kadar sıkıntı çektiğini, annemle babamın ne kadar sıkıntı çektiğini anlamak ve dinlemek zorunda olan her zaman için bendim, kullandığı dili tanıyordum ve her seferinde üzgün, perişan bir halde kalakalıyordum. Astrid herkesin iyiliğini istiyordu ancak onun iyilik olarak gördüğü şey bana iyi gelmiyordu. Samimiydi, aksini düşünmüyordum, niyeti iyiydi, barışmamızı ve birlikte hareket etmemizi istiyordu ancak çözülemeyecek sorunlar vardı, bir seçim yapmak gerekiyordu.

Bo Schjerven'le ikinci karşılaşmam, Fornebu Havaalanı'nda check-in yaptırırken oldu. Bo Schjerven ve ben Slovakya'ya gidiyorduk, yeni kurulmuş yazar örgütlerine Norveç modelini anlatacaktık, Bo'yu Norveç Yazarlar Birliği, beni de yönetim kurulunda olduğum Norveç Süreli Yayınlar Forumu yollamıştı. Kopenhag'a taşınmadan önce Klara'nın son yaptığı, seçim komitesinde yedek üye olduğu forumun yönetim kuruluna beni önermek olmuştu. Slovakya daveti ilk katıldığım yönetim kurulunda görüşüldü, başka kimsenin vakti yoktu, ben gitmek istedim, uzaklaşmak istiyordum.

Bo Schjerven'le Norveç Tiyatrosu'nun fuayesindeki karşılaşmamızın üzerinden geçen yedi aylık süre içerisinde hayatım baştan aşağı değişmişti. Taşınmıştım, eski eşimle çocukların velayetini paylaşıyordum, gerçekle yüzleşme konulu korkunç bir kriz geçirmiş, annemle babama meydan okumuş, ilk ailemi kaybetmiş, psikanalize başlamıştım. Psikanaliz seansından çıkıp havaalanına gelmiştim, huzursuz ve ürkektim, Bo Schjerven'le birlikte check-in yaptık, gidiş terminalindeki kafede oturduk ve her şeyi kusuverdim, Bo da dinledi.

Mutsuzluktan paramparçaydım, şok yaşıyordum, kederliydim ama psikanalize başlamıştım, değişim yolunda bir adım atmıştım, acılı ve tehlikeli olmasına rağmen bir süreç başlatmıştım. Yataktan kalkabiliyor, duş alabiliyor, dişlerimi fırçalayıp eşyalarımı toplayabiliyor, pasaportla parayı yanıma almayı hatırlıyordum, inanılmaz bir şeydi bu, çamaşır yıkama mevzusuna benziyordu. Bo Schjerven ile birlikte Fornebu'da check-in yaptırmayı başarmış, onunla birlikte Slovakya'ya giden uçağa binmiştim, ortalık bembeyazdı. Bulutlar bembeyazdı, bulutların üzerindeki gök mavi-beyazdı, beyaz şarap içtik, hafifledik, neredeyse hava kadar saydamdık. İndik, beyaz bir otobüs gelip bizi aldı, çiçeklenen kiraz ağaçlarının çevrelediği bir parkın içindeki beyaz bir saraya götürdü. Oda beyazdı, yatak beyazdı, sabah beyazdı, ekmek ve geceler beyazdı, Slovak şairlerin yüzleri sararmıştı, başlarına neler gelecekti, hepimizin başına neler gelecekti? Saydam içkiler içtik, Slovak şairler beyaz olduğu şüphe götürmez, anlaşılmaz şiirler okurken kiraz çiçeklerinin yapraklarıyla bembeyaz olmuş çimenlerin üstünde gözlerimiz açık yattık, Bo ağaçların altında dans etti, Bo bir melek olmuştu, bembeyaz bir melek. Öğleden önce geç vakitte uyandığımızda beyaz boyalı, ışıl ışıl yemek salonundaki beyaz örtüler üzerinde beyaz ekmekle birlikte süt ve beyaz peynir duruyordu. İnsan iki ruh hali içinde birden bulunabilir. İnsan son derece mutsuz, huzursuz, derinden sarsılmış olabilir ve yine de bir mutluluk ânı yaşayabilir, hatta son derece mutsuz olduğundan bunu çok yoğun yaşayabilir, sadece bir an için değil, saatler ya da Slovakya'da olduğu gibi iki gün boyunca.

16 Aralık Çarşamba, sabah. Kar eridi, hava yine karanlık ve yağmurluydu, çamurlu ve gri, elimde kahve masanın başına oturdum, Elfriede Jelinek hakkındaki makaleyi düzelttim, bir yandan da Astrid'e cevap yazmam gerektiğini düşünüyordum. Her şeye rağmen bana elini uzatmıştı, elini uzattığını düşünmüştü ve bu uzattığı eli nasıl karşıladığımı bilemezdi, açık olmaktan çok buyurgan bulmuştum, uzattığı eli nasıl karşıladığımı ona açıklamam gerekirdi. Elfriede Jelinek makalesini bir kenara bıraktım, Astrid'e görüşebileceğimizi, beni aramasını, ancak en önem verdiğim konuya ilişkin hiçbir tavır takınmamasının, yani asla yorumda bulunmamasının, konuya değinmemesinin meseleyi zorlaştırdığını ve olay şimdi yeniden ortalığa döküldüğü için bu durumun iyice göze battığını yazdım. Mesele, benimle annem babam arasında bir seçim yapmanı istemem değil, diye yazdım. Onun annem ve babamla hep benimkinden farklı bir ilişkisi, benimkinden farklı bir çocukluğu olmuştu. Ancak anlattıklarım yokmuş gibi davranamazdı, bu konuda bir tavır almanın tatsız, imkânsız olduğunu düşünse bile. Sorunun bu, diye yazdım. Benimle bir ilişki istiyorsa, bunun öncülü benim hikâyemin tanınması olmalıydı.

Kulübeler patırtısı dindiğinde tekrar konuşuruz, diye bitirdim, ancak yukarıda belirttiğim koşulla. Mutlu Noeller, iyi seneler!

Kendimi gayet net ifade ettiğimi düşünerek sakin bir Noel geçirmeyi umuyordum. Yazdıklarımı Klara'ya okuttum, her zamanki gibi yumuşak davrandığımı düşünse de sakinleşmem için yollamamı istedi. Hâlâ Klara'yla telefondayken e-postayı yolladım, o sırada birinin aradığını duydum, ama Klara'yla konuşuyordum, kapatınca arayanın Astrid olduğunu gördüm, cevap vermediğime, ancak gerekli olduğunu düşündüğüm, durumu bildiren bir mesaj yolladığıma sevindim.

Sonra Søren aradı. Astrid onu aramış. Babam Bråteveien'de merdivenlerden düşmüş, Ullevål Hastanesi'nde yatıyormuş.

Baba? Klara Kopenhag'da gece baba diye bağırdı, ama o cevap vermedi. Baba! Klara karanlık gecenin içine öfkeyle haykırdı. Kendini öldürmemiş olsaydın benim hayatım nasıl olurdu? Kesinlikle daha iyi olurdu, diye homurdanıp özür diledi sonra. Özür dilerim baba, beni affet, dedi, çünkü yalnızca kendimi düşünüyorum, senin soğuk sularda ilerlerken ne korkunç şeyler yaşamış olabileceğini değil.

Hemen Astrid'i aradım. Sesi kasvetli çıkıyordu, Diakonhjemmet'den aradığındakinden daha farklı. Babam sabahın sekizinde iki tesisatçıya kapıyı açmak için kalkmış, ancak merdivenlerden düşüp beton duvara başını çarpmış olmalıydı, kapıya yetişememiş. Annem hâlâ yataktaymış ve hiç ses çıkmamasını, babamın, tesisatçıların, tamiratın sesinin gelmemesini tuhaf bulmuş, kalkmış ve babamı merdiven sahanlığında, görünüşe göre cansız, kanlar içinde kıvrılmış yatarken bulmuş. Girişe koşmuş, tesisatçılara kapıyı açmış, kocam öldü galiba diye bağırmış. Tesisatçılar içeri girmiş, merdivenleri çıkmış, babamı dengeli bir şekilde yan yatırıp kalp masajı yapmaya başlamışlar, ağızdan ağıza metoduyla, biri fiziksel olarak masajı uygularken diğeri nasıl yapılacağını anlatan bir uygulamayı takip ediyormuş ve yirmi dakika sonra babamın kalbi atmaya başlamış. Ambulans çağrılmış, tesisatçılar çağırmış, annem Åsa'yı aramayı becermiş, neyse ki Åsa o gün işe arabasıyla gitmişmiş, hemen geri dönüp ambulanstan önce Bråteveien'e gelmiş ve babamı Ullevål Hastanesi'ne o götürmüş. Babam şimdi solunum makinasına bağlı halde yoğun bakımda yatıyormuş.

Durum ciddi görünüyordu. Aynı zamanda aile içinde o kadar çok yanlış alarm verilmişti ki nasıl tepki göstereceğimi bilemiyordum. Astrid, Åsa ve annemin babamla birlikte Ullevål'de olduklarını söyledi. Doktorlar beynin hasar görüp görmediğini bilmiyorlarmış, birkaç saat sonra MR çekilecekmiş ve o zaman öğreneceklermiş, şu anda beklemekten başka bir şey yapamıyorlarmış.

Klara'yı aradım. Abartıyorlar, dedi, seni ve Bård'u frenlemek için bu düşme olayını kullanıyorlar, ama saatler geçti ve Astrid'den ses çıkmadı. Abartı ya da numara olsaydı telefonun başından ayrılmazdı diye düşündüm, sıcağı sıcağına işin cılkını çıkarırdı. Ama aramamıştı, zihnini benden başka şeyler meşgul ediyor olmalıydı.

Çocuklara haber verdim, neye inanacağımızı bilemiyorduk. Toplantılara katılmam gerekiyordu, Nationaltheateret'te Lars ile birlikte Peer Gynt'ü seyredeceğim vakte kadar koşturup durmam gerekiyordu. Toplantılar bittiğinde hâlâ Astrid'den haber almamıştım, durum ciddiydi herhalde, benden daha önemli olan daha başka şeyleri düşünüyor olmalıydı. Durum nasıl, diye yazdım, kötü diye cevap verdi, çok ciddi, babamın kalbi yirmi dakikalığına durdu. Hiç yapmadığı kadar kısa ve öz konuşmuştu, durum ciddiydi. Aralık karanlığında, yayın kurulu toplantısından çıkmış Storo metro istasyonunda bilet almakla boğuşurken Bergen'deki öğrenci birliğinden telefon geldi, gelecek yıl 22 Mart'ta Peter Handke üzerine bir konuşma yapıp yapamayacağımı soruyorlardı, kendime de şaşarak, ağlamaklı bir sesle buna şimdi cevap veremeyeceğimi, babamın hastanede yattığını ve durumunun ciddi olduğunu söyledim. Metro geldi, bilet almadan bindim, ağlamak üzereydim. Son günlerde babam hayatımda çok fazla yer kaplamıştı, kulübeler kavgası, Bård'la buluşma, Bård'a yazdıklarım, çocukluğumun zihnimde canlanması, Hvaler'deki anılar, belediye kanalizasyonuna bağlanan tuvalet, artık kullanılmayan kuyu, eski ve yeni kulübedeki odalarda evin eksikliklerini göstermek için emlakçıyla dolaştığını gözümde canlandırmış, Bård'un yazdıklarını okurken onun bunları okuduğunu hayal etmiştim.

Nationalteateret'te indim ve küçük kızım Ebba'yı aradım, sanırım durum ciddi dedim. Ağlamak üzereydim, o da anladı, ağlamaya başladım, ağlamaya başladık, nedenini bilemiyorduk. Peer Gynt'ün başlamasına kırk beş dakika vardı, tiyatroya gitmeden önce Burns'de bir bira içmek geldi içimden diye yazdım Lars'a, oradayım zaten diye yazdı, elinde birası, ağzında sigarasıyla ısıtma lambasının altında duruyordu. Bira aldım, daha hızlı içemezdim doğrusu, bir tane daha almak niyetindeydim, babam Ullevål'de yatarken ve belki de ölecekken Lars iki ya da üç ya da daha fazla bira içmeme karışamazdı.

Klara'yı görmeye Kopenhag'a gittim. Ulusal bir gazetede tiyatro eleştirmeni olarak çalışıyordum o zaman, Kopenhag'daki Det Kongelige Teater'da oynanan ve çok iyi eleştiriler almış *Hayaletler* oyunu hakkında yazı yazmak istemiştim, kabul edildi. Oyun, hem merhum albay Alving hem de hâlâ hayatta olan karısı Bayan Alving'e karşı son derece acımasızdı. Ateşli bir eleştiri yazdım, cümlelerim bir Norveç gazetesinde çıkacak ve pek çok kişi, belki ailem tarafından okunacak diye kaygılanarak yazıyı faksladım. Ama ben uzaktaydım, Kopenhag'daydım, Anton Vindskev'in müdavimi olduğu Eiffel Kafe'de Klara ile içiyorduk, hayatımda Klara olduğu için, girip de sarhoş olana kadar içebileceğimiz karanlık kafeler bulunduğu için minnettardım, her şey her an aydınlık olsaydı karanlığı içimizde taşımak zorunda kalırdık, bu da dayanılmaz olurdu. Anton Vindskev komik hikâyeler anlatıyor, bize mutsuzluğumuzu unutturuyordu. Anton, o ve Harald Sverdrup'un İsveç'te bir şiir etkinliğine katıldığından bahsetti, Stokholm'ün dışında kocaman bahçeli bir sarayda kalmışlar, şehre indiklerinde Harald Sverdrup o kadar sarhoş olmuş ki onu eve göndermeleri gerekmiş, o sırada Anton sapan dalı toplayan ve sapan dallarını kesmek için çantasında testere taşıyan bir kadın tavlamış. Sarayın bahçesine girer girmez kadının gözüne bir sürü harika sapan dalı çarpmış. "Ayy, bu çok güzel! Ayy bu çok güzel!" diye diye çantasını açıp testeresini çıkarmış ve sapan dallarını kesmeye koyulmuş. Anton sonra kadını saraya sokmuş, odasına çıkarmış, tam o sırada Harald Sverdrup, üstünde sadece tişörtü ve altından çükü sallanır halde kapıya dayanmış, o da eğlenceye katılmak istiyormuş, ancak Anton içinde testere bulunan çantayı daha yeni yatağın altına tıkıştırabildiğinden eğlenceyi Harald Sverdrup ile paylaşmak niyetinde değilmiş, bunun yerine eline bir şişe votka tutuşturmuş ve Harald Sverdrup elinde votkası, tişörtünün altında sallanan çüküyle havuza inmiş, ertesi gün onu, bir çatala saplanmış bir notla birlikte sarayın bahçesinde yatarken bulmuşlar: Bana yardım edin. Halald! Kendi adını yanlış yazmışmış.

Gülmek çok güzeldi.

Pazar günü, Marina Abramovic'in 1973 yılından *Ritm o*'ını görmek üzere Louisiana Modern Sanat Müzesi'ne gitmek için trene bindik. Uzun bir masanın üzerinde yetmiş iki farklı nesne sıralanmıştı, bir tüy, bir tabanca, bir zincir, bir gül, masanın arkasındaki duvarda altı saat süren performansın videosu yayınlanmaktaydı. Masanın önünde duran seyirci bu nesneleri Marina Abramovic'in üzerinde kullanabilir, ona onlarla istediklerini yapabilirdi, sanatçı o altı saat boyunca yalnızca orada duracak, ne denenirse denensin kabul edip anlayışla karşılayacaktı, seyircinin neler yapacağını görmek istiyordu. Seyirci ilkin sakin ve çekingendi, *onun* başlamasını bekledi ama o başlamadı. Sonra biri belli belirsiz yaklaştı, sonra bir diğeri, üçüncü yakınlık sınırını yıktı, bir diğeri daha da yakınlaştı, sonraki ona dokundu, sonra giderek cesur davranmaya başladılar, bluzunu yırtıp parçaladılar, birbirlerini kışkırttılar, birbirlerinin pervasızlığını körüklediler, tehlikeli olmaya başladılar, biri paramparça olmuş bluzu sırtından çıkartıp aldı, onu aşağıladı, saldırganlaştılar. Onun pasifliği ve belki de bu nedenle hissedilen güçlü varlığı onları kışkırtıyordu. Birisi tabancayı eline verip ucunu kafasına dayadı, fısıltıyla 'ateş et' dedi. Performans bittiğinde, saat çaldığında Abramovic hareket etti, sonunda, seyirciye doğru bir adım attı, izleyenler korku ve tiksinti içerisinde gerilediler: "They could not stand my person because of what they had done to me."*

---

* "Bana yaptıklarından dolayı bana tahammülleri yoktu." (ç.n.)

Peer bembeyaz bir takım giymişti, Peer şampanya içiyordu, Peer kendiyle dopdoluydu, Peer'in lügatında ölçülü olmak diye bir şey yoktu, Peer aşırı cesur ve kibirliydi, Peer sınır tanımıyor, kadınlar, macera, güç ve tensel zevklerle besleniyordu, Peer tırmanmak, ilerlemek istiyordu, kral olmak istiyordu, sınırlı olana değil de mümkün olana odaklanmıştı, Peer onun için her şeyin mümkün olduğunu, her şeyden yakayı sıyıracağını sanıyordu, babamın hamurundandı, zengin olmak isteyen ve zengin olan, zenginliğini gerektiğinde avantaj olarak kullanabilen bir adam. Annesi Aase ölürken, Aase modern bir hastane odasında EKG makinasına bağlıyken, ben tam o sırada babamın da solunum aracına bağlı olduğunu bildiğimden ağlamaya başladım. Babam da Anne Aase'nin yattığına benzer bir odada yatıyordu tam o sırada, tam o sırada ölmediyse tabii, öyle olsa Astrid arardı, arayıp aramadığını görmek istiyordum ve sürekli telefona bakıyordum. Babam ölmüş olsa Astrid arardı, salondan çıkıp Astrid'i arardım ben de. Babam yaşıyordu, sahnede Anne Aase'nin bağlı olduğu gibi aletlere bağlı olarak, ağlamaya başladım ve o ölürken tüm sahne boyunca hıçkıra hıçkıra ağladım.

Son sahnede, Peer Solveig'a geri döner ve her zamanki gibi sıcak bir karşılama bekler, fakat o çekip gider, Solveig Peer'i Nora'nın, modern bir kadının sözcükleriyle terk eder. Çeker gider, Peer'i terk eder, annemin asla yapamadığını o yapar, bağımlı ve güçsüz annemin, hayatında tek bir fatura bile ödememiş annemin yapmayı beceremediğini yapar. Solveig Peer'i terk eder, o anda kafama dank etti, Peer'i bitkin ve hayret verici bir halde geri çekilirken gördüğümde, hiç de kolay bir hayat değildi babamın hayatı, zavallı, zavallı babam, gençken geri döndüremeyeceği, düzeltemeyeceği aptalca şeyler yapmıştı, bununla nasıl yaşayabileceğini, bunu nasıl kaldırabileceğini bilemiyordu. Unutmaya, zihninde bastırmaya çalıştı, uzun bir süre için yaraladığı kişi sanki olayı unutmuş, bastırmış gibi görünmüştü ve bu olanları anlamış olan kişiler de bunu unutmuş, bastırmış gibi görünmüştü, ancak bastırılan, unutulan şey gün gelir unutulanlar, bastırılanlar arasından sıyrılıp çıkar, o zaman ne olacak? Zor bir hayat olmalı, kaygılar içinde, korkular içinde geçen bir hayat. Babam iki büyük çocuğundan korkmuş, onlardan kaçmıştı çünkü ona yaptığı kötülüğü hatırlatıyorlardı, *he could not stand them because of what he had done to them.* *

Peer çizgiyi aştığını anlamamıştı, Peer çizgiyi ne zaman aştığını anlamamıştı, Peer sınırlarını bilemedi, sınırı aştı, ancak sınırlarını bilseydi bile kesinlikle onları aşmak isteyecek, onları aşmayı seçecekti, maceranın hatırına, insanın içini gıdıklayan sınırları aşma günahı için, çünkü bu işten sıyıracağına inanıyordu, affedileceğine inanıyordu, çünkü başka insanlara yaptıklarının ne tür sonuçlar doğurabileceğini ciddiye almıyordu, işlerinin hep yolunda gideceğini sanıyordu, ancak şimdi Peer için işler iyi gitmiyordu.

Çok geç Peer, dedi Solveig ve bu özgürleştirici bir andı. Çok geç, dedi Solveig. Bazen çok geç olur. Bazen düzeltmek mümkün değildir, onarılamaz.

---

* Onlara yaptıklarından dolayı onlara tahammülü yoktu. (ç.n.)

Kopenhag'da Klara'yı ziyaretten döndüğümde posta kutumda evli adamdan bulmaca gibi bir kart buldum. Beni cepte tutmak istiyordu. Cevap vermedim, ama cepteydim. Tüm sonbahar, kış, bütün yıl boyunca ve sonraki yıllarda evli adamdan bulmaca gibi kartlar, çizimler aldım, cevap vermedim ama cepteydim. Afilli miyim yoksa sadece fil gibi miyim, diye yazmıştı, afilli bir fil diye cevap yazmak istedim ama yazmadım, kendi başına bir şey ispatlamayan, ama bir şeyleri değiştirebilecek psikanalize vermiştim kendimi. Ancak bu, psikanalizi yapana, yani *ona* kendimi bir aşk ilişkisinde olduğu gibi bütünüyle, sevgiyle vermemi icap ettiriyordu, öte yandan birine âşıktım zaten, ulaşılamaz olduğu halde bir aşk nesnem vardı.

Savaş çıktığını gördüm rüyamda, açık bir alanın sonunda, sızmamız gereken ormanlık alanda bir asker arkadaşımlaydık. Bu tehlikeli bir görevdi, yakınlardaki düşman bizi görebilirdi, geceydi, hava aydınlanmadan işi bitirmeliydik, asker arkadaşım bir ağacın dibinde oturmuşken ben yerimden fırlamaya hazırlanıyordum. Saate baktım, birazdan olması gerekiyordu, ağacın dibinde oturan asker arkadaşıma döndüm. Onun bu savaşla bir ilgisi yok diye düşündüm ve koştum.

Psikanalistime rüyamı anlattım, asker arkadaşım evli adam olmalıydı, ben savaşın ve boşanmanın ortasındayken boşanmaya cesaret edemeyen, hiçbir şey yapmayan evli adam, ondan çok sık söz etmiştim. Ancak psikanalistim asker arkadaşımın kendisi olduğunu söyledi, ben divanda savaş verirken yazı masasının ardındaki sandalyede kıpırdamadan oturan kişi. O zamanlar, amma da kibirli adam, diye düşünmüştüm, ancak artık evli adama karşı hissettiklerim tarihe karışmış olduğundan belki de ona hak veriyorumdur. Oydu, değildi ya da ikisi aynı kişi olmuştu, fark etmez, çoğu zaman savaşta tek başımaymışım gibi hissediyordum. İşini verimli şekilde yapabilmesi için analistin içimde bir yeri olmasına izin vermiyordum ya da izin verecek halde değildim, bir defasında onu bir şeylerden dolayı suçladığımda, bu odada bana yardım etmek için, bana yardım etmek adına birlikte olduğumuzu söylediğindeki gibi bazı nadir anlarda çok yaklaşsak da olay güzel olmasına rağmen aramızdaki geçişim duruyordu.

Tiyatrodan eve döndüğümüzde içtik, ben içtim. Astrid hastaneden eve gönderildiklerini yazdı, ertesi gün geri gideceklerdi, Astrid ve Åsa annemde kalacaktı. Yaptıkları için teşekkür ettim.

İçtim ve hiç durmadan konuştum, huzur falan kalmamıştı, Lars yattıktan sonra da oturdum, bardağa ağzına kadar kırmızı şarap doldurdum, boşalttım. Klara'yı aradım, ciddi bir şey olsaydı onları eve göndermezlerdi diyerek beni teselli etti. Odada dönüp durdum, sakinleşmek, uyuyabilmek için şarabı bıraktım ama daha da huzursuzlandım, midem bulandı, kustum, bütün geceyi tuvalette geçirdim. Sabahleyin Astrid'i aradım. Hastaneye gidiyorlardı. Günlerden perşembeydi, randevum yoktu, ajandamda şişelerin depozitosunu almam, kaburga pişirmem, yatakları yapmam gerektiği yazıyordu, Tale ailesiyle birlikte Stokholm'den gelecekti, ama ben Lars'ın evindeydim hâlâ, onda kaldım, etrafta dolanıp durdum. Astrid saat on ikide aradı. Doktorlarla bir görüşme yapmışlardı, annem, Astrid, Åsa, doktor olan Unni Teyze ve doktor olan Sidsel Teyze. Beni çağırmamışlardı, buna sevindim, zaten gitmek istemiyordum, ama her şey netleşti. Şimdi mesele ciddiydi, mesele ciddiye binince beni orada istemiyorlardı, varlığım birlik ve beraberlik duygusunu zedeleyecekti, benim gibi çıngar çıkaran birini böyle durumlarda davet etmezlerdi, babamın, ölmekte olan o adamın kızı olmama rağmen orada olmam için çağırmazlardı, neyse ki, gelmemi isteselerdi ne cevap verecektim? Her şey netleşti şimdi. Böyleydi işte. Astrid'in bazı durumlarda öyle değilmiş gibi davrandığı, bazı durumlarda reddettiği, görmezlikten geldiği şey böyleydi işte. Şimdi olduğu gibi, iş ciddiye binince Astrid, Åsa ve annem, ben ve Bård ile aynı kanıdaydılar, bizler uyumdan dağlar kadar uzaktaydık, asla ve asla "normal" bir aile değildik.

Hastanedeki doktorlar babamın solunum cihazı olmadan nefes alamadığını söylemişler. Boynu zarar görmüş. Muhtemelen belden aşağısı tutmuyormuş, bilinci yerine gelirse, ki pek ihtimal yokmuş, belden aşağısı felçli kalacakmış, konuşamayacakmış. Mesele solunum cihazının kapatılıp kapatılmamasıymış. Doktorlar profesyonel görüşlerini bildirmişler ve anladığım kadarıyla babam için en iyisinin bu olduğunu, kendi yakınları olsaydı böyle yapacaklarını uygun bir dille belirtmişler. Doktor olan Unni Teyze'yle Sidsel Teyze, Åsa ve annem de Ullevål'deki doktorlarla aynı fikirdeymiş, sonradan öğrendiğime göre bir tek Astrid tereddüt ediyormuş. Solunum cihazının kapatılması için yine de ortak karar almışlar. Bunu söylemek için aradı. Bir itirazım yoktu, bir itirazım olup olmadığını da sormadı zaten, haber vermek için aramıştı. İşlem bir saat içerisinde gerçekleşecekti.

Çocukları arayıp durumu bildirdim, yani işlemin bir saat içerisinde gerçekleşeceğini. Klara'yı aradım, en yakın arkadaşlarıma yazdım. Kırk beş dakika sonra Astrid aradı ve şöyle dedi: Babam öldü.

Haftada dört gün divana uzandım ve kah acıdan, utançtan kah günlük ıvır kıvırdan konuştum, aydınlanmalar yaşadığım da oldu. Arabama Drøbak'a giden bir otostopçuyu aldığımı gördüm rüyamda, ben de Drøbak'a gidiyordum, yolda kayboldum, anayola çıkamadım, beceriksizliğim yüzünden Drøbak'a geç varacak otostopçuya mahcup olmuştum. Anayolun ışıklarını görür gibi oldum, önümdeki garaj kapısının altından geçebilirsem tekrar anayola çıkacaktım. Garaj kapısının altından geçmek için gaza basmıştım ki kapı aşağıya inmeye başladı, kapanmadan yetişip geçeyim diye gaza bastım ama beceremedim, çok hızlı indi ve bize çarptı, arabayı dağıttı, orada öylece kalakaldık, şaşkın ve hareketsiz, neyse ki ölen olmamıştı, otostopçunun beti benzi attı, pantolon cepleri de ters yüz olmuştu, arabaysa tamamen parçalanmıştı. Birden ortaya annem çıkıverdi, her zamanki iyimser tavrıyla araba tamir olur dedi, ama herkes bunun mümkün olmadığını görüyordu.

O sırada yolda beş kuruş gördüm, onu almak için eğildim, yerde para bulmak uğur getirirdi, ben de kendimi teselli etmek için, belki de bugün uğurlu günümdür, dedim. Parayı yerden aldım, bir düğmeydi ama bu.

Beş yaş mı, diye sordu.

Beş kuruş, dedim.

Beş yaş dedin, dedi.

Beş kuruş demek istedim, dedim, rüyamı baştan anlattım: Garaj kapısı arabaya vurduğunda sanki ben parçalandım.

Beş yaşındaki bir çocuk gibi mi, dedi ve sanki tüm bedenime elektrik verilmiş gibi oldu.

Annemle Åsa, Astrid, Unni Teyze, Sidsel Teyze ilgileniyordu. Yalnız kalmasın diye, Bråteveien'de sırayla kalmak için bir düzen kurmuşlardı. Bu işi üstlendikleri için Astrid'e teşekkür ettim, anneme selam söyle, dedim. Bråteveien'deydi hepsi, bir ara uğramalıymışım. Uğramayı düşünmüyordum. Birden rahatladığımı hissettim. Babamın düştüğü günle, vefat ettiği gün arasındaki gece gelen bulantı ve kusmaların uzun sürecek bir nekahet döneminden bilinçsizce korkmamdan kaynaklandığı aklıma geldi hemen. Yıllar boyu hastanede yatacak olan felçli bir baba, bununla nasıl baş edebilirdim ki? Uzun bir nekahet dönemi yaşayan babam beni yanına çağıracaktı, ya gitmeyip onu hayal kırıklığına uğratacaktım ya da gidip kendimi hayal kırıklığına uğratacaktım. Babamın bana istediğimi vereceğine, bir itirafta bulunacağına, özür dileyeceğine inanmıyordum. Babamın hasta ziyaretine bir umutla gidecek olsaydım hayal kırıklığına uğrayacaktım, babamla karşılaştığımda sıkça olduğu gibi. Onca zaman boşu boşuna heveslenmiştim, annemle babamın hayalimdeki kapılarını birçok defa çalmış ve açılmasını beklemiştim, hikâyemin kabul edilmesini, kabul edilmeyi, içeri alınmayı beklemiştim ve hayal kırıklığına uğramıştım, üzülmüştüm, eşikte dikilip kapılarını çalmıştım, sonra çalmayı bıraktım, umut etmeyi bıraktım, sırtımı dönüp oradan ayrıldım, bir bakıma özgür oldum. Oraya gitmek, babamı hastayken ziyarete gitmek istemezdim, Solveig gibi güçlü olmak isterdim, güçlü olmayı ve şöyle demeyi umardım: Artık çok geç. Ama Astrid ve annem başımın etini yiyip bana baskı yaparlardı, büyük kızıyla barışmaktan başka bir arzusu olmayan hasta, felçli ve zavallı bir adama eziyet etmekle suçlarlardı beni, öyle ki bu kız çocuğunun adamın ona yaptıkları hiç olmamış gibi davranması gerekirdi, bunu ondan esirgeyecek miydim gerçekten? Sanki mesele ilkelerimde inat etmemmiş, sanki mesele bir duygular meselesi, derin duygular meselesi değilmiş gibi. Beni suçlayacaklardı, çok tatsız olacaktı, uzun süre yatacak olursa anneme, Astrid ve Åsa'ya bu zorlu bakım konusunda yardımcı olmam için baskı görecektim, reddettiğimde bana çok öfkeleneceklerdi, hastanenin çalışanlarına, etraftakilere benim duyarsızlığımdan, bencilliğimden, şefkat yoksunu olduğumdan dem vuracaklardı, ama olmadı işte, babam öldü gitti. Hafiflediğimi hissettim, babamdan korktuğumu anladım, bir korku ortadan kalktı, o taraftan hep bir tatsızlık gelebilirdi, ama artık gelemez. Babam öldü. Şikayetler, suçlamalar, iğnelemeler, aynaya bak, karşında bir psikopat göreceksin lafları yoktu artık, babam öldü. Bana bir şey yapamazdı artık. İşin aslı, babam son yıllarda bana bir şey yapamıyordu, babamdan korkarak dolanmıyordum artık ortalıkta, ancak belki de öyle yapmışımdır, belki de babamın korkusu bedenime sinmiştir. Ne yapacağı belli olmayan saldırgan bir aslan varken ondan korkmayı bırakmak zordur ama şimdi aslan öldü.

Freud bir yerlerde, ne yazık ki psikanalizin hiçbir tanımı insanın bizzat psikanaliz uygulaması esnasında hissettiklerini tekrarlayamaz, okumakla mutlak bir kanıya ulaşamazsınız, yalnızca deneme yoluyla olur bu diye yazmıştı, kesinlikle katılıyorum, açıklamak mümkün değil. İnsanın psikanalizi neden sonlandırdığını, bunun neden bitmesi gerektiğini keşfettiğini açıklamak da aynı şekilde mümkün değil bence.

Haftada birkaç saatten fazla terapi gördüğüm üç yıldan sonra, bir gün birdenbire buna gerçekten ihtiyacım olup olmadığını düşündüm. Bir gece önce sarhoştum, birlikte olmamam gereken bir adamla birlikte olmuştum, üzerimdeki elbiseler benim değildi, kontakt lenslerimi kaybetmiştim. Divana uzanmalı, içimi boşaltmalı, ağlayıp zırlamalıydım ama psikanalistim randevu saatinde beni çağırmadı. Yarım saat bekledikten sonra kapısını çaldım ancak cevap vermedi, gelmedi, kapının kolunu çevirdim ama kilitliydi, kapıyı yumrukladım, sanırım bağırdım ve psikanaliz enstitüsünün bekleme salonunu dolduran psikoloji öğrencilerinin çaresizliğimi fark ettiklerini gördüm gözümün ucuyla: Demek böyle görünüyorlar. İçlerinden biri omuzuma dokundu, ilan panosunda asılı, psikanalistimin üç haftalık bir tatile çıktığını belirten yazıyı gösterdi. Psikanalistimin bunu bana söylediğinden emindim, bastırmış olmalıydım, tatsız olan her şeyi bastırdığım gibi. Şimdi ne yapacaktım? Bir gün gelip kafayı üşüteceğimi düşünürdüm hep, işte o an gelmişti. Bacaklarım uyuştu, yere çöküverdim, öğrencilerin sinirlerimin boşalmasını nasıl gözlemlediklerini göz ucuyla fark ediyordum. Psikozun gelmesini bekliyordum, gelmedi, azıcık şaşırmış bir halde ayağa kalktım, etrafıma bakındım, sonra çekip gittim, başka ne yapabilirdim ki? Açık, pırıl pırıl bir ağustos günüydü, daha önce hiç görmediğim kadar. Hava sıcaktı, daha önce hiç hissetmediğim kadar. Bogstadveien'den aşağıya doğru yürüdüm, başka ne yapabilirdim ki? Hayret edilecek kadar sakindim. Aslında sonbahardı, hava sıcaktı, güzel bir havaydı, daha önce bunu fark etmemiştim, önümde psikanalizsiz üç hafta vardı, yeni bir yola saptım, başka ne yapabilirdim ki? Bir vitrinin önünden geçtim, camda bana benzeyen birini gördüm, ama bu ben olamazdım, çünkü bu kişi sağlıklı görünüyordu. Durdum ve geri geldim, kendime baktım, gayet zinde bir kadın gördüm. Kendimi bu şekilde görmem mümkün müydü? Sen akıllı birisin, dedim ona, hiç de fena görünmüyorsun. Bu dünyada pekâlâ yaşayabilirsin, değil mi?

Haftalar geçip gitti, anladığım kadarıyla analistim devam etmem ve daha iyi bir görüşe sahip olmak için acı veren şeyin derinlerine inmem gerektiğini düşünüyordu, ama ben analize son verdim. Sonradan düşününce haklı olduğunu anladım, ama o zaman yeterince acı çektiğimi, acının göbeğinde yeterince uzun kaldığımı düşünüyordum, evli adam nihayet boşanmıştı ve benim olacaktı, ben de artık mutlu olmak istiyordum!

Babamın hasta olduğu gün, babamın hastanede olduğu yirmi dört saat boyunca Astrid'den gelen mesajların hepsine cevap verdim. O benimle, Åsa Bård'la görüşüyordu. Pratik meseleleri konuşuyorduk, Astrid ve Åsa'nın ön saflarda yaşadıkları olağanüstü durumla ilgili bilgiler alıyordum. Astrid, Åsa ve annemle Bråteveien'de olduğunu, gelirsem sevineceklerini yazıyordu. Geceleri annem yalnız mı kalıyor diye sordum, yalnız kalmıyordu, dönüşümlü olarak annemde kalıyorlardı, Unni ve Sidsel Teyze de, annem merdivenlerden düşmekten korkuyordu. Yaptıkları için teşekkür ettim, Astrid'den herkese, özellikle de anneme selam söylemesini istedim. Astrid de içten selamını yolladı, beni kucaklıyorlardı. Ne zaman istersen buraya gelebilirsin diye yazıyordu. Belki öylesine yazılmış bir şeydi ya da inanarak söylüyorlardı, Astrid, Åsa ve annem, ama şimdi her şey değişmişti, babam öldüğü için bir araya gelmemiz mümkündü. Yine de beni orada istediklerine inanmıyordum, hani belki babamı deliler gibi sevdiğimi ağlama krizleri içerisinde keşfetseydim, davranışlarımdan ötürü pişmanlığımı ifade etseydim olurdu. Ama beni mahremlerine sokmak istediklerinden pek emin değildim, şimdi her zamankinden daha çıplak, daha duyarlıydılar, tanıdıkları, güvendikleri insanlarla olmak isterlerdi, çok doğaldı bu, ancak belki bir işaret, sembolik bir ziyaret, barış içerisindeki günleri müjdeleyen bir bayrak sallamamı istiyorlardı. Bir sürü insan Bråteveien'e gitmiş olmalıydı, uzak akrabalar, komşular, ellerinde çiçeklerle ahbaplar, hepsi sıcacık ve şefkatliydi, bir arkadaş ya da bir komşu olarak gidebilirdim. Astrid yaklaşan Noel için planlar yaptıklarını yazdı, büyük bir parti düzenlemeye karar vermişlerdi, herkes bir arada kutlayacaktı, şimdi yalnızca annemin ve bir bakıma da kız kardeşlerimin olan annemle babamın Bråteveien'deki evinde büyük bir Noel kutlaması. Kocaları ve çocuklarıyla birlikte Åsa ve Astrid, pek çok kişi katılacaktı, belki Unni Teyze ve Sidsel Teyze de gelecekti. Tüm mesajlara gayet sıcak cevaplar yazdım, onları kucakladım ancak Bråteveien'e davet meselesine hiç değinmedim. Bir an için bile gitmeyi düşünmedim, ama "hep aklımdasınız" yazdım, yalan değildi, onları düşünüyordum, gözümün önüne geliyorlardı, orada oldukları ve anneme baktıkları falan için mutlu olduğumu söyledim.

Baba?

Orada bir yerlerde misin?

Ölüm nasıl bir şey?

Ona seslenmek sanki yasakmış gibi geliyor, ama diğerlerinin olduğu kadar benim de babamdı o.

Babam 17 Aralık Perşembe günü öldü. Noel'den sonra, 28 Aralık'ta toprağa verilecekti. Öldükten iki gün sonra, 19 Aralık Cumartesi, öğleden önce Astrid bana biraz konuşabilir miyiz diye yazdı. Eşyalarımı toplamış, Lars'ın evinden çıkmak üzereydim ve on dakika sonra yolda yalnızken beni aramasını söyledim.

O anda bir rahatlama hissettim. Lars'ın merdivenlerinden inmiş, arabamın üstündeki karı temizleyecektim, aydınlık ve sakin bir aralık sabahıydı, hafiflemiştim. Smestads kavşağındaki yeşil ışıkta geçerken Astrid aradı ve hevesle, umutla, nasılsın diye sordu. Dürüst olmak gerekirse rahatlamış hissediyorum, dedim ve onu hayal kırıklığına uğrattım. Sessizleşti. Kafamın karışık olmasını, darmadağın bir halde olmamı bekliyordu belki de, çünkü babam biz barışamadan ölmüştü, inatçılık edip uzlaşmadığım ve arayı bozduğum için pişman olmamı bekliyor, babamdan özür dilemek için artık geç kaldığımdan vicdan azabı çekmem gerektiğini sanıyordu. Şimdi pişman olmak yerine rahatladığıma göre belki de hikâyem iyice gerçeklik kazanmıştı, hikâyem gerçekti, yok saymıştı o bunu. Astrid'in durumu zordu, imkânsız, onun taraf seçmesini asla istemediysem de durumun imkânsızlığını görmesini istemiştim. Ellinci yaş kutlamasına gelmemi istememesini, bana baskı yapmamasını, bana ya da kendine bu imkânsız durumu tersine çevirebilirmişim gibi davranmamasını istemiştim.

Annemin cenazeden önce beni görmek istediğini söyledi. Annem beni on beş yıldır görmüyordu ve annem için bu durumun cenaze töreninde çok zor olacağından korkuyordu Astrid. Yani annem aynı anda hem babamı toprağa vermeyi, hem on beş yıl sonra benimle karşılaşmayı hem de kulübeler meselesinden dolayı kızgın olan Bård'la yüzleşmeyi kaldıramayacaktı. Astrid annemin cenaze sırasında fenalık geçirmesinden korkuyordu. Astrid, Åsa ve annem cenaze töreninin düzgün geçmesini diliyorlardı. Bård'la da buluşmak istemişlerdi ancak o istememişti. Yine de en önemlisi annemin benimle buluşmasıydı, çünkü benimle olan sorunu Bård'la olan miras meselesinden daha derindi. Sokakta buluşabilirdik ya da bana gelebilirlerdi. Bunu tercih etmedim, fazla samimi olurdu, bir kafede buluşsak daha iyiydi. Yarın, pazar öğleden sonra, dedi, kabul ettim.

Søren'i arayıp gelmek isteyip istemediğini sordum. İstiyordu, akşam bana geldi, babam öldüğü için salya sümük ağlamıyordum ancak ertesi gün on beş yıldır görmediğim annem, Astrid ve Åsa'yla buluşacağım için keyifsizdim.

Bård'dan bu toplantının maksadının ne olduğunu soran mesajı aldığımda şöminenin başında oturuyorduk. Belki korkuyordur, dedi Søren, baban öldüğü için tereddüt edip yumuşamandan, miras meselesinde taraf değiştirmenden korkuyordur. Annem Bård'la da buluşmak istemişti, Bård da toplantının nedenini sormuştu, Åsa sadece olanları konuşacağız, her şey çok dramatik gelişti, diye cevap yazmıştı ona, annem miras meselesi başladığından bu yana onu görmediği için cenazeden önce görüşmek istiyordu. Åsa ve Astrid, annemin cenaze töreni için kaygılanmasını istemiyorlardı, törenden önce bizimle buluşamazsa cenazede fenalaşmasından korkuyorlardı. Bård bilmesi gerekenleri öğrendiğini ve annemin sandıklarından daha güçlü olduğunu yazdı. Bu konuda haklıydı, annemin Åsa ve Astrid'in sandığından ve göründüğünden çok daha güçlü olduğu ortaya çıkacaktı, annem rol yapıyordu, çok kırılganmış gibi davranıyordu hep, belki bilmeden yapıyordu, belki buna kendi de inanıyordu. Yastakilerle karşı karşıya gelince miras meselesinde yumuşayacak değildim oysa ben. Mirastan söz açılmasını istemediğimi, facia çıkarsa ya da mirastan konuşulursa çekip gideceğimi Astrid'e söylediğimi belirttim.

Burnum facia kokusu alıyor, dedi Bård.

Annemin dramlarına tahammülüm yoktu. Annemin gözyaşları ve kendi duygularımı hissetmeyi imkânsız kılan o şiddetli, baskın, ezici duyguları. Ertesi gün için kaygılanmaya başladım, mesaj yollamak yerine Astrid'e bir e-posta yolladım, hep beraber oturduklarını, her bip sesinde birbirlerine telefonlarını gösterdiklerini biliyordum, Bråteveien'de telefonlar sürekli bipliyordu muhtemelen, uzaklardan yakınlardan başsağlığı dilekleri, nasılsınız soruları, hep aklımızdasınız mesajları yağıyordu herhalde. Umarım annem bu toplantıya ve geleceğe dair büyük beklentiler içinde değildir diye yazdım. Hemen yanıtlayıp benimle aynı fikirde olduğunu belirtti, hiçbir şekilde olay çıkmasını istemiyordu, beklentiler büyük değildi, meseleler aşama aşama ele alınacaktı.

Önce kafede buluşma, sonra cenaze, peki ya sonra?

Vakitlice gelmiştik. Hızlıca kahvaltı ettik, vakitlice çıktık. Park etmeyi düşündüğümüz yerde park yeri bulamadık. Pazar günüydü ama Noel öncesiydi, dükkanlar açıktı, her yer araba ve insan kaynıyordu. Park etmek için yeni bir yer önerdim, Søren'in başka bir önerisi vardı, tansiyon yükseldi, tartışmaya başladık, sonunda park yeri bulduk, park ettik ve yürüdük. Buluşmak için anlaştığımız kafe çoluk çocukla doluydu, buharı tüten ceketler, Noel hediyesi paketleri, boş masa yoktu, onları dışarıda soğukta mı bekleyecektik? Tüm bu kargaşanın ortasında huzursuzca dikildik ve birilerinin kalkmasını bekledik, kalksalar bile burası üzücü konuşmaların yapılabileceği bir yer değildi, yanlış yer seçmiştim. Astrid'i arayıp yanlış bir yer seçtiğimi, buranın dolu olduğunu, başka bir yer bulmamız gerektiğini söylemeliydim, onlar gelene kadar beklemeli miydik veya? Kafedeki kargaşanın ortasında dikilip yeniden düşündük. Minnacık bir kız çocuğu sendeleyerek bana doğru yürüyordu, hemen arkasından da sendeleyerek annesi geliyordu, kızının üzerine eğilmiş, düşerse tutmak için kollarını açmıştı, ben yürümeye başladığımda annem de aynısını yapmıştır, öyle olmalı, her ne kadar gözümde canlandırmam zor olsa da, o zamanlar annem eminim ki iyi bir anneydi, ilk zamanlar, içgüdüsel ve fiziksel olarak hemen yanı başımda, manen ve madden yanımda, bunlar çok geride kaldı, muntazam yürüyordum, muntazam yürüyebiliyordum. Dışarı çıkıp kafenin önünde soğukta bekledik, Søren'in üzerinde kocaman bir anorak vardı, birazdan olacakları, beklenen tatsızlıkları düşünmemek için gidilebilecek başka yerleri konuştuk, Søren'in ne umduğunu bilmiyordum, ne umduğunu da sormamıştım, bundan söz etmek istemiyorduk, oluruna bırakmıştık, iyi ki yalnız değildim, iyi ki büyüktü Søren, o hep benimle olmalıydı.

Başka bir yer bulamamış olmama rağmen Astrid'i arayıp başka bir yere gitmemiz gerektiğini söylemeliydim, belki de onun en başta önerdiği gibi soğukta gezintiye çıkmalıydık, nehir kenarında, sonra Astrid aradı, köprünün öbür ucundaki pizzacının yanındaydılar, orayı unutmuştuk, köprüyü geçtik, işte orada duruyorlardı, pizzacının önünde, rahatsız figürler, annem hatırladığım gibiydi, daha az havalı, hepsi hatırladığım gibiydi, hatırladığım kadarıyla, onları gördüğüm kadarıyla üçü de kendilerine benziyordu, daha az havalıydılar. Ben de pek havalı sayılmazdım ama özenli giyinmiştim, bir gece önceden kafamda ne giyeceğimi planlamış, onları sandalyenin üzerine dizmiştim, yüzüm gözüm yerindeydi, onlarınki darmadumandı. Birbirimize sarıldık, önce anneme sarıldım, annem şöyle dedi: Kızım benim. Aynı eski günlerdeki gibi, tıpkı eski sevgililerimden birinin söyleyebileceği gibi, kızım benim. Sonra Åsa'ya sarıldım, sonra Astrid'e. Søren anneme ve Astrid'le Åsa'ya sarıldı, pizzacıya girdik, sakin bir masa aradık, başı kim çekecekti, ben değil, davet sahibi ben değildim. Åsa sakin bir masa buldu, annemi ortalarına oturttular, Astrid ve Åsa annemin hemen dibine oturmuş, annemi korumak için iki yanına çökmüşlerdi. Søren ve ben de karşı tarafa geçtik, şimdi söze ilk kim girecekti? Åsa ne istersiniz diye sordu ve bana baktı, kahve istiyordum, bira vaktim gelmemişti, öyle sandıysa eğer, ölmüş babamla dargın olduğum için vicdan azabıyla kıvrandığımı, kendimde olmadığımı sandıysa, bira içmem gerektiğini düşündüyse eğer. Åsa herkes kahve mi içecek, diye sordu, herkes kahve içecekti, tezgâha gitti ve kahve aldı.

Çok ağladık, dedi annem, gözümüzde yaş kalmadı, dedi, şu anda ağlamıyor olmalarını affettirmek için. Ağlayacakmış gibi görünmüyorlardı, gergin ve hafif manik bir haldeydiler. Kahvemizi içtik, olan biteni birbirlerinin lafını keserek en başından anlattılar, çok dolmuşlardı, başından sonuna. Çok acılı bir süreçti, öyle dediler, hiçbiri daha önce bu kadar acı bir şey yaşamamıştı. Åsa bir kaza yerine ilk gelen kişi oldunuz mu hiç, diye sordu. Bir defasında, bir trafik kazasından sonra kaza yerine ilk gelen Åsa olmuştu, şoför aldığı yaralardan ölmüştü, bir adam, ortalık kan içindeydi, açık yaralar. Åsa kanla arasının iyi olmadığını anlayınca trafiği yönlendirmişti, bunun da yapılması gerekiyordu, buna da ihtiyaç vardı, herkes elinden geldiğince yardım etmişti. Tesisatçılar saat sekizde bekleniyordu, adamlar kapıyı çaldığında babam uyanmış, kapıyı açmak için aşağıya inmiş ancak merdivenlerden düşmüş olmalıydı, takılmış düşmüş ya da bayılmış düşmüş ya da kalbi durmuş ve düşmüştü, kimse babamın neden düştüğünden tam olarak emin değildi ancak düşmüş ve kafasını beton duvara çarpmıştı, tesisatçılardan ses çıkmamasının tuhaf olduğunu düşünen annem kalkmış ve babamı merdiven sahanlığında bulmuştu, kanlar içinde, yamuk yumuk bir halde yatarken başı ve boynu geriye doğru tuhaf bir şekilde bükülmüş vaziyette. Sonra aşağıya, kapıyı bir kez daha çalan tesisatçılara koşmuştu. Üzerimde sadece donum vardı, dedi, biraz güldüler, annem gülmesini affettirmek için ağlamaktan gözümüzde yaş kalmadı dedi, ağladık, içimiz yandı, ağladık durduk. Søren ve ben ağlamamıştık, içimiz yanmamıştı, Søren ve ben olayın dışındaydık, her ne kadar aynı pizzacıda oturup kahve içsek de Søren ben onlarla aynı yerde değildik.

Annem tesisatçılara bağırmış, oldukça genç iki adammış bunlar, kocam öldü galiba, demiş, genç tesisatçılar merdivenleri koşarak çıkmışlar, babamı yana doğru dengeli bir biçimde yatırmışlar, ağızdan ağıza suni solunuma başlamışlar, çok genç iki adam, bu çok genç tesisatçıların bir şeyden habersiz kendilerini kazanın ortasında bulmaları onlar için oldukça zor olmalıymış, ama harikaydılar, dedi annem, sonra tabii ki Åsa'yı aramış, neyse ki o da o gün işe arabasıyla gitmişmiş ve hemen geri dönüp ambulanstan önce Bråteveien'e gelmiş. Tesisatçılar babamın kalbini tekrar çalıştırmayı becermişler, yirmi dakika uğraşmışlar ve ambulans gelmeden önce babamın kalbini çalıştırmışlar. Ambulans gelmiş, annemi, babamı, Astrid ve Åsa'yı alıp hastaneye gitmiş, tesisatçılar Bråteveien'de kalıp işlerini yapmışlar. Harikaydılar, dedi Åsa. Biraz kendimizi toparlayınca onlara bir demet çiçek yollamalıyız, çok şey yaptılar. Geride kalıp sıcak su deposunu da onaran tesisatçılar harikaydı. Uzun süre önce baban Bråteveien'den asla taşınmak istemediğini, Bråteveien'den ayağında çizmeleriyle çıkarılmak istediğini söylemişti, dedi annem, öyle de olmuştu, babam Bråteveien'den ayağında çizmeleri, pardon, ayağında terlikleriyle çıkarılmıştı. Babam koştururken düştü, dedi Astrid, evet, iyi söyledin Astrid, dedi annem, baban koştururken düştü. Tipik babam, dedi Åsa, yaşadığı gibi öldü, dedi Astrid, koştur koştur. Evet, Åsa tebessüm etti, bir şeyler daha söyleyecekti, ama annem lafını kesip cenaze töreni için herhangi bir isteğim olup olmadığını sordu. Cenaze töreni için istek mi? Hayır, cenaze töreni için herhangi bir isteğim yoktu. Annem törende ne tür bir müzik istediğinden bahsetti, babam radyoda çalan bir melodiye hayranmış, koltuğunda oturmadığı zamanlarda sıkça radyo dinler, dergiler okurmuş, her türden zor dergiler, dedi annem ve bana baktı, babanın her türden zor dergiyi okuduğunu bilmelisin Bergljot, dedi. Bir şey demedim, ne diyeceğimi bilmiyordum. İyi bir cenaze töreni olmasını umduklarını söyledi Astrid, Hvaler'deki komşulardan biri keman çalacak, güzel olacaktı, belki birileri de şarkı söyleyebilirdi. Yapılması gereken her şey, düşünülmesi gereken her şey, toplu halde alınması gereken her karar onları heyecanlandırıyor, yaşadıkları bu olağanüstü durum içlerini titretiyor gibiydi sanki. İşlerin büyük bölümünü cenaze işleri firması hallediyor, dedi annem, ancak yerel bir firma değil, yerel bir firmayla çalışmak istemedik, dedi ve bana baktı, anma törenini Bråteveien'de yapmak istiyorlardı, Bråteveien'de yer boldu, Bråteveien dururken yer kiralamak manasızdı, babam Bråteveien'i çok seviyordu, orayı her zaman sevmişti. Ölüm ilanıyla ilgili bir fikrim olup olmadığını sordu annem, başımı salladım, ölüm ilanını düşünmemiştim. Sağlık hizmetleri harikaydı, dedi Åsa. Vergini gönül rahatlığıyla ödeyebilirsin, dedi. Babamın yanında sürekli iki doktor varmış. Belki sürekli demek doğru değildir? Birbirlerine baktılar, babamın yanında neredeyse sürekli iki doktor olduğuna karar verdiler ve fikir birliği içerisinde başlarını salladılar, babamın yanında çoğu zaman iki doktor olmuştu, Unni ve Sidsel Teyze de oradaydı, ikisi de harikaydı, doktorlara karmaşık tıbbi sorular sormuşlardı. Her türlü test yapılmıştı ama babamın beyni yirmi dakika oksijensiz kalmıştı ve bilinci asla açılmamıştı, ayrıntılar ardı arkası kesilmeden geliyordu, gırtlaklarına kadar bu meseleyle doluydular, tuhaf değildi, olaylar çok dramatik gelişmişti, insanlar dramatik olayların bu şekilde üstesinden gelirler, tekrar tekrar anlatarak yani. Astrid cebinden bir mandalina çıkarıp soymaya başladı, bir dilimini ağzına attı, mandalinayı Søren'e uzattı, bir dilim alıp mandalinayı bana uzatması gerektiğini anlamadan önce Søren bir afalladı. Søren bir dilim aldı, mandalinayı bana uzattı, ben bir dilim alıp mandalinayı anneme uzattım, o da bir dilim alıp mandalinayı Åsa'ya uzattı. Norveççe Dergiler Forumu'nun yönetim kurulu başkanı yayınevleriyle zorlu bir pazarlığa oturduğunda böyle yapardı, bir portakal soyar, herkes bir dilim alsın diye masanın etrafında dolaştırırdı, çatışma düzeyini azaltacak eski bir Afrika geleneğiydi bu, insanlar yiyecek ve içecek paylaştıklarında ortam yumuşuyordu. Solunum aletiyle ilgili karar verildiğinde veda etmek için hep birlikte babamın yanına girmişlerdi, başka türlüsü babam için onursuz olacaktı, babam gibi birinin felç olduğunu ve belki de konuşamadığını, solunum aletine bağlı kaldığını bir düşünün hele, onun gibi hayatı koştur koştur yaşamaya alışkın birinin. Åsa harikaydı, dedi Astrid, ama Astrid de harikaydı, dedi annem, babamın son anına kadar yanında kalmıştı, son nefesini nasıl verdiğini, boynundaki nabız atışının nasıl durduğunu, babamın, bir gün öncesinde insanı korkutan, denetimsiz, korkunç kasılmalarla değişen yüzünde öldüğünde ne kadar huzurlu bir ifade olduğunu görmüştü. Astrid'in kızı bir gün önce babamın yanına girmeye cesaret edememişti çünkü kanlar içinde, darbe almış haliyle bir yabancıya benziyordu. Annem harikaydı, dedi Astrid, her şeye rağmen çok sakin, her şeye rağmen çok makuldü, kendine göre bile, dedi Astrid anneme ve Åsa'ya gülümseyerek, annem gülümseyerek minnet içerisinde kızlarına baktı, itiraf etmeliyiz ki, dediler ve birbirlerine bakıp güldüler, bol miktarda uyku hapı ve kırmızı şarap tükettik. Unni Teyze harikaydı, dedi Astrid, o da sakin ve makuldü, Sidsel Teyze harikaydı, bütün doktorlara karmaşık tıbbi sorular yöneltmişti, doktorların Unni ve Sidsel Teyze'den bayağı etkilendiğini düşünüyorlardı, babamın beyninde Alzheimer hastalığına rastlanmadığını bilmeliydim bu arada, Åsa harikaydı, dedi annem, küsüp ayrı düşmeseydim tüm bu harikalıkların bir parçası olabilirdim, şimdi pişman olmam için bunları anlatıyorlardı, Søren tüm bu harikalıkların bir parçası olabilirdi ve benim gibi bir annesi olduğu için neleri kaçırdığını dinlemeliydi şimdi.

Cenaze işleri firmasıyla pazartesi görüşeceklerdi, hemen ertesi gün, zaman çok hızlı geçmişti. Noel'i kutlayacağız dediler, Bråteveien'de büyük bir kutlama olacak, karar vermişlerdi, onlarınki böyle bir olayla sarsılacak ailelerden değildi, babam ölmüş olsa bile kutlamanın yapılmasını isterdi. Büyük bir kutlama olacak, herkes gelecekti, Unni Teyze, Sidsel Teyze, çocuklar, torunlar. Noel'den önceki gece her zamanki gibi kutlanacaktı, benim çocuklar da her zamanki gibi Bråteveien'e geleceklerdi, değil mi? Søren tedirgin bir tavırla başını salladı, o geliyordu, Ebba geliyordu. Tale de çocuklarla gelir herhalde, değil mi, diye sordu annem, en küçüğü, minik Anna kaç yaşında oldu, Emma Noel için nasıl bir hediye ister, diye sordu. Anna nerdeyse beş yaşındaydı. Søren de ben de Tale'nin ailesiyle Noel'den bir gece önce Bråteveien'e gitmeyeceğini biliyorduk, Tale yazın Hvaler'de geçirdiği iki günden sonra, annem ona çocuğuna iyi bakıp bakmadığını sorduğunda artık bu tiyatro gösterisinin bir parçası olmak istemediğine karar vermişti, üstelik ondan bu gösteriye katlanmasını istediğim halde, böyle istemiştim çünkü çocuklarım gösteriye dahil oldukları sürece benim üzerimdeki baskı azalıyordu. Ancak Tale yetişkindi artık, kendi kararlarını kendi veriyordu, annemle babama onları artık görmek istemediğini belirten bir mektup yazmayı düşünmüştü ancak onu vazgeçirdiğim için yazmadı, annemle babam onun miras kavgasına bulaştığını, Hvaler'deki kulübeleri istediğini sanacaklardı yoksa. Sonra babam öldü. Tale tavır almak istemişti, lafını esirgememek istemişti, çünkü insanlar laflarını esirgiyordu, yeter artık demiyordu, çünkü kimse kendi kanaatini belirtmiyordu, ama dünyanın boka sarmasına hiç itirazları olmaksızın öylesine takılıyorlardı, çünkü insanlar başkalarını memnun etmekten, hayır demenin sonrasında çıkacak tatsızlıklardan kaçınmak için deveye hendek atlatıyorlardı, dünya bu yüzden boka sarmıştı, o artık bunun bir parçası olmak niyetinde değildi, ama şimdi babam ölmüştü, ilkesel bir tavrın altını çizmek için zaman uygun muydu acaba, şu anda ne uygundu ki?

Stokholm'den gelirken geç kaldılar, onlarla konuşamadım diye bir şeyler geveledim, gece yarısına doğru gelirler sanıyorum.

O zaman Noel'den önceki gece burada olacaklar, dedi annem ve Søren'e dönüp Emma Noel için ne ister acaba, diye sordu, Søren tedirgin oldu, kararsız kaldı. Bunu şimdi düşünmene gerek yok, dedim, şimdi enerjini böyle şeylere harcama.

Böyle şeyler enerji tüketmez, dedi Åsa, böyle şeyler enerji verir.

Evet, çok doğru Åsa, dedi annem, böyle şeyler enerji tüketmez, böyle şeyler enerji verir, Emma Noel için ne ister, oyuncak bebek mi, elbise mi?

Elbise hiç fena olmaz, dedi Søren.

O zaman elbise alınacak, dedi annem şen şakrak.

Babam Bråteveien'de oturmayı seviyordu. Skaus Sokağı'ndan Bråteveien'e taşındığına çok sevinmişti, annem de öyle. Annem bir seferinde, Skaus Sokağı'ndan Bråteveien'e taşındığına asla pişman olmadığını, Skaus Sokağı'nı bir kez olsun özlemediğini söylemişti. Buna şaşmamak gerekir. Kim bir suç mahallinde yaşamak ister ki?

Evli adam boşandı ve benim oldu. Onunla birlikte olduğum yıllarda Bo ve Klara'yı pek görmedim. Kendimi ona, hazretlerine adamıştım, o yıllarda Bo ve Klara'yı daha sık görmüş olsaydım onunla, hazretleriyle bu kadar uzun süre birlikte olmazdım ve belki de ilişkimiz her ikimize de zarar vermeden kopardı diye düşünüyorum şimdi geri dönüp de baktığımda. Onunla, hazretleriyle birlikte olduğum yıllarda Klara'yla telefonda konuşuyor, seyahatteyken ona kart atıyordum, profesör hazretleri yurt içinde ve dışında üniversiteler ve yüksek okullarda ders verdiğinde ben çocuklarla birlikte değilsem onun peşine takılıyor, modern Alman tiyatrosu hakkındaki tezimi yazıyordum. Klara, Kopenhag'daki Eiffel Kafe'de şiir okumaları düzenliyor ve Anton Vindskev hakkında bir kitap yazıyordu. Profesör hazretleriyle ilişkim son bulduğunda, birçok güzel ve birkaç da yıkıcı yıldan sonra onu kaybettiğimde Kopenhag'a, Klara'nın yanına gittim. Gitmeden önce senelerce gördüğüm psikanalistimi ziyaret ettim çünkü kırık kalbimle baş edemez haldeydim. O kadar çok lafını duyduğu profesörden, savaşla işi olmayan asker arkadaşımdan ayrıldığımı anlattığımda şöyle dedi: Ayağını yere vurdun yani sonunda, öyle mi?

Bunu iyileşme belirtisi olarak gördüğünü anladım, duymak istediğim buydu, çektiğim acının bir hastalık olmadığı.

Çektiğim acı bir hastalık değildi ama beni yiyip bitiriyordu. Kopenhag'a, Klara ve Anton Vindskev'e gittim, benim gibilere ne söyleneceğini, neyin faydası olacağını biliyordu onlar. Çemberin dışında olmak insanı becerikli kılar. Kayıplar insana beceri kazandırır. Parasızlık beceri kazandırır, vergi memurlarıyla başını derde sokmak beceri kazandırır, ezilmek beceri kazandırır. Şansınız yaver gidip işler bir şekilde yoluna girerse tepeden tırnağa sefalet içindeyken hangi türden beceriler edindiğinizi unutmamalısınız.

Ceketlerimizi giyip ayaza çıktık, hava kararmıştı bile ya da bir fırtına yaklaşıyordu. Pizzacının önünde durmuş vedalaşırken hava iyiden iyiye kapandı. Ne kadar çok lamba yakarsanız yakın, masaya, cam kenarlarına ne kadar çok mum koyarsanız koyun, alışveriş merkezleriyle dükkanların kapılarında, Noel partisi verilen villaların girişlerinde ne kadar meşale yakarsanız yakın yine de binaların içine sızan, yayılan türden bir karanlık, bastıran, işgal eden bir karanlık vardı. Yukarıdan, gökyüzünden gelen bir karanlık değildi bu, aşağıdan, çürümüş halde karanlıkta tek başına yatanların durduğu soğuk topraktan geliyordu, buz kesmiş, titreyen ağaçların donmuş dallarından gürül gürül akan bir karanlık, bıçaklarla dolu bir karanlık, bedeni ve ruhu yaralayan bir karanlık, ardında görünür yaralar yerine kanın, akkanın ve düşüncelerin akışını engelleyen boğum boğum yara izi ve düğümler bırakan bir karanlık, tekliyor, duruyor ve çözülemez, sıkı bir kördüğüme dönüyordu. Eve gitmek istiyordum, Søren eve gitmek istiyordu, Åsa eve gitmek istiyordu, görüşme bitmişti, vedalaşmak için pizzacının önünde duruyorduk ama annem ve Astrid oyalanıyordu. Sizinle buluşmak iyi oldu, dedi annem. O an, tabii ki, bunun önemli olduğunu biliyorduk, gibi bir şey söyledim. Umarım güzel bir tören olur, dedi annem. Kesinlikle öyle olacak, dedim. Eve gitmek istiyordum, oradan uzaklaşmam lazımdı. Søren'in de gitmek istediğini fark ettim, karanlık bastırmıştı, Åsa oradan gitmek istiyordu. Olur değil mi? diye sordu ve gözümün içine baktı. Evet, dedim. Gözümün içine bakıp bir daha sordu. Olur değil mi? Åsa cenaze törenini mahvedeceğime, bir şeyleri ifşa edeceğime, konuşacağıma mı inanıyordu? Evet, dedim, oradan uzaklaşmak istiyordum, eve gitmek istiyordum, sabrımın sonuna gelmiştim ve karanlık beynime ulaşmak üzereydi. Bård'un yanından ayrılmayacağım, dedim. İyi olacak, dedim. Karanlık omurgama ulaşmış, akıyor, yayılıyordu, kendimden yeterince vermiştim.

Birbirimize sarıldık, herkes arabasına yöneldi. Geçti bitti, dedim. Şimdi annemi gördüm, değişmemiş, gerçi sen onu benden daha sık görüyorsun, dedim Søren'e.

Noel'den önceki gece Tale oraya gitmek istemezse Emma ve Anna'yı Bråteveien'e götürebileceğini söyledi.

O kadar uzun zaman özlemini çektiğim ve sonra uzun zaman birlikte yaşadığım adamla ilişkimiz son bulunca Kopenhag'a, Klara'ya gittim. Çektiğim acı bir hastalık değildi, ama beni yiyip bitiriyordu. Klara beni Kopenhag'ın parklarında gezdirdi ve elleriyle besledi. Üzüntümün sebebi olan adamı aramak istediğimde telefonumu sakladı, insanların kendilerini öldürmek için kullandıkları hapları, bıçakları ve diğer şeyleri sakladı, yeni yıl partisi için davetiyeler yazdı ve onları benim adıma otuz altı kişiye yolladı. Otuz altı davetli benim evimdeki yılbaşı partisine, üç çeşit yemeğe ve saat on ikide havai fişek atmaya evet dedi. Otuz altı kişiye masa ve sandalye bulmam, alışveriş yapmam, işleri ayarlamam lazımdı, yeni yıl partisini planlamak ve düzenlemek bir buçuk ayımı aldı, üç gün süren yılbaşı partisinin ardından 3 Ocak'ta Klara ve hâlâ orada olan Renna'dan gelen misafirlerle birlikte uyandığımda eve bomba düşmüş gibiydi. Klara ve ben evi toplamak, temizlemek için üç gün uğraştık ve 6 Ocak günü derli toplu, temiz bir eve uyandık. Soğuk ve bulutsuz 6 Ocak sabahına uyandım, bir buçuk ay ve altı gündür acımın aklıma gelmediğini fark ettim, şimdi geri gelmişti, ama oldukça zayıftı. Klara yeni yıl partisini ilaç niyetine vermişti bana.

O gün, o soğuk, bulutsuz, açık ocak günü, derli toplu ve temiz mutfağımda oturmuş çay içerken Klara Anton Vindskev hakkındaki kitabın reddedildiği mesajını aldı. Aylar önce metni yayınevine yolladığından beri bir şey duymamıştı, telefona da eli gitmiyordu çünkü bu sessizliğin ne anlama geldiğini biliyordu. Ama bu soğuk, bulutsuz ocak günü tertemiz mutfağımda oturmuş çay içerken onları aradı ve Anton Vindskev hakkındaki kitabın Norveç pazarı için ilginç olmadığı mesajını aldı. Başını ellerinin arasına aldı: Şimdi ne yapacağım?

Yayınevinden büyük bir avans almayı umuyordu, bütçesini ona göre yapmıştı, bankadaki durumu bir felaketti, ne yapacaktı? Biri bitip biri başlıyordu. Bir problem çözülür çözülmez diğeri ortaya çıkıyordu, ne kadar dayanırsa dayansın bir türlü güvende olamıyordu, ne kadar yeni yıl partisi düzenlerse düzenlesin taksitler, vergi borçları onu bekliyor, her köşeden bir tehlike çıkıyordu, böyle giderse yakında umutsuz bir aşka da düşerdi ya da bir araba altında kalırdı, rahat yoktu, bu iş nasıl son bulacaktı, sonunda garanti ölüm vardı.

Evet, evet, evet, dedi. Tüm canlıların ilk vazifesi dayanmaktır.

Annem güzel kadındı. Kız kardeşleri arasında en güzeli annemdi. Diğerlerinin başka yetenekleri vardı, annemse güzeldi. Herkes böyle söylerdi, annem güzeldi. Objektif manadaki güzelliği dikkate almamanın zor olduğunu biliyordu. Annem kimliğini güzellikle tanımlamış, varını yoğunu buna yatırmıştı. Annemin vücudu düzgündü. Düzgün babamın lafıydı. Güzelliği ve düzgün vücutlu olması annemin elindeki en önemli kartlardı. Ancak kaybedeceği en garanti olan kartlar da bunlardı, o yüzden uykuları kaçardı. Genç ve güzel kadınlar bunu bilir, bedeniyle gurur duyduğu için kendisinin çıplak ya da yarı çıplak fotoğrafını çekerken herkesin malumu olan bu gerçek canını yakar, onu yiyip bitirir. Bunun geçici olduğu, onu görünür, arzulanır kılanın yok olacağı gerçeğinden haberdardır kadın, ya o zaman ne olacaktır? Güzel kadınların kaygısı budur, özellikle de güzellikten başka kozu olmayanların. Kendilerini iyi hissetmezler. Annem kendini iyi hissetmezdi. Annem güzeldi, ancak ne eğitimi ne tecrübesi ne de parası vardı, annem babamın mülküydü, babam bu güzel mülküyle gurur duyarken annem kaygılar içerisinde parıldardı. Annem saf ve tecrübesiz olduğundan masumdu. Pek çok erkek tecrübesiz, saf, içten, kolayca secde edebilecek çocuklukta, hayran, özverili, hevesli, bağımlı, ironiyle işi olmayan, gizlisi saklısı bulunmayan kadınlara bayılır. Annem tecrübesizdi, çocuksuydu, çocuksu olmayı tercih etmişti. Annem yetişkin olmayı tercih etseydi gerçeklerle başa çıkamazdı. Annem o zamanlar tam da erkeklerin istediği türden bir kadındı, tarlakuşu devrinde, tarlakuşunun alası, büyüme ve özgür olma şansını ele geçirdiği olaysa Nora'nınkinden daha zordu. Annem bir seçim yaptı mı? Her şeyi akışına bırakmak, en iyisini ummak, tepki göstermemek, bunlar bir seçim miydi? Çocuk gibi olmak ve çok fazla bir şey anlamamak. Hafif olmayı denemek, kendini suyun üstünde tutmak, hiçbir şey olmamış gibi davranmak, olduğu yerde en iyisini yapmak. Çekip gidecek gücü olmadığını biliyordu, denemişti. Nora'nın gücü vardı, Nora gitmişti ama Nora gerçek değildi, bir erkeğin kurduğu bir fikirdi. Annem gerçekti, kırılgan, düzgün vücutlu bir kadın, sürdüğü kadar ve sürmeyecekti, güzelliği azalıyordu, daha genç olanlar piyasaya çıkacaktı, daha çekici kadınlar. Kendi doğurdukları bile olabilirdi.

Tale ailesiyle birlikte Stokholm'den geldi. Tale, sanki ben üzgünmüşüm, ağlamak üzereymişim gibi bana sarıldı, ancak bunun doğru olmadığını, rahatladığımı ama Noel'den önceki gece ve cenaze töreni gibi önümüzdeki olayların beni endişelendirdiğini hemen anladı. Ebba gece gelip bana sarıldı, ağlamaklıydım, babamdan tüm hayatım boyunca beklediğim özrü şimdi alamayacağımı anladığım için mi üzgün olduğumu merak etti. Ama böyle bir beklentim hiç olmamıştı. Ona rahatladığımı söyledim, umarım sözcüklerimi sert ve soğuk bulmuyorsun, annem gibi sen de beni sert ve soğuk bulmuyorsundur, dedim. Annem, küçüklüğümden beri benim sert ve soğuk olduğumu söylerdi, çünkü küçüklüğümden beri onunla zıtlaşırdım.

Her zaman yaptığımızı yaptık. Aldık da aldık, paketledik de paketledik ve Noel'den önceki gece geldi çattı. Tale Bråteveien'e gitmek istemiyordu. Søren, Emma ile Anna'yı Bråteveien'e götürmeyi teklif etti, ama Tale istemedi. Emma ve Anna'yı götürmesine izin vermesini isterdim, çünkü sorun hallolmuş olacaktı ama bunu söylemedim. Bråteveien'in onlara bulaşmasını istemiyor diye düşündüm.

Sorun üstümüze kaldı, dedi Ebba. Neden gelmediğinizi sorduklarında ne diyeceğiz? Yalan mı söyleyeceğiz?

Bence de, dedi Søren. Sorunu üzerimize atıyorsun. Gitmemekle işin kolayına kaçıyorsun, işi yapacak olan bizler için durumu zorlaştırıyorsun.

Yalan söylemeniz gerekmiyor, dedi Tale. Neden gitmediğimizi onlara ben söylerim.

Çocuklarım Bråteveien yüzünden kavga ediyorlardı. Aileden geçme bir huy bu, dedim.

Ebba ve Søren gittiler. Bråteveien'e en son gittiklerinde olduğu gibi huzurum kaçmadı. O zaman annem seksenine basmıştı, Rolf Sandberg'in ölüm ilanı gazetede çıkmıştı. Şimdi Tale benimle birlikteydi, küçük Emma, yakında beş yaşına girecek Anna ve köpeğim benimle birlikteydi. Çayırda, bebek arabasını sürebileceğimiz bir yerde gezintiye çıktık. Kar yağdı, her yer yine bembeyaz oldu. Köpek düşen kar tanelerinin peşinden koştu, karanlık bastırdı, daha önceki keskin karanlık gibi can yakmıyordu. Karanlık yumuşak bir kumaş gibi bastırmış, etrafımızı saran ormanı silmişti. Her şey serin, koruyucu bir gölgeye dönüşmüştü ve güzeldi, hafif.

Søren ve Ebba geri döndüklerinde şömineyi yaktık, kırmızı şarap açtık, Emma ve Anna uyumuştu. İyi gitti, dediler, babamın ölümü dışında. Annem, babamın ve ailenin eski resimlerini çıkarmış, hep birlikte eski resimlere baktıklarında bir ağlayıp bir gülmüşler, çünkü herkes çok genç görünüyormuş ve kıyafetler çok tuhafmış. Ortam bir bakıma hafiflemiş gibiydi, dedi Søren, babam en ciddi haliyle sessizce koltukta oturmadığından dolayı. Babam ölünce belki annem rahatlamıştır diye düşündüm. Rahatlamayı paylaşıyorduk belki. Belki babam benden başkaları için de bir sorundu, belki Astrid ve Åsa da babamın ölümünden dolayı bir şekilde rahatlamış olabilirlerdi, çünkü o, koltuğunda oturup hiç ses çıkarmıyordu, yıllardır buhrandaydı, etrafına sıkıntı yayıyordu. Çünkü onlar, özellikle de annem, Bård'un derdinin, benim derdimin babamla olduğunu sanıyorlardı, şimdi o öldüğüne göre kartların yeniden dağılabileceğine inanıyorlardı, belki bunu yalnızca annem değil, herkes umuyordu. Ortam güzeldi, dedi Søren, neşeliydi, babamın ve ailenin resimlerine bakarken ağlamış olmalarına rağmen çokça gülmüşlerdi.

Søren ve Ebba tam gidecekken annem onları girişe kadar uğurlamış ve Tale'yle torununun çocuklarını, Emma ve Anna'yı sormuş. Pek çok kez Tale'yi aramaya çalıştım, demiş, ama ulaşamadım, Tale de aramadı, hiç ses çıkmadı. Kesin telefonda bir şey vardır, demiş Ebba, numara İsveç numarası olduğu için, aboneliği İsveç'te olduğu içindir. Tekrar dene, demiş Søren. Annem saf ayağına yatmış ve Bråteveien'in girişinde durup sanki her şey süt limanmış gibi davranarak rol kesmişler.

Burası çocukluğumun geçtiği sokak, dedi Klara Tove Ditlevsen'i alıntılayarak, varoluşumun kökü burada. Bir gün korkunç bir şekilde kaybolmuşken beni yerime mıhladı. Yağmurlu bir havada zihnime melankoli tohumları attı. Kalbim sertleşsin diye beni yere çarptı, sonra dikkatlice ayağa kaldırdı ve gözyaşlarımı siliverdi.

Noel akşamından önce her zaman yaptığım gibi Karen ve Klara ile buluştum. Beni sabırsızlıkla bekliyorlardı. Rahatladığımı anlattım, çünkü o taraftan gelecek bir tatsızlık yoktu artık. Ne demek istediğimi anladıklarını söylediler. Cenaze töreni canımı sıkıyor dedim, ne demek istediğimi anladılar. Ailenin huyundan korktuğumu söyledim, ne demek istediğimi anladılar. Bundan nasıl yakayı kurtarabileceğimi tartıştık. Eve geldiğimde her yer kaburga kokuyordu, Søren ve damat mutfakta kocaman tencerelerin başına geçmişlerdi, ağaç süslenmişti, torunlar ağacın altını hediyelerle doldurmuştu, müziği biraz kısmalarını, biraz sessizlik istediğimi söyledim, başlamadan önce söylemek istediğim şeyler vardı. Bråteveien'deki aileye karşı nasıl bir tavır alacakları benim için fark etmiyordu, onları ister çok, ister az görebilirlerdi ya da asla görmeyebilirlerdi, çocuklarımı her koşulda seviyordum ve herkesin kendi açısından farklı bir tavrı olmasını kabul edeceğimizi umuyordum. Bundan bir daha bahsetmeyeceğiz, dedim. Sonra bu konuyu konuşmadık ve Noel kutladık, ben de kendimi büyümüş gibi hissettim.

Klara'nın babası yoktu. Çocuğu ya da kardeşi de yoktu, onun Anton Vindskev'i vardı, ona ve arkadaşlarına Kopenhag'daki Eiffel Kafe'de şiir okuma etkinlikleri düzenliyor, işlerin iyi gittiğini düşünüyordu. Onu Kopenhag'da ziyaret ettim, Anton Vindskev ve Danimarkalı meslektaşlarıyla birlikte şiir okuma etkinliklerine katıldım. Klara ve benimle birlikte bilet alıp gelmiş iki kişi daha vardı. Bu gelecekleri yıkan bir şey, dedi fısıldayarak, gelenekleri yıkan demek istiyordu. Ne şanslıyız değil mi, diye fısıldadı. Anton şiir okurken Klara dirseğiyle beni dürtüp kocaman gülümsüyordu.

Noel'den sonraki gün çocuklar babalarına akşam yemeğine gideceklerdi, ben de Lars'a yemeğe gittim. On iki yaşındaki oğlu Tor oradaydı. Babamın yeni öldüğünü duymuştu, kapıdan içeri girdiğimde onunla göz göze geldim. Üzgün ve tereddüt eder gibiydi, divanın köşesine iyice sokulmuş, beni iyi tanıyor olmasına rağmen bana bakmaya, yaklaşmaya çekiniyordu. Başına olabilecek en kötü şey gelmiş, yani babasını yeni kaybetmiş birini nasıl karşılayacak, en berbat şeyi yeni yaşamış bir insana nasıl selam verecekti? Yanlış yapmaması gerekiyordu. Ancak onun umduğu gibi gözükmüyordum. Lars babamla aramın nasıl olduğunu ona anlatmamıştı. Tor, perişan görünmediğim, her zamanki gibi olduğum için rahatladı, çünkü kendisi olması, yemek yiyebilmesi daha kolaylaşmıştı, ancak sık sık tabaktan başını kaldırıp bana bakıyordu, ne tür bir insandım ben aslında?

Astrid ölüm ilanının pazartesi günü çıkacağını yazdı. İlan pazartesi çıktı. Bård ilanın yalın olduğunu yazdı. Yalındı. Sevgili lafından başka sıfat kullanılmamıştı. Bård ve benle bir noktada buluşmuşlardı, beni ve Bård'u kızdırmak istemiyorlardı, cenaze töreninin iyi geçmesini, saygın bir tören olmasını istiyorlardı. Astrid çiçekleri düşünmem gerekmediğini yazdı. Çiçekleri düşünmemiştim. Oraya küfürlü bir çelenkle mi geleceğimden korkuyorlardı? Benden bu kadar mı çekiniyorlardı?

Cenaze töreninden bir gece önce rüyamda cenazeye gideceğimi gördüm. Arabayı kullanan Astrid'in yanında, önde oturuyordum, arka koltukta Åsa vardı. Şöyle dedi: Birbirimize sarılmayı unutmamalıyız. Rahatlamış hissediyormuşuz gibi görünmemeli.

Camım açıktı, dışarıda babam duruyordu, ona bakarken şöyle dedim: Ama ben rahatladım.

Yüzü öfkeden, kederden buruştu.

Çorabımın kaçık olduğu, kazağımın beyaz olduğu aklıma geldi, çoraplarımı değiştirmeliydim, üstüme siyah bir şey mi giymeliydim, bunları yapacak vaktim var mıydı? Evet, eğer Skaus Sokağı'ndan dosdoğru kiliseye gidersem vaktim olurdu. Arabadan indim, uzaklaştım, babam gittiğimi gördü ve kaçtığımı sanıp şöyle dedi: Böyle bir kız çocuğu mu yetiştirdim ben?

Ona döndüm ve zar zor sakinleşerek şöyle dedim: Evet!

Sonra zar zor sakin kalmaya, zar zor kendimden emin olmaya çalışıp yoluma devam ettim, bir yandan da arkamdan gelecek diye korkuyordum. Arkamdan geliyor mu acaba diye düşünürken sakin yürümeye kendimi zorladım, peşimden geliyor mu diye görmek için bir an arkamı döndüm, geliyordu. Ama orada bir sürü insan vardı, orada o kadar insan varken bana bir şey yapmaya kalkışamazdı herhalde? Peşimden geliyordu, giderek yaklaşıyordu, beni yakaladı, tam arkamdaydı, öne eğildi, yerden metal bir çubuk aldı, bana vurmak için onu kaldırdı ve şöyle düşündüm: Onlar, bu insanlar, onu durdurmak zorundalar! Şöyle dedim: İsabet ettirirse bu vuruş beni öldürür.

Balkanlarda savaş çıktığında Bo Schjerven ile artık iyi ahbap olmuştuk. Bo Yugoslavya'ya âşıktı, Yugoslavya dağıldığında, barış içerisinde yaşayanlar birbirini öldürmeye başladığında kalbi kırıldı. Bu nasıl olabilirdi? Her sabah, köşedeki Narvesen büfeye koşup bütün Norveç gazetelerini aldı, ancak Balkan savaşını aktarma biçimleri ona sökmüyordu. İşin içinde bir iş vardı. Bunu keşfetmeye çalıştı, sabahtan akşama kadar üniversitenin kütüphanesinde oturdu ve yabancı gazeteleri okudu, Almanca, Fransızca, İngilizce, Rusça, giderek keyfi kaçıyor, daha da üzülüyordu, altını çizdiği ve kenarlarına kendi yorumlarını yazdığı yabancı gazetelerde çıkan makalelerin kopyalarında boğulacaktı. Balkan savaşını berbat bir şekilde aktardıklarını yazdığı makaleleri Norveç gazetelerine yolluyor ve hepsi geri geliyordu. Bunların bir kısmını ben düzelttim, dilini yumuşattım ve Bo'nun bir makalesini bir Norveç basın organı nasıl olduysa yayınladı. Birtakım iyi insanlar yazdıklarının önemli olduğunu yazdılar, o zaman Bo bunun her şeye değdiğini söyledi, aslında hiçbir şeyi değiştirmemiş olsa da. Bo gazetede yazdı diye bir şey değişmemişti, ama filozofun dediğini söyledi, onunla aynı fikirde olamayanları ikna etmek için değil, onunla aynı fikirde olanlar yalnız olmadıklarını bilsinler diye yazmıştı.

Bo olaya tersinden bakıyordu. Bo olayı başka yönden görüyordu. Bo, tek doğru budur demiyor, şunu soruyordu: Başka ne doğru olabilir?

Geç kalmamalıydık. Søren ve Ebba'ya geç kalmamaları için yalvardım. Tale, Stokholm'e dönüşünü cenazeye katılmak için ertelemişti, geç kalmamalıydık. Vakitlice arabaya bindik, ancak erken de gitmek istemiyordum, kilisenin merdivenlerinde durup gelenleri karşılamak, onlarla sohbet etmek istemiyordum. Geç kalmamalı, tam vaktinde orada olmalıydım, korkuyordum. Yaklaştığımızda vaktin çok erken olduğunu fark ettim, kiliseye erken gitmek istemiyordum. En yakın benzinciye gidip kahve aldık. Arabada oturup kahve içtik. Vakit gelinceye kadar benzinciden ayrılmadık, oraya mümkün olduğunca geç ama vaktinde gittik, endişeliydim. Park yerine saptık, kimleri göreceğim acaba diye korkuyordum, Bård'la karısını gördüm. Onlar da mümkün olduğunca geç ama vaktinde gelmek istemişlerdi. Arabadan indik, selamlaştık, Lars geldi, oldukça huzursuzdum. Karen geldi, Klara koşarak geldi, eski eşim ve Ebba geldi, babam ve metal çubuklu rüyamı anlatmak istiyordum, rüyamı yüksek sesle anlattım, kapıdan girdik ancak içeri daha sonra girmek istiyordum. Başkaları da içeri girdi, çoğu kişi içeri girdi, dışarıda, merdivenlerde durup konuşan kalmamıştı, Søren aradı, yolunu kaybettiğini söyledi, Søren'e yolu tarif ettim, Klara içeri girmem gerektiğini söyledi. Bård, karısı ve çocukları içeri girdiler, eski kocam içeri girdi, ben Tale'nin kolunu sımsıkı tutuyordum. Klara içeri girmem gerektiğini söyledi, ancak Søren buraya nasıl geleceğini bilemiyordu, Søren'e nasıl geleceğini anlatmam gerekiyordu, Klara'ya rüyamı anlatmak istiyordum, Klara telefonu elimden kaptı, Søren'e yolu tarif edeceğini söyledi, ısrarla içeri girmemi söylüyordu, beni içeri çektiler, Tale, Lars ve Ebba beni içeri çektiler, sağa sola hiç bakmadan, oturmaya zorlandığım ilk sıraya kadar koridordan mümkün olduğunca hızlı geçtim. Sağ taraftaki ilk sırada Bård, karısı ve çocukları, sol taraftakinde annem, Astrid, Åsa ve Astrid ile Åsa'nın kocalarıyla çocukları oturuyordu, arkalarındaki sıra da doluydu, ondan sonraki sıra da doluydu, sol taraftaki pek çok sıra dolmuştu ancak Bård'la karısı ve çocuklarının yanında kimse oturmuyordu, onların arkasındaki sırada da kimse yoktu, o sıranın arkasındaki sırada tek başına bir adam oturmaktaydı, ama şimdi ben gelmiştim, biz gelmiştik. Bård'la karısının ve çocuklarının yanına oturdum, benim çocuklarım da benim yanıma oturdular, Lars, Bård'un çocuklarıyla benim arama sıkışmak zorunda kaldı, sağda boş duran ilk sırayı doldurduk, ama arkamızdaki sıra boş kalmıştı, insanlar bizim yanımızda oturmak, bizim tarafımızı tutmak istemiyorlardı, ancak son gelenlere, babamı uzaktan tanıdıkları için en arkada oturmayı tercih eden kız arkadaşlarıma kilise görevlisi sağ taraftaki ikinci sırada oturmalarını söyledi, oranın boş kaldığını ve bunun hoş durmadığını fark etmişti. Kız arkadaşlarım geldi, Bård ile benim arkamdaki sıraya oturdular. Üzerinde kocaman anorağıyla Søren vaktinde yetişti, oradaki en kocaman adam oydu.

Lars dirseğiyle dürttü beni: Birileri senin dikkatini çekmeye çalışıyor, dedi. Başıyla, sol tarafta ilk sırada oturan annemi işaret ediyordu, Noel'de ona hediye ettiğim şalı boynuna geçirmiş, gözünü ayırmadan bana bakıyordu. Oraya gidip ona merhaba demeli, herkesin görmesi için sarılmalıydım, gittim, olabildiğince hızlıca ona sarıldım, Åsa ve Astrid'e sarıldım, sonra durdum, bu kadarı yeterliydi, tüm sırayı, Åsa ve Astrid'in kocalarıyla çocuklarını kucaklayacak halim yoktu, sağ taraftaki ilk sıraya geri döndüm, geriye artık ölmeden dayanabilmek, kiliseden çıkabilmek, arabaya kadar gidebilmek, oradan çekip gitmek, bu işlerin son bulması ve Lars'ın ormandaki evine gidebilmek kalmıştı, bütün bunlar bir saatten fazla sürmezdi. Cenaze bülteninin bir yüzünde babamın Hvaler'deki teknede otuz yıl önce çekilmiş üstü çıplak bir fotoğrafı vardı, bir eliyle dümeni tutuyordu, onu üstü çıplak görmek hoşuma gitmedi, fazla çıplaktı, kağıdın arkasında da annemin yazdığı ve ona sokulup yatmayı ne çok sevdiğini anlattığı bir şiir vardı. Şimdi üstü çiçeklerle süslü bir tabutta yatıyordu o, çiçek işini halletmişlerdi, sunağın etrafında dört çocuğundan gelen kalp şeklinde çelenkler vardı, ipek kurdele üzerine bizim ve çocuklarımızın isimleri yazılmıştı. Babam elinde metal boruyla gözümün önüne geldi.

Töreni yönetecek kişi içeri girdi ve hoş geldiniz dedi, bültenin arka yüzünde yer alan, annemin babama yazdığı şiiri okudu. Annem bu şiiri bir ocak ayının ilk günlerinde yazdığını söyledi, bir sabah babamdan önce uyanmış, yataktan kalkıp pencerenin kenarına oturmuş, babama sokulup yatmaya ve ocak ayında bahara duyduğu özlemi dile getiren bu şiiri yazmıştı. Töreni yöneten kişi bu mevzuya, ocak ayında bahar özlemine tekrar tekrar değindi. Töreni yöneten kişi, babamdan sonraki hayatın annem için anlamından, her şeyin yeniden başlayabileceğinden çokça söz etti, büyük ihtimalle annem böyle buyurmuştu, ocakta baharın geleceğini umuyordu kesinlikle. *Ey Yüce Rab İsa* ilahisini söyledik, sesimin titrediğini belli etmemek için var gücümle çalıştım, şimdi müjdesi verilen babamdan sonraki yeni hayat, ocakta bahar falan gibi şeylerin bir parçası olacağıma inanıyorlar mı acaba, hikâye hiç yokmuş gibi her şeye yeniden başlanabileceğine, dünyadaki tüm savaşların ortaya koyduğu üzere tarihin reddedilemeyeceğini bilmemize rağmen tarihin hükümsüz sayılabileceğine, silinebileceğine, halı altına süpürülebileceğine inanıyorlar mıydı merak ettim, tarihin gelecek üzerindeki yıkıcılığını azaltmak niyetindeyseniz herkesin tarih anlayışı masaya yatırılmalı ve kabul görmelidir. Åsa bir konuşma yaptı ve babamın annemi sevdiğini söyledi. Bence o konuda haklıydı, babam annemi seviyordu, annemin onu sevdiğinden emin olmayınca öfkelenecek derecede, annemden yeterince düşkünlük görmediğini düşündüğünde öfkelenecek derecede, annem cinsel ya da başka yönlerden onu reddettiğinde öfkelenecek derecede, annemin onu reddettiğini hissettiği anda annemden ve tüm kadınlardan, tüm dişilerden nefret edecek, onlara öfkelenecek derecede seviyordu annemi babam, annemle olan ilişkisinde o kadar hassastı ki reddedildiğini hissettiğinde öfke nöbeti ve saldırganlıkla tepki veriyordu, babam annemi o kadar çok ve o kadar çılgınca seviyordu ki ona sahip olmayı, onu yönetmeyi ve kontrol etmeyi istiyordu, bunu büyük ölçüde başarmıştı da, ancak annemin içten içe neler hissettiğini bilemiyordu, bu onun için korkunç bir şeydi, annemin içten içe hissettiklerini yüzde yüz kontrol edememek. Bundan çok çekti ve bu yüzden annemden nefret etti, ona hiç yanaşmamış, onu elinin tersiyle itmiş kendi annesinden nefret ettiği gibi, bundan pek çok kere söz etmişti, çocukken ben de onu soğuk bulurdum. Babamı tahlilim buydu, Freud'dan esinlenmiştim ama buna inanıyor, bunu iliğimde kemiğimde hissediyordum. Annem babama kendini yüzde yüz vermezse babamın annesinden kalan soğukluğun cezasını çekerdi, o yüzden elinden geleni yapardı, başka çaresi yoktu, ama babam asla kendini güvende hissetmiyordu, geriye bir parçacık, annemin kendine tuttuğu yüzde yarım bir pay kalıp kalmadığından emin olamıyordu, bunu taşıyamıyordu, babam içten içe annemden ve tüm kadınlardan nefret ediyordu, çünkü kadınlar onun eksiksiz denetiminden kaçıyorlardı, çünkü babamın onlara fena halde ihtiyacı vardı. Zavallı babam.

Annem hiç şüphesiz babamın en büyük aşkıydı, dedi Åsa, ancak babam için annemin hayatının en büyük aşkı olmasının çetin bir deneyim olduğunu da ekledi, herkesin bildiği Rolf Sandberg ihanetinden söz ediyordu. Sonra sıra bize, babamın dört çocuğuna geldi. Babamla annem arasındaki gen karışımının ortaya çok farklı çocukların çıkmasına neden olduğunu söyledi. Bård ve benimle kıyaslanmak istemediği için bizden ayrı ayrı söz etti. Bård çeşitli spor dallarında çok başarılı olmuştu, finans ve hukuk alanında da başarılıydı. Bård'un babama hitaben yazdığı e-postayı okumuş olmalıydı, babamın esirgediği övgüyü sunuyordu ona, ocak ayında baharı bekliyorlardı ya, herhalde ondan. Sonra Bergljot vardı, iki numara, o tiyatroyla, dramayla ilgilenirdi. Mahalledeki çocukları yöneterek kendi tiyatro oyunlarını sahnelemişti. Bergljot yaratıcıydı, güçlü bir hayal gücü vardı, tiyatro eleştirmeni ve dergi editörüydü. Üç numara Astrid, gençliğinde tıpkı Bård gibi sporda başarılı olmuştu ancak şimdi insan haklarıyla ilgili çalışıyordu, kendisi, en gencimiz her zamanki gibi çekingendi, o yüzden en akıllı olarak algılanmıştı, şaka yapıyordu, kıkırdadık, bakanlıkta yasa metinleri üzerine çalışıyordu ve geri planda kalmaktan, tahlil yapmaktan, düşünmekten hoşlanıyordu.

Sonra babamın, yaşlanıp hastalandığında babaannemize, yani annesine karşı iyi davrandığını anlattı. Doğruydu, bunu unutmuştum, babamın yaşlı annesi hastalandığında nasıl ona baktığını, onun kaldığı yaşlılar evine haftada birkaç gün gittiğini, ona şefkat gösterdiğini unutmuştum. Åsa, babamın aileden biri babaannemi her gün ziyaret edebilsin diye neler yaptığını anlattı. Bunu hatırlayamıyordum, ben katılmamıştım, belki de bu, Astrid ve Åsa hâlâ onlarla yaşarken fakat lise biter bitmez benim hemen evden ayrılmamdan sonra olmuştu, belki daha o zamandan dörtlü bir çete olmuşlardı. Neden babamın hastalandığında annesine, babaanneme iyi baktığını ve yaşlılar evinde onu haftada birkaç kez ziyaret ettiğini unutmuştum ben? Bendeki baba resmine uymadığı için mi? Onu ihmal eden soğuk annesi yüzünden tüm dişilerden nefret ettiğini daha yeni düşünmemiş miydim? Yoksa babam ihmal ettiklerine değil de, artık korkmadığı zararsız, hasta, yaşlı bir kadına mı iyilik yapıyordu? Babam iyi olma, şefkat gösterme fırsatını yakalamıştı, iyi olmayı ve şefkat göstermeyi çok istiyordu ve korktuğu için ihmal ettiklerinden, büyüyüp birer yetişkin olup sonra da belki bir ara tehlikeli olanlardansa yaşlı ve hasta anneye şefkat göstermek daha kolaydı, hep böyle değil midir zaten?

Åsa tabuta döndü ve babama kalın bir sesle veda etti, başını öne eğmiş öbür tarafa bakan Astrid'e baktım, annem sakin görünüyordu.

Åsa'nın kızı ayağa kalkıp babamın tabutuna kırmızı bir gül koydu, o ana kadar tarafsız kalan tören yöneticisi birden Hristiyan kavramlarını kullanmaya başladı: Topraktan geldik, toprağa gidiyoruz, yeniden topraktan dirileceğiz. Babamın tabutuna üç kez kürekle toprak attı ve bir düğmeye basması üzerine bir donk sesiyle birlikte zemin açıldı. Bir ilahi daha söyledik, sesimin titrediğini belli etmemek için yüksek sesle söylüyordum, birazdan bitecekti, ancak ilahi bittiğinde töreni yöneten kişi çelenk ve çiçek demetlerinin üzerindeki isimleri tek tek okumaya başladı. Bir kalpten diğerine geçip isimlerimizi, diğer çelenk ve çiçek demetlerinin üzerindeki isimleri okudu, bunların kim olduğunu bilmiyordum, babamın sevenlerinin, onu özleyeceklerin ve yasını tutacakların ne kadar çok olduğuna dikkat çekmek istiyordu. İsimleri okumayı bitirdiğinde kilise çanları çalmaya başladı, arkamızdaki kapılar açıldı, önden Åsa, Astrid ve onların aileleri yürüdü, sonra sağdaki ilk sıranın tamamı onları takip etti, ardından bizim yani bizim sıranın sırası geldi, Bård ve ailesi, arkalarından ben ve Lars ve benimkiler, kaçacak yer yoktu, ortadaki koridordan ilerlerken Tale'yi kolundan sıkı sıkı tuttum, muhtemelen herkes gözlerini dikmiş bakıyordu, kimsenin bakışına karşılık vermedim, gözlerim önümdeki sırta, Bård'un sırtına mıhlanmış halde kapının dışından gelen parlak aralık ışığına doğru ilerledim. Töreni yöneten kişi merdivenlerde duruyordu, elimizi sıkacaktı, elini sıkıp her ne kadar öyle düşünmüyorsam da güzel bir tören olduğunu söyledim, merdivenlerde duran Åsa'ya, konuşman güzeldi, dedim, anneme, güzel bir tören oldu, dedim, Bråteveien'e gelecek misin sorusu sorulursa hayır dememek, ısrardan yırtmak, öfkeli tepkiler gösterip insanları şaşırtmamak ve şimdi kiliseden çıkmaya başlayan, annem, Åsa ve Astrid'i selamlayıp kucaklayanlardan kaçmak için merdivenlerden inmeye devam ettim, Tale'yi sıkı sıkı kolundan tutuyordum, arabaya doğru gittik, neredeyse koşar adım yürüyorduk, arabaya geldik, yolcu koltuğuna geçtim, bir gece önce çok şarap içtiğimden beni Tale götürecekti, hemen gidelim, dedi ancak telefonumun Klara'da kaldığı aklıma geldi, Tale'den bir koşu gidip kimse gelmeden önce Klara'dan telefonumu getirmesini istedim ama neyse ki Klara elinde telefonum arabanın yanına geldi, gitmemin en doğrusu olduğunu söyledi, Karen geldi, ona sarıldım ve geldiği için teşekkür ettim, şimdi gitmeliydim, gittik.

Paskalya, belki on bir yaşındayım, her paskalya kiraladığımız, minicik bir yayladaki minicik kulübede tıkış tıkış oturmuş radyo dinliyorduk, düşünce okuma üzerine bir program. Düşüncelerimizi okumayı denedik. Bård iskambil destesinden bir kart çekti, karta baktı, kartı düşündü, ailenin geri kalanı da hangi kartı aklından geçirdiğini tahmin edecekti. Kimse doğru tahmin edemedi. Astrid bir kart çekti, kartı düşündü, ama hiçbirimiz hangi kartı çekip düşündüğünü tahmin edemedik. Babam bir kart çekti, karta baktı, kartın düşüncesini bize yolladı ve o düşünce bana ulaştı: Kupa ası.

Doğruydu. Babam kartı çevirdi, kupa asıydı, çok sevindim! Babamdan bana kupa ası.

Cenazeyi toprağa verdiğimiz günün gecesinde, Lars'ın ormandaki evinde yalnız başıma otururken Klara aradı. Acayip bir seanstı, dedi. Şu kalp şeklinde çelenkler kimin buluşuydu yahu? Sokularak yatmak üzerine şiir okumak, bütün çelenklerle çiçek demetlerinin üzerindeki isimleri okumak falan, bunlar nereden çıkmıştı? Bir de Åsa'nın konuşması vardı; beni dramadan hoşlanan, koşullarının rejisini yapan biri olarak tanımlarken kendini geride, sessiz kalmayı seven düşünceli bir analist olarak tanıtmıştı. Senin nelerle uğraştığından pek haberdar değil, dedi Klara.

Geceleyin rüyamda ailemizin bir deneye kalkıştığını gördüm: Üç ay boyunca aynı evde yaşayacaklardı. Evin tamamı aile bireyleriyle dolmuştu, kız kardeşlerim, yeğenler, kuzenler, halalar, teyzeler, amcalar, dayılar ve eşleri hep bir ağızdan gülüşüp konuşuyorlardı, bense isteksiz ve her şeyin dışında kalmış bir haldeydim, zaptedemediğim bir bavulu çekiştire çekiştire odama çıkarıyordum. Diğerleri bir yerlere gitmeyi planlıyorlardı, herkes neşeli, kıpır kıpırdı, ben hariç, herkes keyifliydi, ben hariç, diğerleri işleri yardımlaşarak yapıyorlardı, ben hariç, bavulumu taşımama kimse yardım etmedi. Bård'dan yardım isteyeyim dedim ama onu bulamadım.

Uyandığımda, aile içerisinde kendimi hep böyle hissettiğimi düşündüm, özellikle de okul olmadığında, tatil zamanı, aile geceleri Hvaler'de toplanmış otururken. Bård dışarılardaydı, hep dışarıya kaçmıştı o, her zaman uzaktaydı, ya tekne kullanıyordu ya da sevgililerinden biriyleydi, bense ailemle birlikte evde kalıyordum çünkü annem hastalık derecesinde kaygılanıyordu benim için. Onun endişeleri bana da geçti. Öğleden sonraları tek başıma deniz kenarındaki kayalıkların orada dolaşır, Hvaler coğrafyasının her köşesini diğerlerine kıyasla ezbere bilirdim, ama geceleri ailemle birlikte oturmak zorunda kaldığımda karnım ağrıya ağrıya, boğazım düğümlenmiş, göğsüm sıkışmış vaziyette annemi ve kız kardeşlerimi incelerdim, onların kendilerini benim gibi hissetmeleri mümkün değildi. Babamı incelemezdim, zorunda kalmadığımız sürece birbirimizin yüzüne bakmazdık biz, ancak babam her zaman bir kenardaydı ve o da kesinlikle benim gibi hissediyordu, başa çıkamadığı yüküyle tek başına.

Freud rüyaların bastırılmış arzuların dışavurumu olduğunu söyler, bu arzular kamufle edilmiş, çarpıklaşmıştır. Jung tam tersini söyler; bir rüyayı anlayamıyorsa bu, çarpıklaşmış ruhu rüyayı doğru bir biçimde görmesini engellediği içindir. Jung, içgüdülerinin onu yönlendirdiği biçim haricinde görmek istemez dünyayı, çünkü bu durumda yılanı ona düşman olacaktır. Freud, Jung'un yılanının kabul edemeyeceği pek çok şey söylediğinden Jung Freud ile yollarını ayırmıştır. Jung yılanın tarif ettiği yoldan ilerlemek istemiştir, çünkü ona böylesi iyi gelmiştir.

Babam yakışıklı bir adamdı. Annem güzel, babam da bir o kadar yakışıklıydı. Annemle babam güzel bir çiftti. Okuldaki Noel yemeklerine ve katılmak zorunda oldukları diğer etkinliklere geldiklerinde güzellerdi. Bu tür etkinliklerden ve diğerlerinden mümkün olduğunca erken ayrılır, diğer velilerle mümkün olduğunca az konuşurlardı, annem konuşmaya niyetlenirdi ama babam soğuk ve keyifsiz olur, eve gitmek isterdi. Babam yakışıklıydı, James Bond'a benzediğini düşünürdüm, Roger Moore'un oynadığı James Bond'a epey benzerdi, onun gibi doğal bir cazibeye sahip değildi sadece.

Çekirdek ailemi yirmi üç yıl önce kaybettim. Kendi seçimimdi, Noel'de çocuklarım babalarındayken evde yalnız başıma kalır, ailenin içinde kendimi kaybedeceğime yalnızlığı tercih ederdim, ailemi kaybetmiştim. Beni ailem gömecek, annem ya da babam cenazede konuşma yapıp yalanlarıyla beni övecekler, bizi övecekler diye ölmekten korkardım. Klara'yı aradım, ölürsem cenazemi Karen ile birlikte düzenlemelerini söyledim. Söz verdi. Karen'i aradım, ölürsem cenazemi Klara ile birlikte düzenlemelerini söyledim. Annemle babama konuşma yaptırmayacaklardı. Söz verdi.

Bo savaşı basitleştirmeden anlamaya çalışıyordu, siyah-beyaz, iyi-kötü, kurban-cellat ayrımlarına girmeden, medyanın, insanların, benim sık sık yaptığımı yapmadan.

Her ay en azından bir gün pastanede buluşup dünyadaki sorunlardan konuşuyorduk ve Bo bana bunların geri planında olanları kendi gördüğü şekliyle öğretmeye çalışıyor, bunlara başka şekilde de bakılabileceğinin altını çiziyordu.

Her ay en azından bir gün pastanede oturup Bo'yu beklerdim, Bo her zamanki gibi biraz kambur yürüyerek, yabancı gazetelerden kestiği savaşla ilgili makalelerle dolu eski sırt çantasıyla çıkagelirdi, onları karıştırır, karanlıkta kalmış hususları keskin görüşleriyle aydınlatırdı, başkalarının hiçbir yere oturtamadığı bağlantıları kurar, yetkililerin hiçbir şablon oluşturmadığını ileri sürdüğü olaylardaki şablonu görürdü, güçlülerin çıkarına hizmet eden, diğerleri içinse hiç de iyi olmayan tesadüfleri saptardı. Bo, üniversitenin kütüphanesinden çantasında Goebbels'in günlükleri, nutuklarıyla gelirdi ve şimdilerde nutuk atanlarla onun nutukları arasındaki benzerlikleri, sivilleri korumak için insanların neleri yapmadığını bana gösterirdi. Bo Goebbels'in hitabet biçimini araştırmıştı ve günümüzün Norveçli siyasetçilerinin girdikleri savaşları savunmak için Goebbels'in iki dünya savaşı arası kullandığı hitabet biçimini kullandıklarını iddia ediyordu. Norveçli siyasetçilerin, kitlelerin hiç düşünmeden yuttukları Goebbels'in iki dünya savaşı arası kullandığı hitabet biçimini kullandıktan sonra savaşa katılmaları Bo'yu deliye döndürüyordu. Bo çantasında deliller, elinde sözcükleri ve kalbinin derinlerinden kopan duygularıyla çıkagelirdi.

Lars karlı ormandaki eve geldi ve yeni yılı kutladık. Eğlenmeye çabaladık ancak ben yalnızca bir tek şeyden söz edebiliyordum. Başka şeylerden de konuşmaya çalıştım ama sohbet hep aynı şeyle son buldu. Babam, cenaze, çocukluğum, bir faydası yoktu tabii, elden bir şey gelmiyordu, hepsini geride bırakmaktan başka. Bunu biliyordum ancak insan bunu nasıl becerir, bunu nasıl ardında bırakır? Yorgun olduğumu biliyordum ama işin ucunu bir türlü bırakamıyordum, annem kendi gibi olmayı bırakamıyordu, Astrid kendi gibi olmayı bırakamıyordu ve ben de kendim gibi olmayı, mahvolmuş olmayı, mahveden olmayı bırakamama konusunda onlara benziyordum.

Yılın ilk günü Bård bana iyi seneler diledi ve denetçi toplantısına çağrılıp çağrılmadığımı sordu. Çağrılmamıştım. Vasiyetnameyle birlikte daveti de almalıydın, diye yazdı. Denetçi toplantısı 4 Ocak günü saat beşte olacaktı. Lars ertesi gün gitti, ormanda yalnız kaldım.

Uzun yürüyüşlere çıktım. *Sahnede* dergisi için yazı teslim tarihini erteledim, editörlere ve yayıncıya babamın yeni vefat ettiğini, o yüzden işime her zamanki gibi odaklanamadığımı izah ettim. Anlayışla karşıladılar ve başsağlığı dilediler, ne kadar vakte ihtiyacın varsa kullan dediler, babamın ölümü beni sarsmış olmalıydı.

Nehir kenarında uzun yürüyüşler yaptım, düşündüm, epeyce bocaladıktan sonra anneme iyi yıllar dilediğimi yazan bir mesaj attım. Kilisede tam kadro bulunduğumuz için hemen teşekkür etti. Astrid ve Åsa'nın mesajı yazmada ona yardımcı olduklarını anladım, tam kadro onun lafı değildi. Kendi aralarında onu bölüşmüş olmalıydılar, gün aşırı yanına gidiyorlardı herhalde, zor olmalıydı. Babama gayet yakışır bir kapanış olduğunu yazdı. Öyle oldu, diye cevap verdim.

Denetçiden toplantının haberini aldım, 4 Ocak, saat beş.

Arada sırada, annem ya da babam öldüğünde veya ikisi de bir uçak kazasında falan aynı anda ölürse nasıl tepki vereceğimi hayal ederdim. Para ve mal mülk konusunda bir toplantıya katılmanın, kız kardeşlerimle bir araya gelmemin, annemle babamın şeylerini paylaşmamın zihinsel ve fiziksel olarak imkânsız olduğunu düşünürdüm. Yaşarlarken onları görmek istemiyorsam öldüklerinde paralarını ya da mülklerini almak için ortaya çıkmak hiç hoş olmazdı. Bu türden bir toplantıya katılmamaya, herhangi bir şeyi paylaşma hususuna ortak olmamaya karar verdim ve kararımdan dolayı rahatladığımı hissettim. Ama sonra bunun çocuklarıma karşı haksızlık olacağını düşündüm. Babalarını arayıp annemle babam ölürlerse, mesela bindikleri uçak düşerse, mirasla ilgili bir toplantıda çocuklarımızın çıkarlarını temsil etmek ister mi diye sordum, olur dedi. Artık çocuklar büyümüştü, kendilerini temsil edebilirlerdi, endişelenecek bir şey kalmamıştı ama sonra Bård'la görüşmüş, miras meselesinde onun tarafını tutmuştum, denetçiyle yapılacak toplantıya katılmaktan kaçabilir miydim?

Aynı zamanda, miras toplantısı düşüncesinin içime babam ölmeden önce olduğu gibi bir korku salmadığını fark ettim çünkü şimdi her ne kadar öldüğünü gözümde canlandırmaya çalışsam da, korktuğumun babam olduğunu anlamıştım. O şimdi ölmüştü ve babamdan korktuğum kadar annemden, Astrid'den ve Åsa'dan korkmuyordum, sesini yükselttiğinde babamın sesinden, ödümü koparmak istediğindeki bakışından korktuğum kadar onlardan korkmuyordum. 4 Ocak saat beş, denetçi toplantısı. Orada nasıl davranacaktım? Neyin peşindeydim? Neyin peşindesin, diye sordu Klara. Adalet, dedim. İsyan, dedi. Beni dinleyecekler, dedim. Sinsi tavırları yanlarına kalmayacak. Seni asla desteklemediler, sesine kulak vermediler, yıllar boyu susturmaya çalıştılar, hayatı zindan ettikleri için sana, bir de ihmal ettikleri oğulları Bård'a tazminat ödeyecekleri yerde şimdi seni bir de para konusunda mı kandıracaklar, mutsuzluğunuz üzerinden kâr mı sağlayacaklar, dedi. 4 Ocak günü saat beşteki denetçi toplantısından önce ısrarla benimle buluşmak istedi, kandırılmama, utanması gereken Astrid ve Åsa'yken bir şeyler talep etmekten utanmama göz yummayacaktı.

Toplantı zaten bu pazartesi, dedim.

Pazar akşamı gelirsin o zaman, seni denetçi toplantısına hazırlarız, dedi. Israrcıydı.

Bir zamanlar, çok uzun yıllar önce, kafede Bo'nun makaleleriyle geçen uzun bir günün ardından şehrin karanlık sokaklarında yürüyorduk, ekim ayının son günleriydi, hava serindi, uykusuzluğumuzdan konuşmuştuk. Ayağımız kaydı, yollar çürüyen, kaygan kestane yapraklarıyla kaplıydı, ayaklarımız ıslanmıştı ama eve gitmedik, evlerimize gitmeyi geciktirdik, kestane ağaçları altındaki karanlık sonbahar sokaklarında yürüdük ve gözümüze uyku girmeyen gecelerde neler yaptığımızdan bahsettik. Bo arada sırada uyku ilacı alıyor, bağımlı olmaktan korkuyordu, ne türden uyku ilacı alacağını, hangi zamanlarda hangi uyku ilaçlarını ne sıklıkta kullanacağını planlamaya çok fazla enerji harcıyordu, bense şarap içiyordum. Bo çocukluğundan beri uykusuzluk çekiyordu, ben çocukluğumdan beri uykusuzluk çekiyor, yatacağım vakit hep geriliyordum, yatmak istiyordum ama uyumak beni geriyordu, uykuya teslim olmaktan, kendimi bırakmaktan korkuyordum. Küçükken, yatıp uyuyamadığımda, uykuya teslim olmaya cesaret edemediğimde kafamda şöyle bir hikâye canlanırdı: Yahudiyim, İkinci Dünya Savaşı sırasında bir yerlere giden bir tren vagonunda diğer Yahudilerle birlikte sıkış tıkış yatıyorum, bir kader arkadaşlığı içerisinde diğer canlı sıcak bedenlerle çevrelenmişim, yalnız değilim, tren belirli, ritmik, sakinleştirici tangırtılarla ilerlerken diğerleriyle dipdibeyim, dört bir yanımdan insanların aldığı nefesleri duyuyorum, kulağımın, boynumun dibinde, onlarla, trenle aynı ritimde nefes almaya çalışıyorum, yanında yatılabilecek en canlı, en sıcak insanlarla sıkış tıkış yatıyorum, sanki trene binmiş kocaman, tek bir vücuduz biz.

Kendini kurbanlarla özdeştiriyorsun, diyor Bo.

Ama her kurban potansiyel bir saldırgandır, diyor kuru bir gülümsemeyle. O yüzden merhamet gösterirken çok cömert olmamaya dikkat etmeli.

Pazar öğleden sonra Klara'ya giderken Astrid üç kez aradı. Ertesi günkü denetçi toplantısından önce bilmemi istediği iki şey vardı. Birincisi, annemin aşırı dozunun Rolf Sandberg ile bir ilgisi olmadığıydı. Anneme sormuştu, o da Rolf Sandberg ile bir ilgisi olmadığını söylemişti. Ayrıca annem, babamın rızasıyla Rolf Sandberg'in cenaze törenine katılmıştı. İkincisi, durum Bård'un inanmamı istediği gibi değildi, o, yıllar boyunca annem ve babamdan bir sürü para falan almamıştı. Ofisinin kirasını birkaç yıl annem ödemişti ama bu annemin insan hakları davasına katkısıydı ve parasını istediği gibi harcamak hakkıydı.

Bu arada annem oldukça iyiydi. Sırayla annemi görüp onda kalıyorlardı, gece gündüz, ama uzun süre buna devam etmeleri mümkün değildi.

İlk çocuğuma hamile kaldığımda, yirmi yaşındayken, hamilelik testi pozitif çıktığında annemle babamı aramıştım, onlara güzel haberi verecektim, annem beni Bråteveien'e davet etti. Oraya gittiğimde beni kapıda güler bir yüz ve gizemli bir havayla karşıladı. Ben de hamileyim, dedi, babamla onun o anda buna ihtiyaçları vardı, Rolf Sandberg patırtısından sonra yeni bir çocuğa. Birlikte bebek giysileri alabiliriz, bebek arabalarıyla gezmeye çıkarız, dedi ve bu içime oturdu, asla özgür olamayacaktım. Hamilelik testi almamızı istedi, öylece kalakaldım, onunla birlikte eczaneye gittik, iki hamilelik testi aldık, Prediktor, sonra eve, Bråteveien'e geri dönüp kendi çubuklarımıza işedik, bir saat içerisinde çubukta iki mavi çizgi oluşursa hamileyiz demekti, bu bir saat boyunca çubuklara dokunmamalıydık. Bir saat sonra çubukta iki mavi çizgi görüldü, hamileydik gerçekten. Doktor olan Unni Teyze bize uğramıştı, annem ikimizin hamile olduğunu, az önce bunu doğrulayan testler aldığımızı söyledi. Unni Teyze ona baktı, benim çocuksu anneme ve şöyle dedi: Çubukla oynamışsın galiba.

Annem itiraf etti, çubukla oynamıştı.

Bu kadar çaresiz olmamalıydı. Çıkış yolu bulamamıştı. Tüm kapılar kapanmıştı.

Lars bana, altmışlı yıllarda Fagernes'te oturan mutsuz büyükannesini anlattı. Büyükanne Borghild yıllar boyu, sabahtan akşama kendini helak etmişti, büyükanne Borghild yıllar boyu yemek yapmış, çamaşır yıkamış, evi silip süpürmüştü ve bir akşam vakti büyükanne Borghild, mutfak masasında oturmuş gazetesini okuyan kocasına şöyle derken orada olan Lars konuşmayı duymuştu: Yok, artık dayanamıyorum. Ben gidiyorum.

Nereye gideceksin ki Borghild, dedi kocası ve gidip divana uzandı.

Pazar gecesi, denetçi toplantısından bir gün önce Klara'nın çalışma odasında oturuyordum.

Ah, Bergljot, dedi. Biri bitip diğeri başlıyor.

Evet, dedim.

Çocukluğunun sokağı, dedi yine Tove Ditlevsen'den alıntı yaparak, sana nefreti, haşinliği ve boyun eğmezliği öğretti, en güçlü silahların bunlar, onları iyi kullanmayı öğrenmelisin.

Evet, dedim.

Yarın ne olursa olsun, bu sadece bir kez eline geçecek bir fırsat, dedi.

Söylenemeyeni söylememi istediğini anladım.

Yakışıksız olmaz mı? Böyle bir durumda?

Hayır. Şimdi söylemeyeceksen ne zaman söyleyeceksin? Bir şeyler söyleyeceksen şimdi olmalı, başka ne zaman olacak? Bu fırsat bir daha eline geçmez, yakında annen de ölebilir. Beşiniz tekrar ne zaman bir araya geleceksiniz ki, hem de resmi bir görevlinin huzurunda? Görevli orada olmasa, tanıklık etmese çekip gideceklerini biliyorsun, seni durduracaklar, bağırıp çağıracaklar, sesini duyurmayacaklar, seni kapının önüne koyacaklar ya da sen oradan koşarak kaçacaksın, bunu da biliyorsun, ama yarın böyle olmayabilir, orada denetçi olacak, bu senin için bir fırsat, eğer bir şey söyleyeceksen, onlara söylemek istediğin, her zaman söylemek istediğin ama herkes bir aradayken söylemeyi asla beceremediğin şeyi ayıkken, aklın karışmadan, öfkelenmeden söyleyeceksen bunu şimdi yapmalısın, değil mi?

Hepimiz bir aradayken asla bir şey söylememiştim. Astrid'den başkasıyla bu meseleyi tartışmamıştım, tartışırken de aklım hep karışıktı, isyan halindeydim. En nihayet söylemek istediğimi söyleyecek, içimi dökecek, hazırlıklı ve sakin olacağım an gelmişse eğer, bu şimdiydi. Yakışıksız da değil, dedi Klara, benim meselem miras meselesiyle alakalıydı çünkü annem Astrid ve Åsa'ya ayrıcalık tanınmasına gerekçe olarak onların çok şeker, çok iyi, daima hazır ve nazır, çok yardımsever ve yakın olmalarını göstermişti, Bård'la benim hazır ve nazır, yakın, sıcak, yardımsever olmamamızın kabahati kimdeydi, neden öyle değildik biz? Soğukluk, daha az yardımsever ve daha az sıcak olmak doğamızda mıydı yoksa soğukluk annemle babamın tavırları yüzünden miydi? Dört çocuktan ikisi sevecen, düşünceliyken diğer ikisi neden soğuk olur, başkalarının duygularını daha az anlar? Belki de bu, cenaze töreni esnasında Åsa'nın kilisede yaptığı konuşmada sözünü ettiği gen karışımının bir cilvesidir. Değil mi?

Klara haklıydı. 4 Ocak Pazartesi günü elime bir fırsat geçecekti, yani yarın. Bu bana iyi gelecek, diye düşündüm. Bir gün önce, Klara'yla birlikteyken öyle hissediyordum, ayın üçünde, pazar günü.

Yarın.

Zarar görmeyecektim çünkü zaten bundan kötüsü olamazdı, daha fazla perişan olamazdım. Ocak ayında gelen bahara inanmıyordum. Eğer annem, Astrid ve Åsa ocakta gelecek bahara, babam öldü diye bahar havası eseceğine inanıyorlarsa bunun nedeni sadece bana karşı ne derece sadakatsiz davrandıklarını hissettiğimi anlamamalarıydı, çünkü, kıyamet koptuktan sonra geçen yirmi üç yıl boyunca içlerinden hiçbiri bana ciddi bir şekilde gelip hikâyemi öğrenmek istememişti. Bunu artık düzeltecek halimiz yoktu, mümkün değildi. Vazo bir defa yere düşer ve onu tekrar yapıştırırsın, vazo ikinci kez yere düşer, tekrar yapıştırırsın, güzel durmaz ama şöyle böyle iş görür, vazo üçüncü kez yere düşer, ayaklarının dibinde tuz buz olmuştur ve artık onu yitirdiğini, tamir edilemeyeceğini anlarsın. Böyleydi işte. Mahvolmuştu. Aile yitirilmişti.

İyi de o zaman neden umursuyordum ki? Neden oraya gidip, tatsızlık çıkarıp tatsızlık yaşayacaktım? Bir kerecik olsun sakince ve kontrollü bir biçimde bunu söyleyebilmek için, bir kez olsun kendime ait, derli toplu sözcüklerle söylemek için, kendi iç huzurum, şerefim, özsaygım adına, iğrençlikten, dedikodulardan, manalı kafa sallamalardan, aranızdaki bakışmalardan yakamı kurtarmak için, bunu yapmazsam, bir kerecik olsun yapmazsam -bunun şimdi yapılması gerekiyor- miras vaadiyle kendimi satmışım gibi hissedeceğim için. Bergljot'a söyleyin, eline bir şeyler geçecek, maruz kaldığını uydurduğu şeyler hakkında çenesini kapasın, ona para vaat edin ki başka telden çalsın. Bu yüzden bana mirastan pay veriyorlar, bu yüzden çocuklarına eşit davrandıkları telkininde bulunuyorlar, Bård'la benim ağzımı kapatmak için. Sessizliğimizi satın almak, parayla bizi kendi taraflarına çekmek için.

Larousse Memento'ya göre, anne ya da babanın yası on sekiz ay sürermiş.

Ancak Roland Barthes *Yas Günlüğü* kitabında bunun doğru olmadığını, zamanın yası hafifletmediğini, yasın bitimsiz olduğunu yazar.

Barthes, yasın *duygusal* yönü dışında, zamanın hiçbir şeyin geçmesine yardımcı olmadığını yazar.

Her zaman yas mı tutuyordum? Yas benim genel ruh halim mi olmuştu? Sadece duygusal yönü mü hafiflemişti yasın? Hep hüzünlüydüm ve şimdi de mi hüzünlüyüm? Sadece sakinken, yalnızken, kendimi kaptırmış çalışırken bu hüzün daha az acı veriyor bana. Bu yüzden sakinim, bu yüzden kendimi kaptırıp çalışıyorum, bu yüzden yalnızım.

Roland Barthes bir dostuna duygunun silinip gideceğini ancak yasın kalacağını söylemişti. Dostu şöyle cevap verdi: Hayır, duygular geri gelir, bekle ve gör.

Duygular geri gelir.

4 Ocak Pazartesi gününden önceki gece uyuyamadım. Klara'nın çalışma odasında yazdığım taslaktaki sözcükler kafamın içinde dönüp duruyordu. Saat bire doğru uykuya daldım, saat dörtte uyandım, Klara'nın çalışma odasındaki sözcükler kafamın içinde dönüp durduklarından yine uyuyamadım, ama bu çok önemli günde yorgun kalkmamak için birkaç saat de olsa uyumam lazımdı, uyumalıydım, Klara'nın çalışma odasındaki sözcükler kafamın içinde dönüp durduklarından bir türlü uyuyamıyordum, yataktan kalktım, uyuyabilmek umuduyla bir şişe şarabı devirdim, ama uyuyamadım, uyudum, saat on birde uyandım, umduğum kadar çok vaktim kalmamıştı, kısa bir yazı yazmayı planlıyordum. Hâlâ sarhoştum, fakat kalkıp kısa bir yazı yazmam gerekiyordu. Klara'yla buluştuğumda yazdığım taslağı kullandım ama onu kendi tarzımda şekillendirdim, sözcük seçimim onunkinden daha makuldü, bir taslak yazdım, kafamı toplamak, saçlarımda karı hissetmek için köpeği gezdirdim, çocukları aradım, sarhoş olduğumu anladılar, denetçi toplantısında hiçbir şekilde sarhoş olamazsın dediler, hayır, hayır, dedim, söz veriyorum, dedim, denetçi toplantısına sarhoş gitmek felaket olur, bunu biliyorum, dedim, bu yüzden dolaşmaya çıktım dedim, ayılmak için, kafamı toplamak için, saçlarımda karı hissetmek için, bundan sonra sadece kahve, dedim. Evde taslağın üzerinde biraz daha çalıştım, söylenmesi en elzem olanları becerebileceğim en kısa ve öz şekilde kaleme aldım, yaptığımın doğru olduğundan yazdıkça daha da emin oluyordum, herkes bir aradayken söylenemeyecekler söyleneceği için de giderek geriliyordum. Bitirdiğimde çocukları aradım, yazıyı onlara okudum, Tale, haydi bakalım dedi, Ebba, böyle

hissediyorsan tamam, dedi. Søren daha çekingendi, denetçi toplantısında böyle şeyler konuşmak belki de pek mantıklı değil, belki de bu, işlerin daha çok kızışmasına yol açacak, aramızı gerçekten bozacak, dedi, ama ben yazımı savundum, kararımı vermiştim. Bitirdiğimde Klara'yı aradım ve ona yazıyı okudum, daha sivri dilli olmasını isterdim ama tamam, dedi. Bo'yu aradım ve ona yazıyı okudum, yazıda ağabeyime de sahip çıktığımı söyledi. Bunları ardımda bırakmaya çalışmak yerine, adeta olayı besliyormuşçasına kendimi kaptırmamdan, kendimi kaybetmemden, heyecanımdan, fevriliğimden bıkmış olan Lars'ı aradım. Bir darbe yiyeceksin, dedi, ama ben kararımı vermiştim. Gerekli onayı almak için Karen'i aradım, otobüse bindim, sonrasında Ebba ile buluşacaktım, bir Hint lokantasında, bir biraya, birileriyle konuşmaya ihtiyacım olacaktı, elim ayağım tutmuyor olacaktı. Elim ayağım tutmuyordu, önce otobüse, sonra şehre giden trene bindim, elimin ayağımın tutmadığını, cepheye doğru yol aldığımı ve cepheden ölesiye korktuğumu herkesin gördüğünü hissediyordum, *Festen* filminin açılış sahnesi geldi aklıma, başrol oyuncusu altın sarısı hafif puslu tarlada yürümektedir, cepheye gittiğini bilirken nasıl bu kadar sakin kalabilir, ben neden bunu yapamıyorum ki? Trenden indim ve Bård'la sözleştiğimiz kafeye girdim, Bård'a elimin ayağımın titrediğini söyledim, bir yazı yazdığımı söyledim, şimdi çok gerçekdışıydı, o zaman da gerçekdışıydı aslında, yazıyı Bård'a verdim ve denetçi toplantısında okumalı mıyım, diye sordum. O yazıyı okurken ben tuvalete gittim. Tuvaletteyken işte şimdi yazıyı okuyor diye düşündüm. Yazıyı ona okutmamayı, Bård'u da şaşırtmayı aklımdan geçirdim, toplantıdan önce yazıyı okumasını ondan istediğimde bunu okumamam gerektiğini söyleyebilirdi, ben okumak *istiyordum*, bu benim için çok elzemdi, bu şansı kaçırmak istemiyordum, bir daha asla ele geçiremezdim bunu, şimdi benim için söylenmesi elzem olan şeyi bir daha asla söyleyemezdim, ama Bård'u görünce, önce yazıyı okumasına izin vermem gerektiğini, bununla onu şaşırtamayacağımı anladım çünkü ortak bir meselemiz vardı ve Bård'u, neyle olursa olsun, ortak meselemizle ilgili niyetim iyi bile olsa şaşırtamazdım. Önce yazıyı okumasına izin vermeliydim, okumamı istemiyorsa eminim ki benim aklıma gelmeyen sağlam nedenleri vardır, belki de yazıyı okumanın uygun olmayacağı kanısındadır. Ben tuvaletteyken o yazıyı okudu, yukarı çıktım, ellerim titriyordu, yazdıklarımı onlara okumamı söyledi. Ya kalkıp giderlerse, dedim. Biz kalırız, dedi. Ne zaman okumalıyım, diye sordum. Toplantının gidişatının tahminine göre nasıl olacağını anlattı. Denetçi şirketlerle başlayacaktır. Denetçi genel olarak mal mülk hakkında konuşacaktır. Sonra da vasiyeti dağıtacaktır ve vasiyetin üzerinden geçilecektir, bu konuda tartışılacak bir şey çıkmaz muhtemelen. Vasiyet halledildikten sonra denetçi kulübeler meselesine geçecektir, bu konuda aranızda bir anlaşmazlık olduğunu sanıyorum diyecektir bir ihtimal. O zaman da annem kulübelerin neden Astrid ve Åsa'ya kaldığını anlatacaktır, yıllardır çok iyiliklerini gördükleri, yıllardır Hvaler'de annem ve babamla birlikte kaldıkları için kulübeleri almalarının doğal olduğunu iddia edecektir. O zaman okuyabilirsin, dedi Bård. İki büyük kahve içtim, dökmemeye çalıştım, saat beşe çeyrek vardı, denetçinin bürosuna yürüdük, mesele yazıyı sonuna kadar okumak diye düşündüm, okuyup bitirmekten başka bir şey düşünmemek, sonuçları düşünmemek, tepkileri düşünmemek, sadece sonuna kadar okumak çünkü bu hayati önem taşıyor, hayat memat meselesi bu. Oraya gittik, onlar çoktan gelmişlerdi, annem, Astrid ve Åsa, annemin yüzünde yas tutan kadın ifadesi vardı, ona Noel'de hediye ettiğim şal boynundaydı, bunu bana jest olsun diye yaptığını düşündüm, bana edilen teşekkürdü bu, bir yakarış, diye düşündüm, bu yakarışa kulak asmayacaktım.

Evet, hepimiz buradayız işte, dedi denetçi ve bir şeyler içmek isteyip istemediğimizi sordu, üzerinde maden suları, kahve ve çay termoslarının durduğu tepsiye başıyla işaret ediyordu. Ben bir maden suyu aldım, huzursuzdum, başka maden suyu isteyen var mı, diye sordum, annem maden suyu istiyordu, maden suyunu açtım, şişeyi ve bardağı önüne koydum. Kendime de bir şişe maden suyu açtım, bir bardak aldım ve Bård'un yanındaki yerime döndüm, maden suyunu bardağa doldurup içtim. Denetçi başladı, denetçi diğerlerine, kardeşlerime şirketleri sıraladı, kardeşlerim bunlardan haberdarmış gibi davrandılar. Denetçi şirketlerin muhasebesini Powerpoint sunumuyla aktardı, kardeşlerim bunları anlıyormuş gibi davrandılar. Birilerinin şirketlerin yönetim kurulunda olması gerekiyor, dedi denetçi. Babam dört çocuğunun da yönetim kurullarında olmasını istiyordu, büyük bir ihtimalle barışma umudunun bir göstergesiydi, ondan sonra, hayattayken barışmaktan umudunu kesmişti, barışacak hali yoktu, yaşarken barışabilecek kadar güçlü değildi, kim olabilirdi ki, ama öldükten sonra barışmayı umuyordu, ocak ayında bahar, dört çocuğu kendi adını taşıyan şirketlerin yönetim kurulunda yer alacak ve yeniden dost olacaklar. Son iki ayın öncesinde kız kardeşlerimden benimle ilişkisi olan sadece Astrid'di ve o, yönetim kurulunda olabileceğini söyledi, onun yönetim kurulunda bulunmaya talip olmasına kesinlikle önceden karar vermiş olmalıydılar. Bård da yönetimde olabileceğini söyledi. Åsa, şakayla karışık yönetim kurulunda olmamın benim için ilginç olabileceğini belirtti, birazcık gülüştük, yönetim kurulunda olmayı istemediğimi herkes biliyordu, beni o kadarcık tanıyorlardı, her şeye rağmen. Belki de, onlar üzerinde ne yazılı olduğunu anlamasınlar diye sanki not almak için getirmişim gibi boş tarafları yukarıda olmak üzere önümde katlı duran iki adet kağıdı fark etmişlerdi. Annem hariç diğerlerinin önünde de masanın üzerinden aldıkları kağıtlar vardı, masanın ortasına bir deste boş kağıt ve kalemler konmuştu, oysa benim, önümde duran kağıtları yanımda getirdiğim çok belliydi. Önümde duran kağıtları görüp korkmuşlar mıydı? Denetçi Powerpoint sunumundaki birtakım rakamlara işaret etti, Bård bunların büyük meblağlar olmadığını söyledi, öyle de görünmüyorlardı. Bir saatin üstünde temiz bir sunum oldu, kimse yorumda bulunmadı, Bård birkaç zararsız soru sordu, denetçi açıklamalarda bulundu. İşte böyle, dedi denetçi ve Powerpoint programını kapattı, sonra masaya biraz eğildi ve Hvaler'deki kulübeler hakkında bir anlaşmazlık söz konusu anlaşılan, dedi. Annem tartışmaya hazırlanırken ben önümde, masanın üstünde duran kağıtları okumaya başlamak üzere çevirdim, bir an önce bitsin diye, beklemek dayanılmaz olacaktı, bir an önce bunu bitirmeliydim, bitmeliydim, bitirmeliydim, bitmeliydim, kağıtları düzelttim ve sadece onlara bakarak okumaya başladım:

Ben ve özellikle çocuklarım, annem ve kız kardeşlerimin Bråteveien ve Hvaler'de yıllardır ne kadar keyifli ve uyumlu yaşayıp gittiklerine dair anlatılanları hep dinledik. Kız kardeşlerimin ne kadar iyi ve tatlı vs. olduklarını duyduk. Birkaç hafta önce Bråteveien'de kutlanan annemle babamın seksen ve seksen beşinci doğum günlerine katılan oğlum Søren'in söylediği gibi, iki çocukları daha olduğunu bilmesek, keyifli ve uyumlu bir aile oldukları sanılabilirdi.

Tam burada annem sözümü kesti. Bunları dinlemeyi reddediyordu, gitmek istediğini söyledi, bunlar çok yanlış, dedi annem, bu türden şeyleri dinlemek istemiyordu, gidiyordu şimdi, neler olacağını anlamıştı. Astrid ayağa kalktı ve şefkatle annemi kucakladı, işte tam o anda, toplantının tam o noktasında, yalnızca o zaman ilk defa sesimi yükselttim: Bu kadar mı ödleksin? Sensin ödlek, diye patladı annem ama Astrid'in sakinleştiren sarılışıyla istememesine rağmen yerine oturdu. Şimdi bunun yeri ve sırası değil, dedi Astrid ve başını salladı, neler olacağını anlamıştı. Devam ettim, biraz sarsılmıştım tabii, ama sakin kalmaya uğraşarak, bütün hayatım boyunca ve bugüne kadar benim için söylemenin çok önemli olduğunu hissettiğim şeyi birileri dışarı fırlayıp kaçmadan önce sonuna kadar söyleyebilmeyi başarabileyim diye muhtemelen hızla okudum. Astrid, Åsa ve annem uyumlu bir aile olduklarının düşünülmesini istiyorlar ancak iki kişi daha var, bu resmi bozan başa dert çocuklar. Bunlar tatlı değiller, hoş değiller, yaradılışları mı böyle acaba? Yoksa annemle babamın dört çocuğundan en büyükleri olan bu ikisinin, diğer küçük iki çocuğun yaptığı gibi sıkça Bråteveien ve Hvaler'de bulunmamalarının bir nedeni var mı?

Ayıp, dedi annem, utan utan.

Barışmanın ve uzlaşmanın ancak çatışma içindeki tüm tarafların kendi hikâyelerini ortaya koymalarından sonra mümkün olabileceğini kız kardeşim Astrid'in iyi bilmesi lazım, ne de olsa insan hakları alanında çalışıyor, Balkanlar'daki çatışmayla ilgili çalıştı, hikâyelerin de yaşlanabildiğini bilmesi gerekir, diye ekledim. Ama Astrid daha dün bana altmışına merdiven dayamış olan Bård'un çocukluğunu atlatamamış olmasını anlamadığını söyledi, çocukluğunun, geçmişinin onun içinde yaşadığını kavramayı beceremeyerek. Onun kendi çocukluğu, sahip olduğu yegâne çocukluk.

Ayıp, dedi annem, bu ne saçmalık, bir sürü yalan! dedi annem.

Şimdi bunun yeri ve sırası değil, dedi Astrid, Unni Teyze burada olmalıydı.

Hayatım boyunca babamdan korktum, diye devam ettim. Geçen sene aralık ayında babam ölene kadar ondan ne kadar korktuğumu anlamamıştım. Bedenimde fiziksel bir rahatlama hissettim o öldüğünde. Beş yaşımdan yedi yaşıma değin sürekli olarak babamın cinsel tacizine uğradım ve o, bana eğer bunları anlatacak olursam hapse gireceğini ya da annemin öleceğini söyledi.

Yalan söylüyorsun, diye bağırdı annem.

Hiçbir şey söylemedim, içime attım, sessiz kaldım ancak hayatım sonraları giderek zorlaştı, kendime zarar vermeye başladım, krizden başımı kaldıramaz olmuştum ki bastırdıklarım yüzeye çıkmaya başladı. Yardıma ihtiyacım olduğunu anladım ve yardım aldım, birçok muayeneden sonra masrafları devlet tarafından karşılanan psikanaliz tedavisini almaya uygun olduğuma karar verildi. Yirmi üç yıl önce anneme olayların ne boyutta olduğunu anlattığımda bana inanmayı reddetti. Kız kardeşlerim de öyle. Ailenin onurunu tehdit eden istenmeyen çocuk oldum ben. Farklı ortamlarda kendimi açıkça ifade ettiğimde bu bir sorun, tehdit olarak görüldü, bunalım geçirirken bir defasında Astrid'e annemle babamın beni yazar olarak görmek yerine bir psikiyatri kliniğine yatırılmamı tercih edeceklerini hissediyorum dediğimde cevabı şöyle oldu: Evet, öylesi en kolayı olurdu.

Şimdi bunun yeri ve sırası değil, dedi Astrid üçüncü kez ve başını salladı, denetçi burada!

Denetçi masanın öbür ucunda felce uğramış gibi oturuyordu.

Yalan söylüyorsun, dedi annem.

O kadar kolay olmadı, diye okumaya devam ettim. Babam öldü. Babam beni sessizliğe mahkum etmişti ve yeterince sessiz kaldım, ama bu ailevi sessizliğin çocuklarımı da kapsamasını kabul edemiyorum. Daha önce de söylediğim gibi, hikâyemi aileme anlatmayı pek çok kez denedim ama duyan olmadı, şimdi bunu yapmak zorundayım, Bård ve benim hikâyem kabul görecek ve kanımca yalnızca ekonomik değil ama ahlaksal da olan bu paylaşımın bir parçası olacak. Bu yüzden buradayım.

Kâğıttan başımı kaldırıp baktım.

Şimdi bunun yeri ve sırası değil, dedi Astrid dördüncü kez başını sallayarak.

Ne zaman sırası peki, dedi Bård.

Yalancı, diye tısladı annem. Babanı suçlayıp dur sen, baban için bir şeylerle suçlanmak, hem de en fenasından bir şeylerle suçlanmak nasıl bir şeydi sanıyorsun ve bir de kalkıp tuhaf tuhaf laflar ağzına alıyorsun, enşest gibi, dedi, s harfini kullanmadan dedi bunu, zavallı baban için bunun nasıl bir durum olduğunu sanıyorsun, onun için nasıl bir durumdu sanıyorsun, neden babanla yüzleşmedin, neden polise gitmedin, doğruyu söylüyor olsaydın polise giderdin ama gitmedin, polise gitmedin, babanla yüzleşmedin.

Babamla yüzleşmemiş olmasını çok iyi anlıyorum, dedi Bård. Belki Bård da en az benim kadar babamdan korkuyordu ve hiçbir şey bilmiyordu çünkü ona anlatmamıştım, çünkü her şeyi herkese anlatamıyordum, en mahrem detayları herkese veremiyordum, kendi iyiliğim için, onların iyiliği için, olanları kavradığımda babamla yüzleşmeye kalkışmış ve yirmi üç yıl önce tam anlamıyla darmadağınık olmuştum.

Enseste Karşı Destek Merkezi'ni aramıştım o sıralar ve annem ve babamla yüzleşmek zorunda mıyım diye sormuştum, üstlenmemiş oldukları kişisel dosyalar hakkında tavsiyelerde bulunmadıklarını söylediler ancak annem ve babamla yüzleşecek olursam kendimi ailemi kaybetmeye hazırlamam gerektiğini belirttiler. Anne ve babasıyla yüzleşen kişilerin yüzde doksanı ailesini kaybediyordu. Ama ben ailemi çoktan kaybetmiştim, öyle hissediyordum, o yüzden kaybedecek bir şeyim yoktu, annemi aradım ve onunla yüzleştim, o, babamla konuşmuş olmalı, ayrıntıları hatırlamıyorum, sadece çok fırtınalı günler geçirdiğimizi hatırlıyorum, çalkantılı günler, hezeyan içinde geçen telefon görüşmeleri, sonra babam benimle Bråteveien'de buluşmak istemişti. Bråteveien'e gittim, gitmeye cesaret ettim, Bråteveien'e giderken aklımdan geçenler şunlardı: Bunu yapmalıyım, geri adım atmamalıyım, şimdi yeterince cesur olmam gerekiyor, Bråteveien'e gitme ve babamla buluşma cesareti göstermeliyim. Üzerimdeki kıyafeti hatırlıyorum, mavi ipekli bir elbise, kapıya doğru attığım adımları hatırlıyorum, kapıyı çaldığımı hatırlıyorum, ama ne umduğumu hatırlamıyorum. Babam kapıyı açtı, kapının önünde duran bir BMW'si vardı, anneme aldığı Volvo BMW'nin yanında duruyordu, babam, şöminenin önünde duran yeşil deri salon takımının ve büyük çalışma masasının bulunduğu ofisine götürdü beni. Etkileyici holden, girişten geçip babamın çalışma odasına girdim, babam heybetli çalışma masasının arkasına geçti ve masanın önünde duran koltuğa oturmamı işaret etti, sorguya çekilecek bir mahpus gibi geçip oturdum, baştan kaybetmiştim, baştan yenilmiş, felç olmuştum, babamın insafına kalmıştım, o da bunu biliyordu. Ama oraya gitmeye cesaret etmiştim, oradaydım, en azından bu bir adımdı, başarısız olan yüzleşme girişimi için atılan bir adım.

Sana karşı enşest suçu falan işlemiş değilim, dedi babam her zamanki otoriter sesiyle, sözcüğü annemin söylediği gibi, tuhaf bir şekilde telaffuz etmişti, belki de o zamanlar sözcükle ilk tanıştıklarında onu böyle telaffuz ediyorlardı ve o zamandan bu yana sözcüğü ne duymuş ne de kullanmışlardı, ona kulaklarını tıkamışlardı. Bir şey diyemedim, mavi ipek elbisem üzerimde, hareketsiz kalakaldım, mevsim yazdı, hava sıcaktı, babamın karşısında otururken ipek elbise giymemin yanlış olduğunu anlamıştım, tamamen kapalı bir şey giymeliydim ancak ben en güzel yazlık giysimi giymiştim, oraya gitmeden önce süslenmiştim, babam için, çok saftım, öyle bir esaretti ki bu, babamın gücünün o kadar tesiri altındaydım ki ve o zamanlar bir Klara'm da yoktu, o zamanlar Klara'yı neredeyse hiç tanımıyordum, babamla görüştükten sonra o elbiseyi attım, en sevdiğim yazlık kıyafetimi, babamla buluşturarak kirletmiştim elbisemi. Konuşmanın çoğunu hatırlamıyorum ama on beş yaşındayken günlüğümü okuduktan sonra sabahleyin yatağımın kenarında dikilip sorduğu soruyu yeniden sorduğunu hatırlıyorum, odamdan çıkıp sarhoş olana kadar içtikten sonra geri gelip ağladığında insan olmanın hiç de kolay olmadığını söylemiş, bunu yaparak beni sevdiğini, umursadığını, benim için endişelendiğini ispatlamıştı, öyle anlamıştım, öyle anlamaya ihtiyacım vardı, ilk cinsel ilişkimde kan gelip gelmediğini soruyordu, ondan başkasıyla olan ilk cinsel ilişkimi soruyor olmalıydı. Cevap vermek zorunda olmadığım aklıma gelmedi, bunun onu ilgilendirmediğini söyleyebilirdim, hayır, dedim, yani kan gelmediğini söyledim. Öncekinden daha kolay olmuştu, yani on beş yaşındayken ve neredeyse ölüverecekken ve ağzımdan tek bir hece bile çıkamazken olduğundan daha kolay. Hayır, dedim çünkü hatırladığım kadarıyla kan gelmemişti ama bunda bir anormallik yoktu. Sonra, oradan ayrılırken belki kendisinin de ne kadar ileri gittiğini bilmediğini fark ettim, o kadar sarhoştu ki neler olup bittiğini bilemiyordu, o seferinde sadece benim ona yapmamı istedikleriyle kalmamış, üzerime abanmış ve işi sonuna kadar götürmüştü ama korkmuştu. Ve tam gidecekken, çalışma odasından çıkacakken, Bråteveien'den uzaklaşacakken, hızlı hızlı yürüyordum, babam, çocukken neler yaşadığımı keşke bilsen, dedi bana.

Neden polise gitmedin, diye bağırdı annem, daha önce bunun bir kez başına geldiğini söylemiştin, şimdi de tekrar tekrar oldu diyorsun.

Küçükken bana baban sana bir şey yaptı mı diye soran sendin, dedim.

Ve sen hayır dedin!

Ama neden sordun, diye sordum, neden aynısını kız kardeşlerime sormadın?

Bu böyle olmaz, dedi Åsa ve bizi durdurdu. Bu çok yanlış, dedi Åsa.

Eğer doğru değilse neden böyle bir şey iddia etsin ki, dedi Bård.

İlginç olmak için, dedi annem. Şehirdeki kafelerde oturup içiyor, sonra da *sırrını* ortaya dökmeye başlıyor. Rezalet, ayıptır, günahtır!

Hatırlıyor musun, diye sordu annem ve öfkeden kudurmuş kısık gözlerle bana baktı. Önceden hatırlamadığını söylüyordun.

Hatırlıyorum, dedim.

Annem ayağa kalktı, annem gitmek istiyordu, annem bağırdı: Skaus Sokağı'nda iyi bir terbiye alarak geçirdiğin güvenli bir çocukluğun olmasaydı asla buralara gelemezdin bugün. Ayrıca o kadar çok ilgi gördün ki, gördüğün ilgi yüzünden kız kardeşlerin seni kıskanırlardı.

Evet, dedim. Peki ben söz konusu olduğumda neden bu kadar kaygılıydın?

Sen söz konusu olduğunda kaygılı değildim, diye haykırarak cevap verdi, ama orada olan herkes, denetçi hariç, annemin benimle ilgili olağanüstü kaygılarını, ben gençken eve geç gelecek olduğumda annemin sinir krizi üzerine sinir krizi geçirdiğini bilirlerdi. Çünkü o zamanlar anne olmak, büyük kızının başına neler geldiğini bilip de bu meseleyle nasıl başa çıkabileceğini bilememek kolay değildi, çünkü annem her bakımdan babamın avucunun içindeydi, annemin dört çocuğu vardı ancak eğitimi veya parası yoktu, ne yapabilirdi? Küçükken bana baban sana bir şey yapmadı değil mi, diye sorduğu sıralarda rahiple konuşmaya gideceğini söylemişti, o zamanlar hikâyem işe yarayabilirdi, o zamanlar annem babamdan ayrılıp Rolf Sandberg ile evlenmeyi umuyordu, benim hikâyem ortaya çıkacak olursa babamdan boşanması annemin hainliği değil iffeti olarak görülürdü. Volda'dan geldiğimde bir tuhaftın, dedi. Az kalsın rahibe gidecektim, dedi. Hangi konuda, ne tür bir endişeyle insan rahiple görüşmeye gider, bir dost ya da akrabayla konuşmak varken? Ama annem şüphe ve endişelerini rahiple paylaşmadı, ben ve Bård'u Skaus Sokağı'nda babamla yalnız bırakıp gittiği Volda'dan geldiğinde, işte o zaman tuhaflaşmıştım, o geri geldiğinde. Benim zaman aşımına uğramış bir meseleyle ilgili polise gitmemem gibi o da rahibe gitmemişti. Bunun yerine annem beni piyano ve bale derslerine gönderdi, bu şekilde yaralarımın iyileşeceğini umut ediyordu herhalde, kız kardeşlerim bu derslere asla yollanmadılar. Daha o zamanlarda bile, e harfiyle başlayan sözcüğün ş harfiyle telaffuz edildiği zamanlarda bile, başından böyle şeyler geçen bir çocuğun hayatta zorluklarla karşılaşabileceği, önüne gelenle yatıp kalkabileceği, cinselliğe kafayı takabileceği, içkiye başlayabileceği, uyuşturucu kullanabileceği biliniyordu, annem bunlardan korkuyordu, gençlik çağıma girdiğimde olabileceklerden, içmeye başlayacağımdan ya da oğlanlarla yatabileceğimden ve on beş yaşımda hamile kalmamdan, uyuşturucuya başlamamdan korkuyordu, annem beni piyano ve bale derslerine gönderdi, kız kardeşlerime asla bunları yapmadı, annem rahibe gitmedi ama bana Tove Ditlevsen'in *Bir Çocuğa Kötülük Yapıldı** kitabını verdi. Kitabı okumadım, kötü bir sezgiyle bir dolaba tıktım. Annem bir atmaca gibi beni gözlüyor, işaretler arıyor, geceleri eve döndüğümde beni kokluyor, üzerim sigara kokuyorsa felaketin kapıda olup olmadığını anlamaya çalışıyordu.

Denetçinin toplantı odasının kapısına doğru yönelen annem bana bağırdı: Bunu çekemeyeceğim. Astrid ayağa kalkıp onu takip etti ve acı çekmiş olan bir tek sen değilsin dedi, o da acı çekmiş, onun yerinde olmak, iki farklı hikâyenin ortasında kalmak, araya sıkışmış olmak da kolay değilmiş.

Ve sen, diye bağırdı annem Bård'a. Sen Fransa'daydın, eve gelmedin, Bråteveien'e gelip anneni ziyaret etmedin bile, yaşlı anneni görmedin, bana bir sarılmadın! Annem ziyaret bekliyordu, annem kucaklanmayı bekliyordu, annem normal bir ailede olabilecek her şeyi bekliyordu, oluşmasına katkıda bulunduğu ailenin böyle olmadığını, normal olmadığını, anormal,

* Kitap cinsel tacizi çocuk gözünden anlatır. (ç.n.)

mahvolmuş olduğunu göremiyor, içine sindiremiyordu. Ve sen babana korkunç bir e-posta gönderdin, diyerek Bård'a seslenmeye devam etti. Baban bu rezil mesaja cevap vermeyi düşünüyordu aslında ama vakti olmadı, çünkü baban *öldü*.

Annem denetçiye vasiyeti değiştirip değiştiremeyeceğini sordu.

Vasiyeti iptal edebilir miyim?

Eteğindeki taşları dökmüştü.

Annem ve babam bizi, beni satın almak niyetindeydi, o yüzden üç yıl önce Noel'de, vasiyet yazıldığı sırada, kulübeler hariç herkesin mirastan eşit pay alacağına dair haber gelmişti, çünkü sesimi kesecektim, parayı alınca tatsız hikâyeleri kendime saklayacaktım, ama öyle olmadı, hiçbir şeyi kendime saklamadım, vasiyet amacına ulaşamadı, vasiyet işe yaramadı. Annem, vasiyeti geçersiz kılabilir miyiz, diye sordu denetçiye, ama beti benzi sararmış denetçi bunu yapamayacağını söyledi. O zamandan bu yana sık sık annemin ne kadar üçkağıtçı davrandığını düşünürüm. Vasiyet ortadaydı, geçerliydi ve amacının mirasın dört çocuk arasında eşit paylaştırılması olduğu yazılıydı, bunun yerine getirilmesi gerekiyordu, oysa maksat Bård'la benim sesimizi kısmamız, patırtı koparmamamız, uysal, iyi ve sessiz olmamızı sağlamaktı, ama biz öyle olmamıştık, işler planladıkları gibi gelişmemişti, vasiyetle, parayla yapmak istediklerini yapamamışlardı, şimdi de elden bir şey gelmiyordu, iş işten geçmişti.

Beni büyük hayal kırıklığına uğrattın, diye bağırdı annem, kapıdan çıkarken.

Babam aklıma geldiğinde ilk düşündüğüm ne oluyor biliyor musun, dedi Bård ve cevap vermesini beklemeden devam etti. Dokuz yaşındaydım, balık tutmak için Hardangervidda'ya gitmiştik, eve dönmek istedim ve geri döndüm. Babam arkamdan koştu, bir sopa buldu ve beni evire çevire dövdü. Babamla ilgili en güçlü anım bu.

Kaybolacağından korktuğu için böyle yapmıştı, diye bağırdı annem, annem bu hikâyeyi biliyordu, Bård annemle ya da her ikisiyle yüzleşmiş olmalıydı. Sen de aynısını yapardın, diye haykırdı annem, bunu kendin söyledin, çocuklarımdan biri olsaydı ben de böyle yapardım dedin!

Ne, dedi Bård.

Evet, böyle söyledin, dedi annem.

Hayır, dedi Bård.

Evet, evet dedi annem ve yeniden bana baktı: Beni çok, çok büyük hayal kırıklığına uğrattın!

Sen beni yıllardır hayal kırıklığına uğratıyorsun, dedim, annem şimdi kapının yanında duruyordu, bir eli kapının kolundaydı, Astrid ve Åsa onun peşinden gitmek için ayağa kalkmışlardı.

Sana inanmamız için bize direktif veremezsin, dedi Åsa, cenazede olduğu gibi bir tiyatro terimi kullanmıştı, çocukken ve benim tiyatro grubumdayken, ablasının tiyatro grubundayken yönetmen olarak onlara verdiğim direktifleri hatırlatıyordu, daha o zamanlar benden nefret etmeye başlamış olmalı. Bunu çok iyi bildiğimi söyledim ancak hikâyemin de bilinmesini istiyordum. Ellerine eldivenlerini, başlarına şapkalarını geçirmiş, hazır halde, şimdi kapıda duruyorlardı ve Åsa, bu toplantı Hvaler'deki kulübeleri dördümüzün paylaşamayacağını tüm açıklığıyla ortaya koydu, dedi. Hiçbirinizle kulübe paylaşmayı istemiyorum, dedi, sonra da üçü birlikte çıkıp gittiler, Bård ve ben denetçiyle baş başa kaldık.

Bir müddet sessizce oturduk, sonra denetçi bunun sürpriz olduğunu söyledi, hiç umulmadık bir şeydi. Siz burada olmasaydınız Bergljot'un yazdıklarının hepsini okuması asla mümkün olmazdı, dedi Bård.

Haklıydı. Denetçi orada olmasaydı, ben yazdıklarımın hepsini okuyamadan çekip gideceklerdi.

Bitkin haldeydim. Bacaklarım titriyordu. Bir süre daha denetçinin odasında oturduk, denetçi bize aile hakkında birtakım sorular sordu ama ben cevap veremedim, nefesim kesilmişti. Bård konuştu, ailemiz hakkında hissettiklerimizi, çocukken ailemiz hakkında hissettiklerimizi anlattı. Denetçi dinledi, anlayışlıydı ancak parasını annem ödüyordu sonuçta, seksen yaşında dul kalmanın kolay olmadığını söyledi ve bu doğruydu, denetçi haklıydı, seksen yaşında dul kalmak kolay bir şey olamazdı, orada yarım saat kadar oturduk, sonra gittik. Bu yarım saati denetçinin anneme fatura edip etmediğini öğrenmek ilginç olabilirdi.

Oradan çıktık. Bård'un arabasına yürüdük. Bård gideceğim yere beni bırakabileceğini söyledi, Ebba ile bir Hint lokantasında buluşacaktık. Yürürüm, dedim, yüzümde rüzgârı hissetmek istiyordum.

Klara, Anton Vindskev hakkındaki kitabını basmak isteyen bir Danimarka yayınevi buldu.

Klara bir tıpaya benziyor, ne kadar dibe itersen o kadar yükseğe fırlıyor yeniden, dedi Anton. Klara kasırgaya yakalanmış bir palmiye, yere kadar bükülüyor ama kasırga dinince yeniden doğruluyor, dedi. Klara kitabın basımını Kopenhag'daki Hong Kong Restoran'da kutladı. Eve dönüş yolunda, kanal boyunca yürürken suda boğulmak üzere olan bir adam gördü. Yere çöktü ve adamı paltosundan, omuzlarındaki vatkadan yakaladı, yardım edin diye bağırdı. Adam kalın paltosu ve botlarıyla beraber en azından yüz kilo çekiyordu ve onu zar zor suyun üstünde tutabiliyordu, yardım edin diye bağırdı, insanlar etrafını sarmaya başladılar ama sanki film seyrediyorlarmış gibi bakıyorlardı.

Yardım edin, onu suyun üzerinde tutmama yardım edin, diye bağırdı ama millet sarhoştu ve film seyrettiklerini sanıyorlardı.

Bana yardım edin, elimden kurtulacak ya da ben suya düşeceğim, su beni çekiyor, bacaklarıma oturun yoksa boğulacağız, diye bağırdı, sonra ambulans, görevliler ve adamı sudan canlı çıkaran iki dalgıç çıkageldi.

Gecenin bir yarısı aradı: Neden insanlar sürekli canlarına kıymak istiyor? Canına kıymak isteyen başkaları çıkarsa dayanamayacağım artık! Sürekli birilerinin hayatını kurtarmaktan bıktım, bütün kuvvetimi alıyor bu.

Kendimde değildim, acılar içinde bir robot gibi hareket ediyordum, kalbim hızlı atıyordu, kaburgalarım takırdıyor, ağrıyordu, tüm bunlara rağmen Hint lokantasını buldum. Yutkundum, ağzım kurumuştu, susamıştım ama midem bulanıyordu, bir şey içme fikrine tahammülüm yoktu. Az önce içinde olduğum şeyin, denetçi toplantısının fiziksel bir yük olduğu çok belliydi, yine de bedenimin bunu isteyen kafamdan bağımsız bir tepki göstermesine şaşırmıştım, *ben* istemiştim bunu. Yetişemedim, geciktim, denetçi toplantısı sandığımdan uzun sürmüştü, acilen birileriyle, Ebba'yla konuşmam lazımdı. Hint lokantasını buldum, Ebba önünde kolasıyla masada oturuyordu, bir bira ısmarladım, çabuk gelmesi gerekiyordu, geldi, içtim.

Çok fenaydı, dedim. Tale aradı. Çok fenaydı, gırtlağıma çöktüler. Annem gitmeye kalkıştığında daha ikinci paragrafa bile gelmemiştim, dedim. Bård, doğru olmasa bunları neden anlatsın diye sorduğunda, annem, kendimi ilginç göstermek için yaptığımı söyledi hırlayarak, gerçekten hırlayarak konuştu, ama şimdi Ebba'ylayım, dedim, seni sonra ararım. Aynısını Ebba'ya anlattım. Çok fenaydı, dedim. Birayı içtim, yemek söyledim ama yemedim, bir bira daha aldım, çok içmeyeceğim dedim. Kendine dikkat etmelisin, dedi Ebba, belki de sandığımdan çok daha üzgün ve dağılmış bir haldeyim, kendimi üzgün ve dağılmış hissediyor olmama rağmen -ne umuyordum ki- aslında bir şey bekliyor değildim, sonuçları, tepkileri düşünmemeyi bilinçli olarak seçmiştim. Lars aradı ve bir kez daha, çok kötüydü, annem ben daha ikinci paragrafa bile gelmemişken gitmeye kalkıştı, ama sonra ararım, Ebba'yla birlikteyim, dedim. Zavallı Ebba orada, nasıl yardım edebileceğini bilemediği darmadağın haldeki annesiyle oturuyordu, annesinin nasıl başa çıkacağını bilemediği hikâyesinin esiri olmuştu, hikâye kaçınılmaz olarak onun da hikâyesiydi artık. Annesi telefonda konuşup birasını içerken o diyet kolasını yudumladı. Søren aradı. Çok kötüydü, dedim. Yazdığını okuyabildin mi, diye sordu. Evet ama okusam mı acaba diye Bård'a sordum, o da okumam gerektiğini düşündü, dedim. Önce Bård'a sormuş olman iyi, dedi. Ama ben şimdi Ebba'yla birlikteyim, dedim. Ebba her şeyi en başından anlatmamı istedi, ben de en başından anlatmaya çalıştım, garsona işaret ederek üçüncü birayla birlikte hesabı istedim, böylece Ebba'ya üç biradan fazlasını içmeyeceğimi de belirtmiş oldum. Sonra Bård'dan bir mesaj geldi. Güzel atlattığımız kavga için teşekkürler, selamlar, ağabeyin, yazıyordu. Bunu Ebba'ya gösterdim, temkinli bir şekilde başını salladı, zavallı, gencecik, masum Ebba. Ben teşekkür ederim, selamlar, kız kardeşin. Sonra oradan ayrıldık, Ebba koluma girdi. Şimdi bu ailedeki herkesi unutuyoruz, dedi annesine destek vererek, annesinin geçmişinin bir parçası olarak. Evet dedim. Gece rahat edip edemeyeceğimi sordu, onunla kalabileceğimi söyledi. İyi kalpli Ebba, Astrid ve Åsa gibi annesi için endişelenip ona göz kulak oluyordu. Bir şey olmaz, dışarı çıkmayacağım ve doğrudan eve gideceğim, dedim, sadece kırmızı şarap içeceğim, sonra da yatarım.

Dosdoğru eve gittim, hiçbir yere takılmadan, önce trene, sonra otobüse bindim. Karen aradı ve nasıl gittiğini sordu. Bir kez daha çok kötü olduğunu söyledim. Çok kötü olduğunu anlatmaya doyamıyordum, biraz olsun iyi geliyordu bana. Karen, Bård'un sorularının çok yerinde olduğunu düşünüyordu. Bunun sırası ne zaman gelecek? Doğru değilse neden anlatsın bunları? Evet, doğru değilse neden söyleyesin ki, dedi Karen. Sen yalan yanlış şeyler anlatan biri değilsin. Hayır, öyle biri değildim. Bunu yıllar boyunca konuşmuş olmalıydılar, arkadaşlarım, hikâyeme inanıp inanmayacaklarını, sonunda neyse ki güvenilir olduğum sonucuna varmışlardı. Bu iyi bir şeydi, hikâyem hakkında ne düşündüklerini aralarında tartışmış olmaları tuhaf sayılmazdı, milletin çocukluğu hakkında her anlattığına inanamazsın ki.

Trenden indiğimde, otobüs beklerken istasyonun kafesinde oturup bir bardak şarap içtim. Klara'yı aradım. Çok kötüydü, dedim. Böyle olacağını tahmin ettiğini söyledi. Çok çirkin, dedi. Annem Hvaler'de Tale ve onun kız arkadaşlarına ecstasy verip vermediğimi sorduğu zaman Klara'nın orada olmasına çok memnundum, olanları gözünün önünde canlandırabilmesi için bir birikimi vardı.

Adamın birini Nyhavn'daki kanalda boğulmaktan kurtardığının ertesi günü, sorun adamı bırakmak istememdi, dedi Klara. Sorun bu aptal, ağır çeken adamı bırakmak, dibe batışını seyretmek için haince bir istek duymamdı. Tove Ditlevsen'in dokunulması yasak, büyük, güzel vazoyu kaldırmayı isteyen küçük kız hakkındaki şiirinde olduğu gibi. Kocaman, ağır ve bir mücevher kadar süslü yasak vazoyu kaldırmayı ister küçük kız, çünkü bunu yapmak yasaktır, çünkü küçük kız cesaret isteyen çılgın bir şey yapmak niyetindedir, onu kaldırır ve sonsuz gibi gelen birkaç saniye geçer, vazonun ağırlığını ellerinde hisseder, evet, vazo ağırdır, vazo kocaman ve kız küçüktür, vazoyu kırmak kötü ve harika olacaktır ve birisinin ona şöyle seslendiğini duyar: Hazır evde tek başınayken çok tehlikeli bir şey yap. Vazoyu elinden bıraktığı anda dünya neşesiz, kötü bir yer oluverir, yerde bir daha asla onarılamayacak binlerce kırık parça yatar, iyilik melekleri arkalarını dönüp ağlar.

Ama ya dünya zaten kötü bir yerse, neşesiz bir yerse, bunu anlamak için vazoyu kırması mı gerekir?

Günün birinde bırakacağım gitsin, dedi Klara.

Yolları ayırmadan önce bir dönem ailemle ilişkimi en düşük düzeyde tuttum, çocuklarımın hatırı için, ailemle ilişkileri olabilsin diye, çünkü aileyle kısıtlı da olsa bir ilişkimin olmasının, annemin yoğun baskılarına, intihar tehditlerine, suçlamalarına maruz kalmaktan daha kolay olacağını düşünmüştüm. Neden bu kadar kalpsizsin? Annemden gelen mektuplarda onunla babamın yıllar boyunca benim için yaptıklarının bir dökümü çıkarılıyordu. Sevgilim ve çocuklarla altmışıncı yaş gününe gidip bir saat dayanmak ve sonra darmadağın olmak her şeye rağmen daha kolaydı. Çünkü o zaman baskı azalıyordu, intihar telefonları açılmıyordu, annemin çevresinde her şey normalmiş gibi göründüğünde, annem lafını edecek yeterince malzemeye sahip olduğunda, birileri sorduğunda şöyle derdi: Bergljot Alman tiyatrosu hakkındaki doktora tezini yazıyor. Bergljot Berlin'de.

Böyle dönemlerden birinde annem aradı ve herhalde arabaya ihtiyacın vardır, baban sana araba almak istiyor, dedi. Biraz düşündüm ve arabayı kabul ettim, çünkü arabaya ihtiyacım vardı, araba çocuklar için iyi olacaktı, arabayı bir özür olarak düşündüm. Ya da buna inanmak istedim, çünkü arabaya ihtiyacım vardı, babam, onu haksız yere tacizle suçlayan birine araba verecek birisi değildi, arabanın onun itirafı ve özrü olduğuna inandım. Birkaç ay sonra, Åsa'nın kırkıncı yaş gününe annemle babam gelmeyeceği için gittim ve gecenin geç bir vakti, herkes sarhoşken, Astrid bana babamın ona ve kardeşlerime benim onun hakkında anlattıklarıma inanıp inanmadıklarını sorduğunu anlattı. Bergljot onu taciz ettiğimi söylüyor, inanıyor musunuz? Kendisinin ve kardeşlerimin babam böyle sorunca ne cevap verdiklerini söylemedi, ama ben hayır dedikleri kanısındayım. Bir pazar yemeğinden sonra, Bråteveien'in girişinde durmuşlar ve babam yüzünde çok ciddi bir ifadeyle onlara benim ortalıkta dedikodusunu yaptığım iğrenç şeylere inanıp inanmadıklarını sormuş. Hayır demişlerdi çünkü evet diyemezlerdi ve hayır derken taraflarını seçmiş, beni reddetmişlerdi.

Babam bu reddi kardeşlerimden zorla söküp almıştı. Yani araba bir itiraf, bir özür falan değil, bir kandırmacaydı. Ormanın derinliklerindeki parti mekânından kendimi dışarı attım, misafirlerin ortak dönüşü için ayarlanmış otobüsü beklemekten vazgeçtim, babam benim söylediklerime inanıp inanmadıklarını sorduğunda hayır cevabı verenlerle aynı otobüste olmak istemiyordum. Bana araba veren babamdan nefret ettim, arabayı memnuniyetle kabul ettiğim için kendimden nefret ettim, bunun bir itiraf, bir özür olduğuna inanacak kadar aptaldım, oysa babam arkamdan iş çevirip kardeşlerimi beni reddetmeleri, bana ihanet etmeleri için zorlamıştı, arabayı kabul ettiğim için kendimden nefret ettim, çünkü babamın arabayla itirafta bulunduğunu, özür dilediğini sanmıştım, oysa bu bir aldatmacaydı. Sabaha karşı puslu havada ormanda yolumu kaybettim, eve geldiğimde gün ağarmıştı, kendimi toptan kaybetmiş, toptan hareketsiz kalmıştım, toptan afallamıştım, ezip geçmişlerdi beni, yaya bırakmışlar, ırzıma geçmişlerdi, ıstırap içerisinde annemi aradım ve Astrid'in söylediğini anlattım, babamın benim arkamdan kardeşlerime bu imkânsız soruyu sorduğu iddiası gerçekten doğru mu, dedim. Annem bu kadar ahlakçı olmamam gerektiğini söyledi. Ahlakçılığın hayatını mahvettiğini, insanların sadece birer hayvan olduğunu söyledi. İnsanlar sadece birer hayvan, Bergljot. Başka bir şeye inanıyorsam safmışım, insanların hayvan olduklarını, içgüdüleriyle hareket ettiklerini anlamayan ahlakçının, safın biriymişim ben, babamın çıkardığı ufacık arızayı, beni öpüp koklamasını boş veremememle ahlakçı bir din öğretmeninden halliceymişim. Annem babamın bir zamanlar söylediğine benzer bir laf etmişti:

Sen asıl benim Amerika gemisinde yaşadıklarımı bir bilsen. Annemle babam yeni evliyken Amerika'ya gitmek için Amerika gemisinde çalışmışlardı. Telefonu kapattım. Neden onu aramıştım ki? Annemi aramakla elime ne geçeceğini sanmıştım?

Ülkeden kaçmak için San Sebastian'a giden bir uçağa bindim, uzaklaşmak için, ama uzaklaşamadım, uzaktayken bile içim içimi yiyordu, hiç yapmadığım bir şeyi yapıp San Sebastian'dan annemi aradım, öfkeliydim. Telefon ettim, bağırıp çağırdım, hayatımda ilk kez, bu kadar berbat bir şekilde sorumsuz davrandığı, ona anlattıklarımı ciddiye almadığı ve beni, kendi kızını dinleyeceği yerde Amerika gemisinde olanları anlatmaya başladığı için çok sinirlendiğimi söyledim, tam bana cevap verecekken, şimdi çeneni kapatacaksın, şimdi beni dinleyeceksin ulan, diye bağırdım, kendimi *Festen* filminde başrolü oynayan adam gibi hissediyorum, ailesinin dinlememek için ormanda bir ağaca bağladığı adam gibi hissediyorum diye bağırdım, daha önce hiç yapmadığım kadar, hiç kimseye bağırmadığım kadar bağırdım, senin o insanın içini bayan saçma sapan konuşmalarını dinlemekten delirdim diye bağırdım, avaz avaz, bağırmam geçti, içimi boşalttım ve telefonu kapattım. Sonra telefonu yeniden açtım ve San Sebastian rıhtımında yürürken Klara'yı aradım, beni şaşırtıp çileden çıkaran anneme patladığımı anlattım, olay bittiği anda kendimi San Sebastian'daki bir rıhtımda, bir bank üzerinde, bomboş, zayıf, bitkin, titreyen bir çocuk gibi otururken bulmuştum. Artık dayanamıyorum, nefes alamıyorum, ne yapacağım, bu dertten öleceğim, nefes alamıyorum. Hayır, dedi Klara. Kesinlikle hayır, sen güçlüsün, anlaman gereken bunun bir çay partisi değil, bir savaş olduğu, ölüm kalım savaşı, burada barış görüşmeleri yok, onurunu kurtarmak ve iyi anılmak için bir ölüm kalım mücadelesi var, dedi. Annemin beni anlayacağına inanmaktan vazgeçmeliydim. Annemin beni kabul edeceğine inanmaktan vazgeçmeliydim. Annemle babam benimle anlaşmak yerine öldüğümü görmeyi tercih ederlerdi, kendi onurlarını kurtarmak için beni kurban etmişlerdi. Bu bir savaş, demişti Klara ve savaşçı olmalıydım. Kendimi kurban gibi görmek yerine savaşçı gibi görmeliydim, kurnaz ve tedbirli, uzlaşmayı değil, savaşı düşünmeliydim. Klara'yla konuşurken birdenbire meseleyi anladım gibi geldi, bana bir şeyler oldu. Barış görüşmelerine katılmadığımı ama bir savaşın içinde olduğumu anladım, uzlaşma toplantısında değil de bir savaşın içinde olduğumu anladım, barış görüşmelerini yürüten kişi olmak yerine bir asker olmam gerektiğini anladım. Yavaş yavaş içimden bir asker çıkıveriyordu, San Sebastian'da hıçkıra hıçkıra çöktüğüm ve sonra ayağa kalktığım bankta böyle hissettim. Başımı dik tuttum ve histerik, üzgün, yalvaran kurban bedenimi bir savaşçınınkine dönüştürdüm. Bacaklarım yere artık daha sağlam basıyordu, bacaklarım beni daha güvenli taşıyordu, göğsüm sıkılaşmıştı, içimde pelteleşmiş, incinmiş, yumuşak ne varsa hepsi yok olmuştu, San Sebastian'ın rıhtımında yürüdüm, hızlı ve hedefe kitlenmiş bir şekilde, nereye gideceğimi biliyordum, boşta olan kolumu sanki gerisingeri vuracakmışım, kendimi savunacakmışım, o bir silahmış, ben bir silahmışım gibi sallıyordum. Savaş mı istiyorsunuz, alın size savaş! Telefon çalıp da açmadığımda, telefonu tamamen kapattığımda hazırım diye düşündüm. Silahlarımı parlatıyorum, dedim kendi kendime, karanlıkta fısıldadım, savaşçı olmak, her zaman dizlerinin üstünde, acı içinde ya da sarhoş geri geldiği için merhametle karşılanan gariban bir çocuk olmaktan çok daha iyiymiş. Savaşçı olmuştum, kızlarının hamurunun neden yapıldığını göreceklerdi, gücümü tadacaklardı, senden korkmuyorum baba, senden korkmuyorum anne, savaşa hazırım!

5 Ocak sabahı. Karanlık, ıslak, puslu. Yorganın altında yatıyorum, kalkmak istemiyorum, savaştan çıkmışçasına bitkinim. Lars, dün gece eve dönerken onu aradığımda, kendimi dayak yemiş gibi hissediyorum dediğimde, savaşa bilerek girdiğimi ve savaşta insanın sopa yediğini söyledi. Bu doğruydu, savaşın diğer yüzüydü bu. İnandığın şu ya da bu dava için savaşa girince savaş isteği, savaş heyecanı hissediyordun ilkin, bitkinlik ve güçsüzlük de sonradan üzerine çöküyordu. Savaştan çıkmıştım, böyle hissediyordum, uyuşmuş, yara bere içerisinde, ölesiye yorgun, yatakta uyuyakalana kadar kırmızı şarap içmiştim, karanlık ve karla karışık yağmurlu 5 Ocak sabahına ağırlaşmış ve titreyen bir bedenle uyanmıştım. Yataktan dışarı çıkardığım burnum sayesinde evin soğuk olduğunu anladım, kalkacak halim yoktu, yatacak halim yoktu, sessizliğe tahammül edecek halim yoktu, sese tahammül edecek halim yoktu, Klara ile konuşmalıydım. Sinirlerim bu kadar bozukken kimseyi aramayayım, kimse de beni aramasın diye gece kapattığım telefonumu açtım, pin kodunu girdim, yanlış girdiğimi yazdı, bir kez daha kodu yazdım, bir kez daha yanlış kod mesajı geldi, bir şey anlamadım, doğru yazdığımdan emindim, kodu girdim ve yanlış olduğu mesajını aldım ve telefonum kilitlendi, bir saatten önce açılmayacaktı, Klara ile konuşmalıydım! Søren'in bana yeni bir abonelik çıkarttığını hatırladım, yeni bir sim kart almıştı, sıçmıştım, hatırlamam gereken en önemli anda unutmuştum, şimdi ne yapacaktım? Telefon kilitliydi, çalışmıyordu, tam da en ihtiyacım olduğu günde yaptığımın cezasını çekiyordum, eziyet çekerek öldürüleceğini bilen bir hayvan gibi gözleri korkudan fal taşı gibi açılmış annemi denetçi bürosunda bir aşağı bir

yukarı koşturduğum için cezalandırılıyordum. Zavallı annem. Bilgisayarın başına oturdum, saat çoktan on iki olmuştu, hiçbir şey yolunda gitmiyordu, Søren'e bir e-posta gönderdim ve telefonu ne yapacağımı sordum, Elkjøp'e git, onlar yardımcı olur, dedi. Giyindim, giysilerin altında saklandım. Trofast yağmurda dışarı çıkmak istemiyordu, onu zorla çıkardım, çok kötüydüm, sanki yalpalıyordum, bir buçuk gündür bir şey yememiştim, Kiwi'ye gidip bir şeyler almalıydım. Yağmur bardaktan boşanırcasına yağıyordu, Trofast nefret ediyordu bundan, su birikintilerinin içinden onu çekerek götürüyordum, çok merhametsizdim, arabalar yanımızdan geçtiğinde yolda birikmiş suları üzerimize sıçratıyorlardı, yağmurluğun da faydası olmuyordu. Üzerimizden sular damlıyordu, Trofast'ın kuyruğundan sular damlıyordu, Kiwi'yi geçtim, insanlarla karşılaşacak halim yoktu, erzak seçecek halim yoktu, aç değildim. Biz yürürken yağmur kara çevirdi, çamurlara bata çıka ilerledik, bu soğuk çamurun içinden köpeği peşim sıra çekiyordum, onu saat tamircisinin önündeki direğe bağladım, koşarak içeri girip tamir için saati bıraktım ve Elkjøp'e doğru yola devam ettim, orada da Trofast'ı dışarıdaki direğe bağladım, köpekle içeri girmem yasaktı. Trofast o soğuk çamurun ortasında dışarıda durmak ve titremek zorundaydı, zavallı Trofast, hayal kırıklığı içindeki gözleriyle bana bakıyordu. Mümkün olduğunca hızla halledeceğim dedim, içeri koştum ama sıra numarası alıp beklemem gerekiyordu, bekleyecek halde olmasam da. Bekledim, dayanmaya çalıştım, çok bekledim, kimse beni düşünerek hızla hareket etmiyordu, çok uzun zaman sonra sıra bana geldi ve adam beklemem gerektiğini, bir saatten önce yardımcı olamayacaklarını söyledi, telefon bir saatten önce açılamazmış. Yeni telefon alacağım, eğer hemen çalışacağının garantisini verirseniz, dedim, verdi, yeni telefonun günü gelmişti. Anında çalışacağının garantisini verdiği yeni telefonu getirdi, en hızlı şekilde hazırladı, hızdan anlıyordu, parayı ödedim, dışarı çıkıp köpeğimi bağlı olduğu direkten çözdüm, Klara'yı aradım ve telefon anında çalıştı. Klara cevap verdi, onunla telefondayken yağmur altında, çamurun içinde yürümeye devam ettim, durumumu anlatmam gerekmiyordu, sesimden anlıyordu hemen.

Bunu neden yaptım ki ben, diye sordum. Ne elde etmeyi düşünüyordum? Bana hak vermeyeceklerini bilmem gerekirdi, sadece kötü davranmak mı istiyordum, sadece vazoyu düşürmek mi istiyordum?

Hayır, dedi Klara. Niyetin kötülük yapmak olsaydı çok daha fenasını yapardın. Yazdıkların gayet ılımlıydı. Duymayı hak ettiklerini söyledin onlara. Kulübeleri kelepir fiyatına kapatmış olmalarını cezasız mı bırakacaktın? Yıllar boyunca sana hep kötü davrandılar. Astrid ve Åsa annenle babanın nimetlerinden yıllarca bir güzel faydalandılar. Yıllar boyunca sen ve Bård'dan çok daha fazlasını aldılar, hem duygusal hem de maddi olarak, ne yani sen, siz hiç tepki göstermeden paçayı kurtaracaklar mıydı? Yıllar boyunca hep beşe karşı iki kişiydiniz. Yıllar boyunca beş kişiye karşı tek başına durduğunu sanmıştın, Bård'un nasıl hissettiğinden haberin yoktu. Şimdi üç kişiye karşı iki kişisiniz, bu da yeni bir şey, onlar buna hazırlıklı değil, ama yine de çoğunluktalar ve birbirlerine destek oluyorlar. Utanma. Bu sağlıklı bir şeydi. Evet, Lars'ın dediği gibi bir savaştan çıktın, yara bere içindesin, ancak birkaç gün içinde daha iyi hissedeceksin, daha iyi olması için genellikle önce canı yanar insanın.

Lars'a gittim. Böyle olacağı, bu işin daha da kötüleşebileceği konusunda beni uyardığını söyledi. İçmemeliydik. Ertesi gün, yani ayın altısında, bugün, ayın beşinde olduğu gibi elim ayağım titrer halde olamazdım, toplantılarım vardı. Bård geceleyin bir mesaj attı: Durum nasıl? Gayet net bir soruydu. Annem ve kız kardeşlerimin sorumluluğu üstlerinden atma konusunda harika olduklarını, tatsızlığın sebebinin ben olduğum, farklı davranıyor olsam ortada tatsızlık falan olmayacağı duygusunu bana ilettiklerini, bunu hissettiğimi söyledim. Öyle işte, diye yazdım. Vasiyeti incelemesi için bir avukata danıştığını yazdı. Avukat, vasiyette gayet net bir biçimde ve iki kez herkese eşit pay düşülmesinin istendiğinin yazdığını, kulübelerin fiyatlarını yeniden belirlemedikleri takdirde mahkemeye gidersek kazanabileceğimizi belirtmişti. Peki bu durumu Astrid ve Åsa'ya nasıl açacaktık? Ona güvendiğimi, nasıl uygun görüyorsa öyle yapmasını yazdım. Yorgun olduğumu anlamış olmalı, eminim o da yorgundu ve onların da bunu en az bizim kadar yorucu bulduğunu sanıyordu. *Sanırım onlar da, bunu en az bizim kadar yorucu buluyorlar.* Astrid ve Åsa bunun yorucu olduğunu mu düşünüyorlardı, öfke ve hiddetten başka bir şey hissediyorlar mıydı? Kedere benzeyen bir şeyler de hissediyorlar mıydı, babamla alakası olmayan bir kedere?

İçki içmedik, uyumam epey zaman aldı, Lars'ın sırtına dönük, karanlıkta yatıyordum ve babamla temasa geçmeye çalışıyordum.

Her neredeysen, bir yerlerdeysen artık üzerine bir çizgi çekelim, seni affediyorum, dedim.

Bravo sana Bergljot ama ben bu repliği *Festen*'den hatırladım dediğini hayal ettim.

Küçük çocuklarımın hatırına, aileleriyle görüşebilsinler, anneanneyle dedelerini, amcalarla halaları, dayılarla teyzeleri, onların eşlerini, yeğenlerle kuzenleri görebilsinler diye ailemle ilişkimi asgari düzeyde tuttuğum dönemde annemle şehirde buluşurdum. Annem buluşmak isterdi, onunla şehirde görüşürdük. Baker Hansen fırınında otururken, buluşmamız kısa süreceğinden annem haldır haldır konuşur, ciklet çiğnerdi, huzursuz olurdu, sandalyede kıpırdanıp dururdu. Sözü edilmeyen şeyden, odadaki filden dolayı kaygılanırdı. Başkalarına, eşine, dostuna benimle buluştuğunu anlatabilmek için buluşuyordu benimle, ancak benimle buluşacağı için canı sıkılıyordu, endişesini hissediyordum. Odadaki fille ilgili, medyadaki cinsel suçlar gibi güncel konularla ilgili ağzından bir şey kaçıracak diye ödü patlardı, sonra birden sessizlik olurdu, rahatsız ediciydi. Sanırım bu yüzden havadan sudan ya da kardeşlerimden ve onların ailelerinden olmak üzere en eften püften konularda konuşmaya başlardı, başkalarıyla konuştuğunda bunların kulağa normal gelmesi için mecburiyetten yapıyordu. Baker Hansen'a aramızdaki meselenin ortadan kalktığı umuduyla gelmiş olması fikri beni hiç şaşırtmazdı yine de, hayal kırıklığına uğrayacaktı çünkü öyle bir şey yoktu. Vedalaşmadan önce, belki yarım saat öncesinde, annem bana nakit olarak bin kron verirdi. Teşekkür eder ve keyifsizce parayı alırdım, ihtiyacım vardı, hayır deseydim vereceği tepki ortamı daha da gerecekti. Sonra herkes yoluna giderdi, ikimiz de görüşme bittiği için rahatlamış olurduk.

Baker Hansen'daki bu buluşmalardan birinde annem şöyle dedi: Bir sürü insan babanı komik buluyor.

Bunu neden söylemişti? Onunla hâlâ birlikte olmasını savunmak için mi? Babamla hâlâ birlikte olmasını, onu terk etmeyi becerememesini utanç verici mi buluyordu aslında? Bir yanda, uydurma olduğu ithamıyla ciddiye alınmayan, yok sayılan, ayrıca lafı edilmeyen benim meselem duruyordu ama diğer yanda Rolf Sandberg macerasından sonra babamın merhamet gösterip onu Bråteveien'e geri kabul ettikten sonra annemi dövdüğünü ailenin, eş dostun anladığı, anlamamalarının mümkün olmadığı gerçeği vardı. İçip içip kavga ediyorlardı, bir gün annemin kolu kırılmıştı, merdivenlerden düşmüştü. Bir gün gözü morarmıştı, kapıya çarpmıştı. Bir gün bir dişini kaybetti, buzda kayıp düştüğünü söyledi. Bir sürü insan babanı komik buluyor, dedi annem.

Baker Hansen'daki buluşmalardan birinde annem: Baban çok zeki biri, dedi.

Ne diyebilirdim ki, babam komik, babam çok zeki, o zaman öteki meseleyi unutalım gitsin, öyle mi?

Annemle benim doğru dürüst sohbet etmemiz imkânsızdı.

Baker Hansen'dan üzgün ve hafiflemiş olarak ayrıldık.

Beşi gecesi içmediğimizden altısı sabahı daha iyiydi, gökyüzü maviydi. Öğle yemeğinden önceki toplantılar iyi gitti, belki de içkiyi bırakmalıydım, belki de mesele buydu. Öğlen Tale aradı. Bir gece önce bir kız arkadaşıyla dışarı çıkmışlardı, kız arkadaşının da ailesiyle ilişkisi sorunluydu, onun Klara'sı. O ve kız arkadaşı, aile toplantılarını yönetme görevini kendilerine vazife edinmiş olanlara kızıyorlardı, bu insanların aile toplantılarını yönetme görevini kendilerine vazife edinmiş olmalarının nedeni yetişkin olmaları, gücü ellerinde tutmalarıydı, güçlerinden vazgeçmeyi, çocuklarını serbest bırakmayı reddediyorlardı, başkaları bunun yüzünden ne kadar acı çekerse çeksin onlar güçlerine yapışmışlardı, bırakmıyorlardı. İsyan, itiraz etmeye karar verdiler, ikisi de evlerine dönüp birer e-posta yazdılar. Tale mesajını Astrid ve Aså'ya yollamış, aynı yazıyı kağıda aktarıp e-posta adresi olmayan annemin adresine göndermişti. Okuyabilirdim ancak hiçbir şeyi değiştiremezdim, çoktan yollanmıştı artık.

Bir dakika sonra mesaj ekranımda belirdi.

Inga, Astrid ve Aså'ya

Annemin cesur itiraflarına gösterilen tepkilerin ardından şimdi, annemin kızı ve Inga'yla Bjørnar'ın torunları olarak bu olayı nasıl yaşadığımı anlatmanın zorunluluğunu daha önceleri olduğundan daha fazla hissetmekteyim.

Bir insan ölmeksizin ne kadar paramparça olabiliyorsa annemin o kadar paramparça olduğunu gördüm; o kadar mahvolmuştu ki pek az insan tekrar ayağa kalkmayı becerebilirdi.

Annemin kendi hikâyesiyle yaşamak için verdiği mücadeleyi gördüm. Annemin, biz çocuklarına aktarmamak için acısını içine attığını gördüm. Annemin, gerçeklikten kaçarak, anılardan kaçarak alkole, edebiyata sığındığını gördüm. Annemin ayıkken uyuyamadığını, geceden, yataktan, kontrolü elden bırakmaktan korktuğunu gördüm. Annemin çalıştığını, çalıştığını, çalıştığını gördüm.

Annemin sürekli anlamaya uğraştığını gördüm.

Annemin özür dilediğini, senin değil benim suçum dediğini, tıpkı birilerinin onun utancını ortadan kaldırmasını beklediği gibi benim utancımı ortadan kaldırdığını gördüm. Annemin mücadele verdiğini, didindiğini, umut ettiğini ve vazgeçtiğini gördüm.

Anneannemle dedemi gördüm ve kendimi ikiyüzlü hissettim. Onların hiçbir şey olmamış gibi davrandıklarını gördüm ve ben de aynısını yaptım. Bundan utanç duyuyorum.

Ama hayatınızı üzerine kurduğunuz bu yaşam yalanlarının ne kadar derinlere indiğinin ve sizlerin bu yalanları nereye kadar sürdürmeye niyetli olduğunuzun farkında değildim. Her yönden bu kadar gerçek olan, annemin hayatında bu kadar büyük önem taşıyan, belirleyici olan hikâyeyi, dolayısıyla bana da ait olan hikâyeyi toptan reddettiğinize şahidim. Bunu ciddiye almadığınıza şahidim. Bunun nasıl olabileceğini aklım almıyor, kızıyorum. Sadece annem için değil ama, benim yaşadıklarımı, benim hikâyemi de reddettiğiniz için: Onun nasıl mücadele verdiğini, ne kadar yalnız, küçük, yaralı, kırılgan ve tek başına olduğunu gördüm.

Annemin bugün böyle bir insan olması Skaus Sokağı'nda aldığı iyi terbiye yüzünden değil, annem o terbiyeye rağmen iyi ve güçlü. Onu istismar eden bir babaya ve bunun olmasına izin veren bir anneye rağmen. Reddederek sadece sorumluluktan kaçtığını göstermiş oluyorsun Inga. Ve sadece evladını değil, torunlarını ve torunlarının çocuklarını da kaybediyorsun. Ne üzücü.

Ağladım. Bunu görmek çok kötüydü, ama görülmek iyiydi. Sana yalan söylemeyen bir aynanın önüne konması çok acı vericiydi, bu kadar iyi görebilmesiyse çok iyi. Yıkılmış olanın etrafına yıkım yayması, bundan kaçabilmenin zor olması çok kötüydü. Babamın dediği gibi: Çocukken neler yaşadığımı keşke bilebilsen.

Telefon açıp teşekkür ettim, duygulandığımı anladı ve bunu iyi bir insan olduğu için değil, üzgün ve kızgın olduğu için yazdığını söyledi, üstelik kaybedeceği ya da tehlikeye atacağı bir şeyi yoktu çünkü Stokholm'de yaşıyordu, Bråteveien'deki aileye ihtiyacı yoktu, ona zarar veremezlerdi, onlardan korkmuyordu, politik davrandığını söyledi, herkes Bråteveien'dekiler gibi yapıp davranışlarının bedelini ödemiyor olsaydı dünyanın hali ne olurdu, dedi. Ona minnet duyma yükünden azat etmek istedi beni, ama ben yine de minnet içindeydim.

Küçük çocuklarımın hatırına, ailelerini görebilsinler diye onlarla ilişkimi asgaride tuttuğum dönemde annem beni aradı ve Rolf Sandberg'in emekli olacağını söyledi, onunla irtibatını hiç kesmemişti. Rolf Sandberg emekli olacaktı, ofisini toplaması gerekiyordu ve annemle olan bütün yazışmaları oradaydı. Bunları eve götüremezdi, annem onları Bråteveien'de de istemiyordu, onları ben alabilir miyim diye soruyordu, mektupların bir tiyatro insanına oldukça ilginç gelebileceği kanısındaydı. Belki bana ilham verirlerdi, belki bir gün bir oyun bile çıkardı bunlardan. Yazışmalarını bodrumumda saklayabilir miydim acaba?

Hikâyemi anlamadan önce olsaydı evet diyebilirdim çünkü anneme evet demeye, onun isteklerini yerine getirmeye alışkındım, çünkü annem sınır tanımazdı, ben de ona bağımlıydım çünkü ondan başka kimsem yoktu. Gerçeğin ortaya çıkmasından önce olsaydı evet derdim, annem de Rolf Sandberg'le arasındaki ateşli yazışmaları evime getirirdi, muhtemelen birkaç şiirsel mektubu bana gösterir, okur ve ben de canım sıkılmış halde dinlerdim, ama dinlerdim yine de, annemle o kadar içli dışlıydım ki bunlar onun mu yoksa benim meselelerim mi ayırt edemezdim.

Benim payıma düşen çocukluk da buydu işte, en başlarda hiç sorgulamadım, annemin meselelerine kendimi böyle kaptırıyordum çünkü gerçek manada babam yoktu. Annemin tarzı norm olmuştu ve başka bir şey bilmiyordum, normallik nedir bilmiyordum. Tam bir delilikti bu, yani bana normallik diye sunulan şey, buhran kaynaklı delilikti, ama henüz bilmiyordum.

Astrid Tale'ye oldukça hızlı cevap vermişti. Aynı nakarat, dedi Tale. Tale'nin üzülmesinin normal olduğunu söyleyerek başlamıştı, herkes üzülüyordu, o ve Åsa da üzülüyordu ama özellikle anneleri ve Bergljot üzülüyordu, yani ben. Düşünüp durduğunu, yirmi yıldır düşünüp durduğunu yazdı, bunun Bergljot için, yani benim için üzücü olduğunu anlıyordu, tavır almamıştı ama bunu yapmış olsaydı zayıf bir dayanağı olacaktı. Uzlaşmanın vakti geldiğini düşünüyordu. Son olarak Tale'nin yazıyı anneme yollayıp yollamadığını sormuştu. Tale yazıyı postayla yolladığını söyleyince ertesi gün mektubu onun posta kutusundan almasına bir itirazı olup olmadığını sordu. Annemin bunları daha fazla kaldıramayacağından korkuyordu. Ne isterseniz yapın, bir intiharın sorumluluğunu almak istemiyorum, dedi Tale.

Ama günün ilerleyen saatlerinde, 6 Ocak'ta kendi Klara'sı ile görüştükten sonra Tale eve geldi ve öfke dolu, rastgele yazılmış, üzerinde düzeltme yapılmamış bir e-postayı Astrid'e yolladı. Niyetinin kendisini üzüntü çeken bir *kurban* olarak göstermek olmadığını, bu meselede kendisinin kurban rolünde olmadığını ancak Astrid'in de öyle olmadığını yazdı. Sen de kurban değilsin, Astrid!

Yazıyı olayların şahidi sıfatıyla yazdığını belirtti, görünüşe bakılırsa onların böyle bir şeye ihtiyacı olduğunu, Astrid'in herkesin çok çile çektiğinden bahsetmesinin çok kışkırtıcı olduğunu yazdı çünkü Inga'nın çektiği çile kendi yüzündendi, içi boş bir merhamet göstereceğine Astrid onun üzerindeki nüfusunu kullanıp Inga'nın aklını başına toplamasını sağlayabilirdi zira Inga'nın bir yere gidecek hali yoktu, bir kızını daha gözden çıkaramazdı, Inga da Astrid olmadan ayakta kalamazdı. Ama işin aslı şu ki sen tarafını belirledin, diye yazdı, ablanı harcayarak anneni seçtin ve bunu kabul edememen akıl almaz bir şey.

Bu son kızgın e-postaya cevap alamadı. Tıpkı benim Astrid'e yolladığım kızgın mesajlara cevap alamadığım gibi. Kızgınlık iyi bir şey değildi. Astrid'in kızgınlıkla işi olmazdı, Astrid medeni, onurlu davranırdı, krizin tırmanmasına -ki öfke bunu yapardı- katkıda bulunmazdı, Astrid barışçıl ve uzlaşmacı davranarak barış ve uzlaşmaya katkıda bulunurdu, belki de öfkeyle hareket eden insanları küçük görüyordu, bunlar kendilerini kontrol edemiyor, saldırganlık gibi medeniyetsiz bir duyguyla hareket ediyorlardı. Astrid belki de biz sakinleştiğimizde bize dönüş yapacaktı.

Uzlaşmanın vakti geldi, demişti Astrid.

Bu laf kulağa uzlaştırıcı ve basit geliyordu, sanki bütün mesele kendini toplamak, iyi niyetini ortaya koymaktan ibaretmiş gibi.

Düşünür Arne Johan Vetlesen, araştırma komisyonlarının, savaştan sonraki uzlaştırma süreçlerinin zayıf noktası kurbanlardan beklenenin, saldırganlardan beklenenle aynı olmasıdır ve burada bir haksızlık söz konusudur der.

Bu laf üzerine çok düşündüm, aile içindeki uzlaştırma süreci benden, annem, babam ve kardeşlerimden beklenenden fazlasını beklemekteydi. Ayrıca savaşlardan sonra kurulan araştırma komisyonları kimin kurban, kimin cellat olduğu konusunda büyük ölçüde hemfikir olurdu. Bu konuda bile anlaşılamayacaksa nasıl uzlaşma sağlanır ki?

Ayrıca, eğer Astrid ciddiyse, eğer gerçekten uzlaşmaya niyeti varsa, Hvaler'deki kulübeleri kardeşlerin *hepsinin* paylaşması bir başlangıç olmaz mıydı?

Fark ettin mi, demişti Bo Woody Allen'ın *Kocalar ve Karıları* filmini seyrettiğimizde, Allen'ın pek çok ana kadın karakterinin, bilhassa Mia Farrow'un oynadığı kadınların en önemli özelliği herkese bariz bir özen, bariz bir fedakârlık göstermeleridir, Woody Allen'ın kadınları hep iyi şeyler olsun isteyen, sorunları çözen, asla seslerini yükseltmeyen, başkaları seslerini yükseltip sinirlendiğinde de buna uysalca katlanan kadınlardır, bu kadınların kendilerini değil başkalarını düşündüğü aşikardır, onlara karşı çıkmak, onlardan farklı düşünmek zordur çünkü yumuşak başlı ve iyidirler, ayrıca bu kadınlar çoğunlukla istediklerini alırlar. Bu kadınlar genellikle amaçlarına ulaşırlar, şaşırtıcı bir şekilde yerine gelir istekleri, gelmeye de devam eder. O, bu kadınların özenli davranma kisvesi altında verimli olduğu kadar kadınca da olan bir iktidar dili geliştirdiğine inanıyordu.

Kendini haklı çıkarmak için Bo'nun tahlillerini kullandığını fark ediyor musun, diye sordum kendi kendime.

Bård anneme, Astrid'e ve Åsa'ya avukatının eğer kulübelere yeniden değer biçilmezse vasiyetin gereklerinin yerine gelmemiş olacağı kanısını taşıdığını bildirdi. Onlar da bir avukata başvurdular. Onların avukatı Bård'un avukatının değerlendirmesine katılmıyordu ve Bård'la ben mahkemeye gidecek olursak kazanamayacağımızı söylüyordu, birtakım kanunlara işaret etmişti. Bir şey anlamadım, anlayacak halim de yoktu, ama avukatın yazdığı mektubun son paragrafı dikkatimi çekti. Mahkemeye gitmemize engel yoktu ancak bu annem için büyük bir yük olacaktı, böylelikle "şirketlerin mirasçıları arasında mirası bırakanın isteği doğrultusunda bir iş birliği kurulması" engellenecekti. Eğer ailedeki sorunlarla başa çıkılamazsa böyle bir iş birliği kurulamazdı.

Bård'un kulübelerin dört kişiye paylaştırılması isteğinin anında reddedilmesinden de, benim ailemle olan sorunumun içyüzünden de avukata bahsetmemişler gibi görünüyordu.

Karen aradı. Astrid ona yazmış ve görüşebilir miyiz diye sormuştu, benimle ilgili olmalıydı çünkü onların bir ilişkisi yoktu. Tale'nin e-postasından söz ettim ve kendimi pencereden atacağımdan, trenin önüne atlayacağımdan endişe ediyor muhtemelen, dedim. Ya da aslında pencereden atlamamı, kendimi trenin önüne atmamı umuyorken endişeliymiş gibi davranıyor, endişeli olduğunu belgelemek istiyor. Belki de Bråteveien'deki herkes kendimi pencereden atmamı, trenin önüne atlamamı umuyor. İfşa edebileceklerim, yazabileceklerim yüzünden benden korkuyorlar. Sadece öldüğümde rahat edebilecekler ve rahatı özlüyorlar. Çok doğal, çok insanca bir şey bu.

Karen Astrid'le görüştü. Bana Astrid'in benim için gerçekten endişeliymiş gibi göründüğünü anlattı. Belki de kendince seviyordu beni? Belki de, annemle baş başa kaldıklarında bir ya da birkaç defa gerçekten çabalamış, dediklerinin gerçek olmadığından yüzde yüz emin misin, demişti dikkatlice.

Annem de, 4 Ocak günü denetçi odasında olduğu gibi hiddetle ve saldırgan bir biçimde tepki göstermişti muhtemelen, öfkeyle yanıt vermişti: Ne diyorsun sen? Ne demeye çalışıyorsun? Baban hakkında nasıl böyle düşünürsün?

Bu Astrid için zor olmalıydı. Annem için zor olmalıydı. Sonuçlar onun için öyle ağırdı ki annem birden savunmaya geçiyordu, sürekli panik halinde yaşıyordu, 4 Ocak günü denetçi toplantısında gösterdiği tepki bir yana, son yirmi üç yılda bana asla işin aslını sormamış, hiç şöyle dememişti: Başından geçtiğine inandığın neyse anlat. Bunun yerine, vahşice bir panik ve içgüdüsel bir endişeyle tepki gösteriyordu. İnkarda mıydı? Hayır, hayatını bir yalan üzerine kurmamıştı, çünkü buna inanmıyordu. Kafası o kadar çalışıyordu, hikâyem kabul edilir de ona inanılırsa kendi hayatının alacağı haldi sorun. Korktuğu buydu.

Zavallı annem, ağza alınamayan olay yüzünden dibe vuracağımdan korktu yıllar boyu. Dibe vurmadım, görünüşe bakılırsa iyiydim, zamanla ondaki bu korku azaldı ancak yerini ağza alınamayanın bastırıldığı yerden fırlayıp ortaya çıkacağı ve geçmişin farkına varacağım korkusu aldı. Sonra yaşamında ağza alınamayan şeylerin konuşulmasının onun için iyi olabileceği bir noktaya geldi, Rolf Sandberg'e karşı duyduğu arzunun doruğundaydı, Rolf Sandberg'le birlikte yaşayabilmek için babamdan ayrılmayı istiyordu. Bana şunu sordu o zaman: Küçükken babanın sana bir şeyler yapmadığından emin misin?

Ne demek istediğini anlamamıştım. Annemin devam ettiği öğretmen okulunun kantininde oturuyorduk, ne söylediğini, sözlerinin bende hangi noktalara dokunduğunu çok net hatırlıyorum. Hayır, dedim.

Sonra Rolf Sandberg ve annem arasında bir şeyler olamadı, annem babama döndü, başka ne yapabilirdi ki ve ağza alınamayanın, sözü edilemeyenin bastırıldığı yerden fırlayıp ortaya çıkacağından, benim geçmişin farkına varabileceğimden yeniden korkmaya başladı çünkü suçluyla birlikteydi ve şimdi de soruyu sorarak bilinçlenmemi sağlayacak tohumu içime atmış olmaktan korkuyordu: Küçükken babanın sana bir şeyler yapmadığından emin misin?

Annem korkuyordu, hep korktu. Biri değilse ötekinden, öteki değilse berikinden.

Sonra ben evlendim, çocuklarım oldu, anne baba korkum azaldı, tehlikenin geçtiğini sandılar, sonra büyük kızım beş yaşına geldi ve ben babasının geceleri onun odasına girdiğinden kuşkulanmaya başladım, evli bir adama âşık oldum, boşandım, sallantıdaydım, bir Noel yemeğinde terapiye başlamayı düşündüğümü söyledim ve o zaman tüm ailenin, özellikle annemin korktuğu şey babamın ağzından en sert sesiyle döküldü: Terapiye falan gitmeyeceksin!

Neler dediğini çok iyi hatırlıyorum, sözleri bende hangi noktaya, nasıl bir bam teline dokunmuştu?

Romantik bir kaçamak üzerine tek perdelik bir oyun yazdıktan sonra tuhaf ağrı nöbetleri geçirmeye başladım, bu nöbetlerden önce neler yazdığıma baktım ve şu cümleyi okudum: Bana bir doktor gibi dokundu, bana bir baba gibi dokundu. Bu üzerime bir çığ gibi düştü, felce uğradım, bayıldım. Hepsi geri geldi, her şey yerli yerine oturdu, korkunçtu, dayanılacak gibi değildi, öleceğimi sandım ama ölmedim, bir şekilde buna dayandım, zira bastırılmış, korkunç, dayanılamaz olanın tam da onunla baş etmeye hazır olduğumuzda su yüzüne çıkmasını sağlayan bir biçimde kurgulanmışız. O zaman Astrid'i aradım, baygınlık geçirdikten birkaç dakika sonra, yarı baygın, dağılmış bir halde, annemi aradım, sarsılmış ve dağılmış bir halde, annem bana geldi, sancılar içerisinde yere yığıldım ve bana şunu dedi: Bu tür şeyleri hafife almamak gerektiğini şimdi anlıyorum. Babamla konuştu, ikisi Hvaler'e gittiler, kriz çıkmıştı, içtiler ve babam anneme şöyle dedi: Yaptığımı söylersem ne olacak?

Ertesi gün beni arayıp babamın neler dediğini anlattığında annem ona ne cevap verdiğini söyledi: O zaman seninle evli kalamam. Annem beni aradı ve ilkelerine ne kadar sadık bir kadın olduğunu, böyle şeyler yapan bir adamla evli olamayacağını göstermek için bana bunları anlattı, oysa bunları yaptığını bildiği bir adamla yıllarca evli kalmıştı. Babam sarhoştu, Hvaler'de ağlıyor ve şöyle diyordu: *Yaptığımı söylersem ne olacak?* Babam sarhoştu ve ciddi, hayati bir konuşma yapmaya açıktı, annem onunla evli kalamayacağı cevabını verdi. Annem ciddi, dürüst, hayati bir konuşma olasılığının önünü kesti. Annem, babamın yapabileceği itirafın onun için ne anlama geleceğini dehşetle görmüştü, babamın itirafıyla nasıl başa çıkabilirdi? O zaman seninle evli kalamam, dedi ve babam çenesini kapadı. Karar verilmişti, ortak yaşamlarını sürdüreceklerdi, kriz kapanmıştı, ikisi de bunu arkalarında bırakmaya çalıştılar, belki de bu mevzuyu bir daha asla konuşmamışlardır, ne diyebilirlerdi ki? Birlikte ve sessizce sanki bir şey olmamış gibi davranmaya, olayı örtbas etmeye karar vermişlerdi, belki de bunun benimle ilişkilerine mal olmayacağını umdular. Ya da benimle ilişkilerini, babamın hazır olduğu o dürüst konuşmayı yapacak olsalar ödeyecekleri bedellerden daha az değerli buldular. *Yaptığımı söylersem ne olacak?* Annemin o an önünde duran şey o kadar afallatıcıydı ki buna girişemedi. Babam itiraf etmiş olsaydı annem nasıl davranacaktı? Afallayacaktı. Babamla konuşup beni görüşmeye mi çağıracaktı? Oturup birlikte ciddi ve dürüstçe bu konuyu konuşalım diye bu üçlünün hepsini mi bir araya getirecekti? Evli kalmaya devam edebilirler miydi? Onları görmeye devam edebilir miydim? Ve diğerleri, onlarla da, Astrid, Aså ve Bård'la açık ve dürüstçe konuşulabilir miydi? Bu yasadışı değil miydi, polise haber verilmesi gerekiyor muydu? Diğerlerine de haber verilecek miydi, Sidsel ve Unni Teyze'ye ve ailelerine, meydanlara çıkıp bangır bangır haykırılacak mıydı? Afallatıcı ve imkânsız, bunu görmüştüm, feda edilmesi gerekenlere kıyasla benimle olan ilişkileri önemsiz kalıyordu, kim annemden farklı davranırdı ki?

Ben mi?

Yirmi üç yıl önce katıla katıla ağlarken onu aradığımda Astrid beni ciddiye almış, üzülmüştü, meseleye dahil oldu, annemle babamdan daha uzun süre meselenin içindeydi, annemle babam, affallatıcı ve imkânsız olandan anında cayıverdiler ve oldukça hızlı bir şekilde yaşamlarına kaldıkları yerden devam ettiler, özellikle annem, alnına yapıştırılmış ilkelerine bağlılık etiketiyle: O zaman seninle evli kalamam.

Astrid bir müddet için meseleyi ciddiye aldı, ancak onu aramayı, onunla bir şeyler paylaşmayı kestim çünkü haftada dört gün psikanalize giriyordum, ağza alınamayan şeyleri anlatabileceğim bir mecra çıkmıştı. Astrid ile ilişkiyi kestim, sonraki yıllarda ortalıkta yoktum, Bråteveien aile ilişkilerine nüfuz eden

Astrid için de meselenin vahameti azalmıştı. Yılda birkaç kez, genellikle yazdığı bir makaleyle ilgili arıyordu beni, pek sık değildi ama kendini arabulucu gibi hissetmesine yarayacak kadar sıktı yine de, arabuluculuk zor geliyordu ona, iki arada bir derede kalmış gibi hissettiriyordu, öyle diyordu. Bundan, annemle babamın benimle ilişkisini kesmesi için onu zorladıkları anlaşılmıyor muydu? Ya da manalı bir biçimde, rahatsız edici sorular sorarak mı zorluyorlardı onu: Bergljot'un anlattıklarının doğru olduğunu düşünmüyorsun herhalde? Yıllar geçtikçe ve dramlar azaldıkça bunlar seyrekleşti, sonra Bråteveien'de birbirleriyle daha çok kaynaştılar, Hvaler'deki güneşli uzun günlerde, bayramlarda birbirlerini daha sık gördüler, annemle babam yaşlandıktan sonra haftada birkaç görüştüler ve ilk olarak, babam öldükten sonra, 4 Ocak'tan sonra Astrid belki de, bu yirmi üç yıl boyunca takındığı tavırlarla, her biri gayet muteber görünse de annemin tarafını tutar hale gelmişti. Yıllar boyu babamdan ve annemden aldığı armağanlar yüzünden onlara, görmezden gelemeyeceği bir minnettarlık duymuştu, çünkü armağanlar bir parça lütufsa bir parça da lanettir, kendi tecrübelerimden biliyorum. Yaptıkları onu adım adım, ağabeyi, ablası ve onların çocukları yerine ölen babasının, belki de yakında ölecek olan annesinin tarafını tutmaya itmişti.

Ya hayatını tatmin etmeye, onay görmeye adadığın biri öldüğünde aniden boşluğa düşersen?

Ya seni kabul etmelerini istediğin kişiler öldüklerinde onlardan kabul görmek için yaptığın irili ufaklı, bilinçli ya da bilinçsiz seçimlerin başkalarını senden uzaklaştırdığını keşfedersen?

Sybille Bedford bir yerlerde şöyle yazmıştı: İnsan gençken kendini bir bütüne, insanlığın temel ilkelerine bağlı hissetmez, insan gençken bir sürü şey dener çünkü hayat bir genel prova gibi algılanır, perde gerçekten açıldığında değiştirilebilecek bir prova gibi. Ama gün gelir perdenin her daim açık olduğu kafasına dank eder. Sahnelenen, oyunun kendisidir.

Olayın patlak vermesinin üzerinden geçen yirmi üç yıl boyunca annemle babamın aklından bunun yeniden patlak verebileceğinin geçmediğine inanmakta zorluk çekiyorum. Astrid ve Aså'yla bilinçli bir şekilde daha sıkı ilişkiler kurdular, onlara büyük armağanlar, büyük borçlar verdiler, her türlü cömertliği gösterdiler, olayın yeniden patlak verme ihtimali karşısında aile duygusunu, birlikteliği pekiştirmek ve güvenceye almak için yeni adetler, ritüeller yarattılar.

Paranoyakça mı düşünüyorum?

Norveç filmi *Oğullar*, yetişkin bir adam tarafından tacize uğrayan küçük oğlan çocukları hakkındadır. Adam çocuklarla yüzme havuzunda karşılaşır ve onlarla arkadaş olur. Bunlar hayatlarında şefkatli erkek figürleri olmayan, ihmal edilmiş çocuklardır. Bu adam şefkatli bir erkek figürü olur. Yiyecek bir şeyleri yoksa adamın evinde karınları doyurulur. Üstleri başları ıslaksa, üşümüşlerse adam onlara kuru giysiler bulur, ısıtır. Uyuyacak yerleri yoksa adamda kalabilirler. Film bu oğlanların büyüdüklerinde intikam almalarını konu alır. Yaşlı ve endişeli bir adama dönüşmüş tacizciyi ellerine geçirdiklerinde gereksiz bir saldırganlık gösteriyor gibidirler, çirkin görünürler. Oğlanlar iri yarı, tiksinti verici bir grup serseridir; yaşlı ve titrek bir adama saldıran öfkeli, kafasız, çocuksu yetişkin erkekleri seyretmek insana ıstırap verir.

Acı çekerek iyi biri olunamaz. Acı çekerek genellikle kötü biri olunur. Kimin en çok acı çektiğini tartışmak çocukçadır. Baskı gören çocuk genellikle sakatlanır, duygusal yaşamı zarar görür, baskı gören genellikle baskı yapanın düşünce yapısıyla yöntemlerini benimser, baskı görmenin en vahim sonucu budur; bu, baskı göreni mahveder ve onun kendini kurtarma olanaklarını azaltır. Acıyı işe yarar kılmak büyük uğraş gerektirir, özellikle de acı çeken kişi için.

Annem ve Rolf Sandberg meselesinin en fırtınalı olduğu dönemde, annem ve babam biz çocukları kendi taraflarına çekme derdindeyken babam bana şöyle dedi: Annen diyor ki, ikiniz birlikte sokağa çıktığınızda erkekler annenin etrafında dört dönüyorlarmış.

Annem ve Rolf Sandberg meselesinin en fırtınalı olduğu dönemde, annem ve babam biz çocukları kendi taraflarına çekme derdindeyken annem on sekizinci yaş günümde çekilmiş bir fotoğraf gösterip bana şöyle dedi: Baban güzel olmadığını söylüyor bir de, bu fotoğrafta gayet güzel çıkmışsın.

Birkaç yıl önce televizyonda çağdaş tiyatro üzerine yapılan bir sohbete katılmıştım, programdan sonra annem aradı: Ne kadar uzunsun, saçların da çok koyu, yazık, küçükken pek güzeldin.

Güzellik söz konusuyken onun kadar hassas olduğumu sanıyordu belki de.

Kız kardeşlerimle konuşmuş muydu böyle? Bunu yapamazdı, o zaman onu bu kadar sevmez, onunla bu kadar sıkı fıkı olmazlardı. Babam beni annenim rakibi haline sokmuştu, annem de bunu anlamıştı, o, tüm sıkıcı gerçeklerden kaçmaya alışkındı, başa çıkması gereken o kadar fazla yarası vardı ki kendini benim yerime koyamazdı. Kendini irdelemeyen biri zaten nasıl olur da beni anlayabilirdi?

Havuzda Karen'le yüzüyorduk ve anlatmayı bitirmediğim denetçi toplantısı hakkında sohbet ediyorduk. Karen, olayın başka türlü gelişmesi için annenin çok da gayret göstermesi gerekli değildi, dedi ve ben bunu duyduğuma çok sevindim. Ağlamaya başlayabilirdi. Şöyle diyebilirdi: Kafam çok karışıktı, onsuz ayakta kalamazdım. Şöyle diyebilirdi: Çok gençtim, korkmuştum. Ölmeden kısa süre önce Tove Ditlevsen'in söylediğini söyleyebilirdi: Hayatım aptallaştırıldı.

Yeni tamir olmuş saatimi o gün havuzda unuttum, belki de bilerek, yeni bir saat almanın vakti gelmişti, yeni bir zamanlamanın.

9 Ocak Cumartesi, öğlen Majorstua'da trenden indim ve Edebiyat Evi'nde Bo ile buluşmak için Bogstadveien boyunca yürüdüm. İsrail ve Filistin'e yaptığı seyahatle ilgili makalesini tartışacaktık. Aklıma onlarla yani Astrid, Aså ya da annemle karşılaşabileceğim geldi. Onlardan biriyle ya da ikisiyle, üçüyle birden karşılaşabilirdim, içimi bir korku sardı. Biriyle ya da üçüyle birden karşılaşırsam ne yapacaktım? Tanrım, n'olur onlarla karşılaşmayayım! Ne yaparım o zaman? Onları gözümün önüne getirdim, 4 Ocak'taki denetçi toplantısında göründükleri gibi, korku içinde üç kadın, kısacık saçlarına kırlar düşmüş üç kadın, ikisinin gözleri fıldır fıldır. Onlardan birine ya da üçüne birden rastladığımı bir düşünün, birdenbire her yerde onları görmeye başladım, cumartesi öğleden önce, Bogstadveien insanlarla dolu, dört bir yanım kısacık saçlarına kırlar düşmüş kadınlarla çevrili, kimisi kol kola yürüyor, kesin Astrid annemle, seksen yaşındaki o zavallı dulla böyle kol kola yürüyordur, Bogstadveien'de alışverişe ya da hava almaya çıkmışlardır, Baker Hansen pastanesine gidiyorlardır, dışarı çıkmışlardır, dışarıda gezinmeye, cumartesi öğlen vakti Bogstadveien'de yürümeye cesaret etmişlerse, korkudan evlerinin yakınlarında dolaşmıyorlarsa eğer. Benimle karşılaşabilecekleri yerlerden uzak duruyorlarsa, şimdi benim bedenimde hissettiğim endişeyi belki dolaşırken onlar da bedenlerinde hissediyorlardır, beni, tipimi ve yüzümü ansızın görme endişesi, onların dehşete kapılmasını sağlayacak bir tip ve bir yüz, endişeli suratlarını görebiliyorum, denetçi odasındaki annemin endişeli suratını, eziyetle öldürüleceğini bilen kafesteki bir hayvandı adeta, içimde büyük bir acı hissettim, merhametten ötürü, zavallı annem.

Zor olan, bir çatışmada taraf tutmak değil, dedi Bo, zor olan her iki tarafı da tutmak. Zor olan, her iki tarafın da kurban olması ve kurban rolünü üstlenmesi, buna ihtiyaç duyması, bunu sonuna kadar kullanıp vazgeçmemesi. Çatışmada her iki tarafı da temsil edenlerin Goebbles'in propaganda diliyle konuştuğu bir durumda kalmak zor oldu, dedi Bo. Bo'nun yüzünde destek ya da kuşku izleri aramışlardı, kuşkulanacak olursa saldırganlaşıyorlardı. Zor bir durum, dedi ve bir sigara yaktı, yeniden sigara içmeye başlamıştı. Bu iş nereye varır bilemiyorum, dedi, iyiye gideceğini pek sanmıyorum, tamamen çözümsüz gibi gözüküyor.

İlişkilerini kesmeleri iyi olurdu, ama kopamadılar, talihsizlik burada işte, en büyük talihsizlik, dedim, ilişkiyi kesememek, bir türlü kopamamak, kaçıp gidememek, kalmaya ve yenilip yutulmaya mahkum olmak.

Sen bunu denedin ama yine de özgür değilsin, dedi Bo.

Rüyamda kendimi çocukluğumun geçtiği yerlerde gördüm, annemle birlikte Eiketunet'de yürüyorduk, ona ne kadar sıkıntı çektiğimi, ne kadar zorlandığımı anlatmak istiyordum, ama beni dinlemedi, dinlemek istemedi, anlamak istemedi, sadece kendisiyle ilgili şeylerden söz edip durdu ve şöyle düşündüm: Artık evden taşınmak *zorundayım*! Hemen sonra da şöyle düşündüm: Ama yapamam, daha beş yaşındayım.

Ocak ayının son haftasını tiyatro eleştirmenlerinin günlük gazetelerdeki yeri konulu bir seminerde geçirdim, etkinliği düzenleyenlerdendim, gitmezsem olmazdı. Gergindim. İnsanların ölüm ilanını görmemiş olmasını, ilanı benimle ilişkilendirmemesini, babamın yeni öldüğünden haberleri olmamasını, bana başın sağ olsun dememelerini umuyor, tanımadığım insanlarla babam hakkında, vefat ve cenaze hakkında konuşmak istemiyordum. Ara verdiğimizde meşgulmüşüm gibi görünmek için bilgisayarımı çıkarıp yazı yazdım, kendi başıma yürüyüşlere çıktım ve cumartesi gecesi yapılacak kapanış yemeğine katılmadım. Pazar öğleden sonra seminer bittiğinde Lars'ın ormandaki evine gittim. Oraya gideceğime seviniyordum, her şeyden uzaklaşacağıma, beni sıkboğaz eden işlerin olmamasına seviniyordum, *Sahnede* nihayet matbaaya gitmişti ve Rolf Jacobsen'ın şiirlerini oyunlaştırılması üzerine bir hafta sonra yapacağım konuşmaya hazırlanmaktan başka işim yoktu. Lars'ın evinde kaloriferleri yakacağıma, sıcağın eve yayılacağına, her şeyden uzak ormanın derinliklerinde olacağıma seviniyordum. Oradayken üzerime hep bir huzur çökerdi, oradayken huzurlu olacağımı umuyordum.

Eve vardım, kaloriferleri açtım, ısınmayı, huzuru bekledim, huzur ve derin bir uyku istiyordum. Rüyamda kendimi Frogner Park'ta gördüm, merdivenlerden tepeye çıkarken iki küçük çocuk ve bir sürü çantayla debeleniyordum, orada annem, Astrid ve Åsa duruyor, Kadınlar Günü yürüyüşüne katılmamız için bekliyorlardı. Ben tepeye vardığımda Astrid, yürüyüş saat bir buçukta başlıyor, dedi ve saat bir buçuk olmak üzereydi. Ama lenslerimi takmam lazım, en küçüğün de bezini değiştirmeliyim, bir buçuğa yetişemem, dedim. Birbirlerine baktılar, bensiz gitmek istediklerini anladım. Biz önden gideriz, orada görüşürüz artık, dediler ve arabaya bindiler.

Ağır bir duyguyla uyandım. Tale aradı, üzerimdeki ağırlığı hissedince ona gördüğüm rüyayı anlattım. Onları görmek istemeyişini kendine mazur göstermek için çırpınıyorsun, ama seni görmek istemeyen onlar, dedi Tale.

Bo, Kudüs'te duvarı, nöbet noktalarını, ağır silahlarla donatılmış inzibatları görmüştü, duvar, iyice yükseldiği noktada nöbetçi kulübeleri, askerler, megafonlar, gözetleme kameraları ve dikenli tellerle etrafı çevrili minicik klostrofobik bir alanın tamamını gölgeliyordu. Seksenli yıllarda çekilmiş bir James Bond filminden çıkma çirkin bir Sovyet savunma mevzisini andırıyordu, dedi. Dindar oğlan çocukları ortalıkta koşturup oynuyor, insanı ürperten bu yerde kutsal bir gün kutlanıyormuş. Rehber, yanında durduğu duvara elini koyup arkasında bir mülteci kampı olduğunu söylemiş, orada kim kalıyor, diye sormuş Bo, çok aptalmış, tabii ki Filistinliler, demiş rehber, altmış yedide yerlerinden edilenler. Duvarın arkasında, Bo'dan yarım metre ötede, dünyanın gerisiyle irtibatları kesilmiş, neredeyse elli yıldır orada yaşıyorlardı. Çok tatsız olmalıydı. Tel Aviv'de durum daha da tatsız olmalıydı çünkü Tel Aviv herhangi bir Avrupa şehrine benziyordu, yepyeni ve modern pırıl pırıl gökdelenler, kocaman bir opera binası, büyük bir modern sanat müzesi vardı, Tel Aviv tanıdık, medeni ve başarıyı tatmış bir kentti, şık alışveriş bölgesi, lüks lokantaları, geniş sahil yoluyla Tel Aviv'de kendini güvende ve evinde hissediyordu Bo. Bu geniş sahil yolunda güzel gençler batılı kıyafetler içerisinde kahvelerini ya da biralarını yudumlayıp Akdeniz'e dalıp gidiyorlar ve bulutsuz, açık havalarda Gazze'yi görebiliyorlardı, tatsızdı bu.

Bård nasıl olduğumu soran bir mesaj yolladı. İyiyim, Lars'ın ormandaki evindeyim, üçünden de ses seda çıkmadı, bu da iyi, diye cevap verdim. Doğum gününde annemden bir mesaj aldığını yazdı, saat on ikiye on kala, gün sona ermek üzereyken: Kutlarım. Bir anne asla unutmaz.

Annem belki de Bård'un ondan ses çıkmayacağı korkusuyla dolaştığını umuyordu. Doğum günü boyunca cep telefonuna bakıp durduğunu ve annesinden bir ses çıkmasını, onu tebrik etmesini beklediğini umuyordu. Belki de öyle olmuştu, bunu bilebilecek kadar iyi tanımıyorum onu. Ama annem onun böyle olmasını, doğum gününün kutlanmasını bekleyip durmasını istiyordu, kutlama mesajını ne kadar özlemle beklediğini, annesini ne kadar sevdiğini anlasın diye işi bu kadar uzatmıştı. Anneden gece on ikiye on kalaya, doğum günü neredeyse geçene kadar tebrik gelmemişti ve geldiğinde de şöyle yazıyordu: Bir anne asla unutmaz.

Buna uzun süre kafa yormuş olmalı. Mesele, Bård'un da buna uzun süre kafa yormasını sağlamaktı. Anne neyi unutmazdı? Doğum gününü mü yoksa Bård'un miras kavgasındaki isyanını mı? Hep bir sokuşturma söz konusuydu. Eski günlerden de hatırlıyorum, annemle konuştuktan sonra ıstırap çekerdim. Telefon çalardı, açardım, o olurdu, şundan bundan konuşurduk ve konuşma bitince telefon elimde ıstırap içinde öylece kalıverirdim. Bir defasında, annemle konuştuktan sonra telefon elimde ıstırap çekerken kendime şöyle dedim: Bunun böyle olmaması lazım değil mi? Tersinin olması gerekmiyor mu?

Hep mi böyle olmuştu? Hayır, boşanmamdan sonra daha beter bir hal almıştı, hem boşanmayı hem de profesörümü elde etmeyi başarmamdan sonra, o başaramamıştı bunu.

Saraybosna'da silahlar patlamadan önce Avrupa'da bir iyimserlik hakimdi, dedi Bo, milli kütüphaneden geliyordu. Günümüz savaşlarını anlamak için İkinci Dünya Savaşı'nı anlaması gerekiyordu ve onu anlaması için de birincisini ve ondan öncekini anlamalıydı. Saraybosna'da silahlar patlamadan önce siyaset ve sanat üzerine olan konuşmaların en önemlileri uluslararasıydı söylediğine göre. Saraybosna'da silahlar patlamadan önce farklı ülkelerden gelenler Gertrude Stein'ın Paris'teki salonunda buluşur, çağın en ateşli sorunları uluslararası psikanaliz derneğinin kongrelerinde tartışılır, Avrupa'nın ileri gelenleri ulusların sınırlarını aşan ortak çalışmalardan heyecanla bahsederlerdi. Büyük Avrupa savaşı çıkmayacak, dedi Avrupa'nın ileri gelenleri, sonra Saraybosna'da silahlar patladı ve savaş çıktı, demiryolları gibi medeni yenilikler, trenlerle yeni birliklerin taşınmasıyla orduların cepheye sevkini kolaylaştırdı, silah sanayinin taramalı tüfekleri geliştirmesi ateş gücünü hiç olmadığı kadar artırdı ve iki taraftan da milyonlarca genç adam katledildi, dehşetin boyutları kafalarına dank ettiğinde insanlar şok geçirdiler. Sigmund Freud hariç. Sigmund Freud, Avrupalıların nelere kadir olduğunu görenlerin şaşkınlığını paylaşmıyordu. Duyulan dehşeti anlıyordu, zira o da, ulusları ortaklaşım noktalarına verdikleri değerin büyük olduğunu ve aralarındaki farklılıklara hoşgörüyle yaklaştıklarını sanmış, "yabancı" olanın "düşman" olmaktan çıktığını düşünmüştü – eğitimli kozmopolitlerin savaşın gerçekleriyle yüzleşince hayal kırıklığına uğramaları, benlik algılarının hakikate toslaması şaşırtıcı değildi.

İnsanın akıl ve belli bir düzeyin üzerinde eğitimle kendi içindeki ve toplumdaki kötülüklerin kökünü kurutacağına dair söylenenler doğru değildir diye yazmıştı Freud, dedi Bo. Psikanaliz Freud'a insanın en derin varlığının içgüdülerden oluştuğunu, insanın kendi içerisinde ne iyi ne de kötü olduğunu ancak bir ilişkide iyi, başka bir ilişkide kötü, belirli koşullar altında iyi, başka koşullar altında kötü olduğunu, insanın her şeyden önce insani olduğunu ve insanların bu en temel koşulu reddetmesinin tehlikeli olduğunu öğretmişti. Avrupalı, Batılı insanın en zayıf noktası bu diye yazmıştı Freud, dedi Bo, medeni başarıları gözlerini körleştirdi, dürtülerine kıyasla kültürel yeteneklerini abarttılar. Bu yüzden şok geçirdiler, savaşın dehşeti karşısında perişan oldular ama şok ve hayal kırıklığı yok yere ortaya çıkmış değildi diye yazmıştı Freud, Batılı insan kendisini kafasında kurduğu kadar yüksek bir yere oturtmuş olmasaydı aniden o kadar derinlere düşmeyecekti. Batılı insan kötü benliğini bastırmıştı diye yazmıştı Freud ve Bo buna katılıyordu, Batılı insan, aklın duygusal yaşamdan bağımsız olmadığı fikrini bastırmıştı ve savaşta, kriz durumundan başka zamanlarda atıl olan dürtüler yüzeye çıkmıştı. Medeniyet bir kenara bırakıldı, insanlar kendi yalanlarına inanmaya başladılar, düşmanın kötülüğünü abarttılar ve çıkarlarından çok tutkularına boyun eğdiklerini göremediler.

Tartıştığımızda annem hep şöyle derdi: Daha sizler kendi aranızda anlaşamıyorsanız dünyada savaş olduğuna şaşmamak lazım.

Rüyamda, beş yaşındaki Tale ile birlikte bir tuhafiyecide olduğumuzu gördüm, iplik makaralarını düzeltiyordum, ama o onları yeniden dağıtıyordu, bana ters bir karşılık verince onu azarladım, karşılığı çocukça değildi, yetişkin gibi ve alay ederek cevap vermişti, herkesin önünde dünyanın en kötü annesi benmişim gibi konuşmuştu. Böyle azarlanmayı, beni böyle küçümsemesini hak edecek ne yaptığımı anlamamıştım, dükkandakilere makara çaldığımı söyledi, sırtımdan vuruyordu, canımı yakmak istiyordu, şaşkına döndüm, çok kızdım, herkesin önünde istediğim tepkiyi göstermekten, şiddetli ve saldırgan bir tepki göstermekten korktum, yine de kendimi tutamadım, onu havaya kaldırdım ve sert bir biçimde bir koltuğa oturtup bağırdım: Annenle böyle konuşamazsın!

Laf ağzımdan adeta bir çığlık gibi, canhıraş bir şekilde çıkar çıkmaz bunun çocukluğumda pek çok kez duyduğum bir cümle olduğunu anladım: Annenle böyle konuşamazsın!

Ağlamaya başladı, çok içten ağladığını gördüm, derin bir kederle, ona üzüldüm, vicdan azabına kapıldım ve sarıldım, şimdi barışabilir, birlikte ağlayabiliriz diye düşündüm, artık nihayet onu teselli edebilirdim. Bir müddet öylece oturduk, ona sarılmıştım, başını göğsüme dayadı, yüzü göğsüme gömülüydü, sonra birdenbire başını bana doğru kaldırıp bağırdı: Defol!

Benden nefret ediyordu. Neden benden nefret ediyordu, ne yapmıştım? Sonra babası ortaya çıktı ve kızımın, onun sevgilisini kıskandığını söyledi.

O zaman anladım. Babamın sevgilisi olan annemi kıskanıyordum. Ve anneme öfke kusuyordum, ne yapmıştı o? Bir şey yapmamıştı. Mesele annemin bir şey yapmamış olmasıydı. Mesele annemin görmemiş olmasıydı, on beş yaşındayken bunu ona anlatamazdım, annemin görmek istemediği ya da görmeye cesaret edemediği her şeydi beni kederlendiren, kederim ve kederime yol açan şeyi görememesi, bu, beni korumayı başaramadığı için ondan nefret etmeme sebep oldu.

Jung, bilinçaltının kocaman bir tarih deposu olduğunu söyler. Benim bir de çocuk odam olduğunu itiraf etmeliyim, ancak burası, henüz çocukken bile beni çocukluktan çok daha fazla ilgilendiren büyük dönemlerle karşılaştırıldığında küçük bir oda, diye yazar.

Ben de çocuk odasından çıkmak istiyorum! Çocuk odasından çıkmama yardım edin!

Freud'a göre, dedi Bo, savaşın kolektif deliliği ve insanların güdülerini ehlileştirmede sınırları zorlamış medeniyet arasında bir bağlantı vardır. Bu medeniyetin insanları, dürtülerin sağladığı tatminleri bir kenara bırakma yeteneğini geliştirmişlerdir, bu medeniyet ölümü, diğerini öldürme, hatta bazı durumlarda sevdiğini öldürme arzusunu reddeder.

Yani biz sadece birer hayvan mıyız, dedim.

Hayır, hayır, dedi ve gülümsedi.

Kendini tanımak çok önemlidir, dedi. Mantıksız görünen itkileri reddetmemek, kendini abartmamak, kendini gerçekçi bir açıdan görmek, en derinlerden gelen yıkıcı itkileri reddetmek yerine dürtüler, çelişkiler ve mantıksız itkilerle makul bir biçimde yaşamaya çabalamak önemlidir, dedi.

Tel Aviv'de tatsız olan, Hilton otelinde göz ardı edilen, halının altına süpürülen de buydu, çünkü bunun hatırlatılması tatsızdı, ama sırf bu nedenden dolayı mesele ortadan kalkmıyordu, ince ince, belki de daha güçlü biçimlerde işliyordu çünkü yok edilmeye çalışılmıştı, aradan sızanlar toplumun bedenini zehirleyebilecek yollar buluyorlardı, redde dayalı düzenin şaşalı görünüşünün altına itilmiş şeylerdi bunlar. Bizler saldırgan değiliz, dedi resmi sözcü, yalnızca kendimizi koruyoruz, ancak her ateşli savunmanın altında bir miktar yalan yatar. Gerçeğin bir kısmı, can yakan duyguları bertaraf etmek için yok edilir ve bu tür bir savunma mekanizmasını sürdürebilmek zordur. Yorgun olmalarına şaşmamak lazım, Tel Aviv'dekiler yorgun görünüyordu, dedi, güneş battıktan sonra insanlar güneş gözlüklerini çıkardıklarında bunu görmüştü. Filistinlilerin etrafına duvar örüyorlar, bunun nedeni yalnızca güvenliklerini sağlamak değil, onları görmekten, onlarda kendilerini görmekten kaçıyorlar, kurban konumunda oldukları kendi aşağılayıcı tarihlerinin hatırlatılmasını istemiyorlar çünkü onlara geçmişte yaptıklarına ve hâlâ yapmakta olduklarına dayanamıyorlar.

Yüksek teknolojinin yeniliklerinin, bilimsel ilerlememizin, yeni muhteşem binalarımızın, iyi düzenlenmiş, iyi işleyen toplumuzun ve bir zamanlar bir başbakanın hiç de Freudyen olmayan bir yaklaşımla, iyi olmak tipik Norveçli olmaktır, dediği bir ülkede yaşıyor olmamızın bizi körleştirmemesi için neleri bastırdığımız, neleri reddettiğimiz soruları tekrar tekrar sorulmalıdır, dedi Bo.

Edebiyat evinde Bo ile buluştuktan sonra eve dönerken tiyatro bölümünden eski öğrenci arkadaşlarıma rastladım ve onlarla bir bira içtim. Birisinin yanında sevgilisi vardı, bu kadına anında antipati duydum, yüksek sesle ve çok konuşuyordu, gayet normalmiş gibi acayip yer kaplıyordu, sonra durumu anladım ve kızardım, kadın bana benziyordu. Bir açıklama getiremediğim, karışık duygular beslediğim türden huylarımı paylaşıyordu. *Bak ne numaralar yapıp ilgi çekmek istiyor!* Bu aniden ortaya çıkan antipati şimdi kendime yönelmişti.

Birisiyle ya da bir olguyla karşılaştığımda şaşırtıcı bir biçimde güçlü bir tepki verdiğimde bunun açıklamasının muhtemelen diğer kişide ya da olguda değil bende olduğunu hatırlamalıyım diye düşündüm.

Åsa ve Astrid, Frogner Park'ta gezintiye çıkmak için Bård'u çağırmışlardı. Bård davetin nedenini sorunca bu zor dönemde ağabeyleriyle konuşmak istediklerini söylediler. Belli ki benden ümidi kesmişlerdi. Ayrıca birtakım gelişmeler oldu, diye yazmışlardı. Annem daire için bir teklif almıştı, Bråteveien'deki evin satışını görüşmek istiyorlardı. Yapıcı bir diyalog kurmak istiyorlardı ve en iyisi buluşmak olacaktı.

Frogner Park'taki kafede buluştular. Bård oradan döndüğünde bana, annem filanca yerde, filanca fiyata bir daire satın almış diye yazdı. Bråteveien'deki ev satışa çıkarılmıştı.

Sorduğumda, ortam gayet sakindi, dedi.

Bård, Åsa ve Astrid Frogner Park'taki kafedeler. Bir ağabey ve kız kardeşleri Frogner Park'taki kafedeler. Birbirlerini seviyorlardır eminim, neticede. Belki de herkes birbirini seviyordur neticede? Bir zamanlar Noel günü yemekten önce Skaus Sokağı'ndaki evin yeşil divanında dipdibe oturup Disney filmleri seyreder, kilise saatini beklerdik. Ve şimdi? Sık sık bir araya gelen insanlar birbirlerini severler de. Sık sık biraraya gelen insanlar, birbirlerinin hayatlarıyla daha çok ilgilidirler, birbirlerini merakla takip ederler. İnsanların hayatı roman gibidir, diye düşündüm, bir romanda ne kadar ilerlerseniz, roman sıkıcı bile olsa neler olacağını merak edersiniz, bir insanı uzun süre takip ettiyseniz, o kişi hayli sıkıcı biri olsa bile nasıl gideceğini, ileride neler olacağını merak edersiniz. Astrid ve Åsa hep bir aradaydılar, en çok birbirlerini sevdiler, birbirlerinin hayatlarıyla en çok onlar ilgiliydi, özellikle şimdi, babamın ölümünden sonra.

Astrid ve Åsa, ikinci olarak Bård'u seviyor olmalıydılar çünkü yıllar boyu onunla görüşmüşlerdi, birbirleriyle görüştükleri kadar olmasa da, ama düzenli olarak ve bayramlar, milli günler, doğum günleri gibi duygu yüklü zamanlarda. Bård da Astrid ve Åsa'yı benden daha çok seviyor olmalıydı çünkü beni görmemişti, yıllardır ne yaptığımı takip etmiyordu, onun için yarısı okunmuş, kayıp bir roman gibi olmalıydım, son on beş yılda muhtemelen bir hatıra olarak kalmıştım sadece. Kopmak ölüm gibi, diye düşündüm; başlarda insanın canını yakıyor, sonra yokluğa alışıyorsunuz, diğeri, ölen kişi, yavaş yavaş yok olup sizden uzaklaşıyor.

Astrid ve Åsa'nın en az sevdiği, uzun süredir gözlerden ırak olan ben olmalıyım. Astrid, Åsa ve Bård Frogner Park'taki kafede iyi vakit geçirmişler miydi, kardeş sevgisi duymuşlar mıydı birbirlerine, derinlerde yatan sevgiyi, kan bağını hissetmişler miydi?

Lars'ın sigara içerken giydiği kocaman parkasını giymiş, derenin kenarında Rolf Jacobsen şiirleri okuyordum ve şuna rastladım: *Aniden. Aralıkta. Diz boyu kara batmışım. Kendi kendime konuşuyorum ve cevap veren yok. Sen sessizsin. Evet sevgilim, olanlar olmuş.*

Bir kısmı donmuş derenin kenarında oturdum ve annemle babamın ölümünü ne kadar sık gözümde canlandırmaya çalıştığımı, ne kadar sık bunu yaşayamamaktan, onlardan önce ölmekten korktuğumu düşündüm. Sonra olan olmuştu. Aniden, aralıkta. İçimi bir minnet duygusu kapladı: Bir düşün hele! Bunu yaşayacağım varmış.

Yine de.

Babamın bir mezarı var mıydı acaba? Yakılmış mıydı, kilisedeyken tabut yerin dibine belki de o yüzden indirilmişti, yakılmak için bir fırına indirildiğinden? Sormamıştım. Annemle babam, Astrid ve Åsa 1 Kasım yortusunda büyükannemle büyükbabamın mezarlarına mum dikmeyi adet haline getirmişlerdi, Astrid anlatmıştı bana bunu. Neden yaptıklarını bilmiyordum, sormamıştım. Ben aileyle birlikteyken 1 Kasım yortusunda büyükannemle büyükbabamın mezarlarına hiç mum dikmemiştik. Beni ve Bård'u dışladıktan sonra bağlarını güçlendirmek için yeni yeni adetler çıkarmışlardı.

Derenin kenarında oturup Rolf Jacobsen'ın *Aniden. Aralıkta* şiirini okudum. Bir elektrik düğmesini kapatır gibi şimşek hızıyla.

Şimdi her şey nereye gitti, ölünün yüzü, ölünün alnının ardındaki resimlerin izleri, diktiği elbise, eve getirdiği her şey, şimdi yok oldu, bembeyaz karın altında, kahverengi çelengin altında.

Bir düşün hele! Bunu yaşayacağım varmış.

Yine de.

Misafir odasında Anton Vindskev'in bir portresi asılıydı. Portrenin altında yuvarlak hatlı, çikolata renkli, ağzında purosu olan Karayipli bir kadın heykeli duruyordu, tam onun bayıldığı türden şeyler. Bir gece uyandım ve yeniden uyuyamadım, kalktım ve aslında daha önce hiç yatmadığım misafir odasında yattım. Danimarkalı şair Benny Andersen ve Danimarkalı din adamı Johannes Møllehave arasındaki konuşmaların kaleme alındığı bir kitap buldum, bu türden kitaplar insanı hep sakinleştirir, okudum ve arada Anton'un portresine baktım, Klara ve onunla Eiffel Kafe'de oturduğum zamanlar aklıma geldi. Sabaha karşı uyuyakalmışım, ertesi gün neredeyse akşam üstü uyandığımda Klara'nın birkaç kez aradığını gördüm. Ona ulaştığımda, bana üzücü bir haber vereceğini söyledi, Anton ölmüştü. Bir gece önce kendini iyi hissetmemiş, acile gitmiş ve bekleme odasında düşüp ölmüş.

O gün daha sonra, yemek masasında oturmuş çalışırken, başımın üzerindeki kocaman avize sallanmaya başladı. Anton hoşça kal diyor diye düşündüm.

Rolf Jacobsen'ın şiirlerinin tiyatroya uyarlanması üzerine konuşma yapmak üzere Hamar'a gittim. Kendimi toparlamış, güzelce hazırlanmıştım, orada geceleyecektim ve köpeğimi de götürecektim.

Günlük güneşlik açık bir göğün altında, her şeyi uçuşur kılan güzel bir kış havasında Glomma Nehri boyunca arabayla giderken kendimi hafiflemiş, neredeyse mutlu hissettim. Trafik yoktu, ortalık aydınlıktı, hafiflemiş hissediyordum, neredeyse bomboş olan otele yerleştim ve köpekle gezmeye çıktım, notlarımı gözden geçirirken bir bira içtim, tiyatroya yürüdüm. Orada birbirlerinin iyiliğini, benim iyiliğimi isteyen insanlarla -öyle hissediyordum- şiiri oyunlaştırmanın zorlukları üzerine sohbet ettim ve yeni şeyler öğrendiğimi düşündüm, otele geri döndüm, saat henüz dokuz olmamıştı, gece yumuşak ve karanlıktı. Yeniden köpekle gezmeye çıktım ve tek müşterisi olduğum lokantada oturdum. Mutfak kapanmamıştı, masamdaki mumu yaktılar, pencereden dışarı bakıldığında sokak lambalarının altı altın sarısı parıldıyordu, morina balığı söyledim, huzurluydum, geçmiş bitmişti işte. Söyleyeceğimi söylemiştim, içimi dökmüştüm, içim rahattı, şöyle düşünüyordum: Bir düşün hele! Bunu yaşayacağım varmış.

Güzel uyudum. Hamar'da önceki gün kadar aydınlık bir güne uyandım. Köpekle karda gezmeye çıktım ve otelin yemek salonunda diğer üç misafirle kahvaltı ettim. Dışarıdaki karı, karlarla kaplı ufukta dalgalanarak uzayan tarlaları seyrederken yağda yumurta ve meyveli yoğurt yedim. Dumanı tüten sıcak bir kahve içtim, gazete okudum, biraz daha sıcacık sütlü kahve içtim ve diğer gazeteleri okudum, sabah keyfini uzattım. Bütün hafta başka bir programım yoktu, *Sahnede*'nin sonraki sayısı için uzun uzun kafa yoracaktım.

Oradan ayrılıp haftanın önümde uzandığının, yolun önümde uzandığının, yolda hiç araba bulunmadığının ve fonda yalnızca beyaz bir kar manzarasıyla tepemde pırıl pırıl parlayan bir güneşin olduğunun farkında, Lars'ın ormandaki evine doğru yola çıktığımda şunu aklımdan geçirdim: Bir düşün hele! Bunu yaşayacağım varmış.

Anton Vindskev ölmüştü ve pek çok şeyi öksüz kalmıştı. Anton'un mor çizmeleri ve tüm acayip şapkaları Anton'u özlüyordu, bunları ondan başkaları taşıyamazdı. Klara, Anton'un mor çizmelerini ve Anton'un balıkçı şapkasını, Anton'un tüm giysilerini, dairedeki başka şeyleri teselli etti, ama teselli edilemeyecek haldeydiler.

Anton Norveç'te toprağa verilecekti. Klara, soğuk ve kederli bir şubat günü Kopenhag'dan döndü. Cenazeye birlikte katıldık. Bizimkinin bir genel provası bu, dedi ve yalnızca birimizin diğerinin cenazesini yaşayacağını söyleyip üzüldü, birlikte yaşasaydık eğlenceli olabilirmiş. Ama işte, hayat böyleydi, yani ölüm böyleydi. Kaybetme sanatının alıştırmalarını yaptığını söyledi, eğer kaçınılmazsa insan keyifli ve zarif bir biçimde kaybetmeliydi. Son zamanlarda kaybettiklerinin hesabını çıkardı, her şeyi hatırlaması inanılmazdı, anahtarlar, cüzdanlar, makyaj malzemeleri, cep telefonları, küpeler, kolyeler, ölmüş babasının kol düğmeleri, daireler, kulübeler, kediler ve şimdi de Anton Vindskev. Şu gün bile, cenaze gününde Visa kartını, işitme cihazını ve gözlüklerini kaybetmişti, bu yüzden okumamız gereken şarkıların sözlerini okuyamadı, yapılan konuşmaları duyamadı. Keyifli ve zarif bir biçimde kaybetmenin, bugünü dün kaybettiklerine sızlanmakla ya da yarının muhtemel kayıplarından korkmakla mahvetmemenin, anda yaşamanın, sessiz ve uysal, çayır zambakları ve havada bir kuş gibi olmanın, zor zamanlar için kendini ısıtabileceği mutlu anlar toplamanın alıştırmalarını yapmıştı ve zor zamanların yaklaştığını da hissediyordu.

Bård aradı ve nerede olduğumu sordu, San Sebastian'a gideceğimden söz etmiştim. Lars'ın ormandaki evindeyim, dedim.

Kırsaldasın yani, dedi gergin bir biçimde gülerek.

Astrid aramış. Babamın kasasında bir zarf bulmuşlar. Zarfın üzerinde, bütün çocuklar beraberken açılmalı, yazıyormuş. Bu işi ertesi gün saat sekizde halletmek istiyorlardı. Bård beni San Sebastian'da sanıyormuş, ama orada değildim, Lars'ın ormandaki evindeydim, acaba Bråteienvein'e ertesi gün gelebilir miydim?

Evet.

Astrid'in zarfın içinde benimle ilgili bir şeyler olmasından korktuğunu söyledi. Bütün çocukları beraberken açılacak mektubun benim hakkımda olmasından. Ona bu korkuyu ben tattırmıştım, ama mektubun benimle ilgisi olduğunu düşünmüyordum.

Bård, belki de savaş sırasında babamın birilerini öldürdüğü yazıyordur, dedi. Aramızda bunun dedikodusunu yapardık. Küçükken babamın arabayla bir çocuğa çarptığını duymuştum. Ama sonra bunun bir öteleme olduğunu düşündüm, daha az tehlikeli bir şeydi bu, bununla yaşaması daha kolaydı, yani babamın bir zamanlar bir çocuğu ezdiği fikri, o çocuğun ben değil de, bir başkası olması.

Bård, birtakım yatırımlarla ilgilidir muhtemelen, dedi, belki de İsviçre'de gizli bir hesap falandır.

Mektubu açmamışlardı. Bård özellikle sormuştu, açmadıklarına, babalarının çocuklarının hepsinin bir arada olması yönündeki isteğine uyduklarına yeminler ettiler. Mektubu birlikte bulduklarından eminim. Satış için Bråteveien'i derleyip topluyorlardı, babamın eşyalarını, belki de onu özleyen kıyafetlerini, gözlüklerini, terliklerini, iç çamaşırlarını kaldırıyorlardı, yeni ölmüş bir yakınının eşyalarını kaldırmak tuhaf olmalı, ama belki iyi bir şeydir, kim bilir? Eşyalarını ne yapmışlardı acaba? Onun eşyalarını kaldırmış, kasasının şifresini bulmuş ve hep birlikte kasayı açmışlardı. Annem mektubu tek başına bulmuş olsaydı üzerinde ne yazarsa yazsın açardı ve kimse de muhtemelen üçünün de düşündüğü şeyi söylemeye cesaret edemezdi: Mektubu aç! İçinde tatsız bir şeyler yazılıysa onu yok edelim. Annem mektubu tek başına bulmuş olsaydı açardı, içinde tatsız bir şeyler yazıyor olsaydı onu yok ederdi. Ama mektubu birlikte buldular ve hiçbiri açmayı teklif etmeye cesaret edemedi, mektubun üzerindeki Bård ve ben olmadan açılamayacağına dair ibare, babamın Bård ve benimle ilişkisine korkunun bulaştığının itirafıydı, hiçbiri böyle bir korkuyu itiraf edemezdi. Ayrıca zarfın içinde ne olursa olsun -ve kesinlikle Bård ve benimle paylaşılması gereken bir bilgi olabilirdi- ölünün arzusunu çiğneyerek açmaları çok ayıp olurdu. Ama açtıktan sonra yapıştıramazlar mıydı? Eğer mektubun içeriği Bård ile benim davet edilmemizi gerektirecek nitelikteyse annemin bunu teklif edebilecek biri olduğuna inanıyordum, ama mektubun içeriği tatsız bir şeyse bunu yok edebilirlerdi. Annem, içinde ne olduğunu görmek için mektubun açılmasını önerebilecek biriydi, Bård ve benimle paylaşılması gerekli bir şeyler varsa zarfı parçalayıp, üzerindeki herkes bir aradayken açılmalıdır ibaresinden hiç söz etmeden içindeki kağıtları kasada bulduklarını söyleyebilirlerdi. Ama belki de kağıtlarda, zarfın üzerinde yazılı olan çocukların hepsi bir aradayken açılmalıdır ibaresine değinen bir şeyler vardı ve bu onları ele verirdi. En iyisi babamın isteğini yerine getirmek diye karar vermiş olmalılar, babamın isteklerine hâlâ büyük saygıları vardı ve mektubu açmak için çocuklarının hepsi bir araya gelene kadar bekleyeceklerdi. Annem bekleyemiyordu. Bård, Astrid'in, annemin zarf bulunduktan sonra iyice üşüttüğünü, histerikleştiğini, en kısa sürede, yarın saat sekizde zarfı kesinlikle açmak istediğini anlattığını söyledi, iyi ki Norveç'teydim, zarf açılabilecekti. Annem neden korkuyordu?

Ne bekliyordu? Babamın Bård'a şiddet uyguladığını, bana cinsel tacizde bulunduğunu itiraf edip annemi kurtaracağını ve onun hiçbir şeyden haberi olmadığını söyleyeceğini mi? Yarın saat sekizde Bråteveien'de. Ertesi gün San Sebastian'a gitmek için eşyalarımı toplamaktan başka işim yoktu, gelebileceğimi söyledim.

Belki neden böyle biri olduğu hakkında bir açıklamadır, dedi Bård.

Annemin umduğu şey, Astrid ve Åsa'nın en büyük korkusuydu. Onlar Bård'a ve bana inanmıyorlardı, bizden bıkmışlardı, hele de benden, bu denli ilgi gören ablalarından, şimdi bir de bana üzülmeleri bekleniyordu onlardan.

Çocuklukları boyunca Astrid ve Åsa, hatta bilhassa Åsa anneme ümitsiz bir aşkla bağlıydı, çünkü annem kafasını ümitsizce bana takmıştı, Rolf Sandberg'e âşık olmasından önceydi. Åsa bir keresinde eğer annem bana yaptığı gibi her gece yatağının kenarına oturup onunla sohbet etmiş olsaydı hayatının tamamen farklı olacağına inandığını söylemişti. Åsa, annemin yatağımın kenarına oturmuşken bana neler söylediğini ve neden özellikle benim yatağımın kenarına oturduğunu bilmediği içindi bunlar.

Åsa beni kıskanmıştı, şaşılacak bir yanı yoktu bunun, annemin gözü sadece beni görmüş, sadece benimle ilgilenmişti. Bergljot nerede? Bergljot neden daha eve dönmedi?

Annemin ihmali Astrid'e o kadar dokunmamıştı, Åsa daha çok etkilenmişti. Ortaokulu bitirdiği gün gurur içinde eve gelmişti Åsa, elinde karnesi. Bütün derslerinde üstün başarı göstermişti, özellikle de Norveççe de, karneyi anneme göstermek için sabırsızlanıyordu, ama annem karneye göz ucuyla şöyle bir bakıp bana bir yerlerden on beş dakika geç geldiğim için söylenmeye koyulmuştu yine, bu on beş dakikanın annem için ne denli korkunç olduğunun farkında mıydım acaba? Değildim; Åsa'nın karnesine şöyle bir bakıp yine bana dönmesinin kardeşimi ne kadar üzmüş olabileceğinin farkında olmadığım gibi. O ânı hatırlıyorum, Åsa'nın hüzünlü gözleri, genç Åsa'nın uğradığı ağır düş kırıklığı, ağladı ağlayacak hale gelmesi; benden, annesinin tüm vaktini alan ve evde bunca yer kaplayan ablasının ezici varlığından nefret etmesine şaşmamak gerekirdi. Ama şimdi Åsa nihayet annemle baş başaydı. Onca yıl boyunca hasretini çekmiş ve nihayet ona kavuşmuştu. Åsa ve Astrid şimdi annemle baş başaydı, yıllardır böyleydi bu. Astrid, altmışına merdiven dayamış Bård'ın babamın ona çocuklukta yaptıklarını aşamamış olmasına, çocukluğunu halen kafaya takmasına kızıyordu ama kendisinin ve Åsa'nın da, onca ihmalden sonra nihayet ebeveynlerinin ilgi odağı olmayı başarmış kardeşler sıfatıyla çocukluklarına saplanıp kalmış olduklarını göremiyordu.

Hatanın annemde olduğunu günün birinde anlayacaklarını umuyordum. Annemin bana dair takıntısının kendi sorumluluğu olduğunu, benim çocuk, onunsa yetişkin olduğunu anlayacaklarını umuyordum. Annem her ne kadar çocuksu olsa da, her ne kadar babam tarafından bebek muamelesine uğramış olsa da yine de annemizdi bizim, bizler de onun çocuklarıydık. Günün birinde bu acılara neden olanın ben değil de annem olduğunu, bunlara yol açanın onun düşüncesizliği, onun korkuları olduğunu anlayacaklarını umuyordum. Ne var ki bunu anlıyor ya da kabulleniyormuş gibi görünmüyorlardı. Astrid ve Åsa annemle babama toz kondurmuyor, Bård ve bana sorunlu, nankör evlatlarmışız gibi davranıyorlardı.

Bård babamın neden böyle biri olduğu hakkında bir açıklama bekliyordu. Bir açıklama gelirse babamın böyle biri olmasının getirdiği yük azalacaktı.

Tanrım, dedi Klara, belki de başka çocukları var.

Søren İsviçre bankalarında bir hesabı olduğunu, Tale bir itiraf umuyordu, Ebba'nın hiç umurunda değildi ama ben en kötüsüne hazırlansam iyi olacaktı. Lars, bir şey ummamam gerektiğini yoksa hayal kırıklığı yaşayacağımı söyledi, o taraftan zaten başka hiçbir şey görmüş değildim.

Evi temizledim ve kendimi en kötüsüne hazırladım. Bulaşık makinasını çalıştırdım ve on beş yıldır uğramadığım Bråteveien'den içeri girişimi gözümün önüne getirdim. Babamın ofisinde mi oturacaktık acaba? Patron koltuğuna, babamın koltuğuna kim oturacaktı, annem mi acaba? Mektubu kim açacaktı, annem mi? Şimdi annemin olan babamın masasının üzerinde duran mektubu gözümün önüne getirdim, babamın erkeksi el yazısıyla şöyle yazıyordu: Çocukların hepsi beraberken açılacak. Çocuklar bir zamanlar Skaus Sokağı'ndaki evin salonunda duran ve aile Bråteveien'deki muhteşem eve taşındığında babamın ofisine konan yeşil deri divanda oturduğunda. Eğer son on beş yıl içerisinde koltuk değiştirilmediyse, olabilir. Babamın ofisindeki maun masanın arkasındaki koltukta oturan annem ve şöminenin önündeki yeşil deri divanda oturan kardeşler. Bulaşık makinasını boşalttım, çamaşırları astım. Mektup benimle ilgili olsaydı, bana bir şey söyleyecek olsaydı sadece bana yazabilirdi: Ölümümden sonra Bergljot'a verilecek. Ama bu onun yapacağı iş değildi, aniden ölürse, merdivenlerden yuvarlanırsa diye bir itiraf mektubunu kasada tutmazdı.

Hayır, bu ona göre değildi, onu belki de çok iyi tanımıştım, tamamen kendi tarzımda. Reddiyeyle geçen bunca yıldan sonra itirafın bana ne faydası vardı, şundan daha fazla bir değeri olamazdı: Gördünüz mü işte! Ölümün ardından gelecek bir itirafın reddiyeyle geçen bunca yılı affettiremeyeceğini bilmeyecek kadar aptal değildi. Bunca yıl reddettiyse öldükten sonra da pekâlâ reddedebilirdi, Tanrı'ya inanmazdı. Belki de senin bir yalancı, bir kaçık olmadığını diğerlerine anlatmak istemiştir, dedi Tale. Belki de? Ölümünden sonra bana hakkımı verip beni şereflendirmiş olabilir miydi? Büyük olasılıkla hayır, büyük olasılıkla İtalya'daki evin satışıyla ilgili değerli evraklardı bunlar.

Ne olduğunu rüyama sorarım diye düşündüm, ama rüya görmedim. Uyandığımda sakindim. Huzursuz bir uyku uyuyacağımı ve uyandığımda da huzursuz olacağımı sanmıştım, ama sakindim, bu yeterli bir cevap mıydı? Zarfın içindeki için üzülmem gerekmiyor demek miydi bu? Kendimi en kötüsüne hazırlamıştım. On beş yıldır uğramadığım Bråteveien'e nasıl gittiğimi, babamın, şimdi annemin olan ofisine buyur edilişimi ve daha birkaç gün önce, beni kabaca reddedenlerle, sayıca fazla düşmanlarımla, her bir köşesini gayet iyi tanıyıp benimsedikleri inlerindeki yeşil deri divana oturduğumu gözümde canlandırdım. Mektubu açıyoruz. Onun için en önemlisi neydi, diye sordum kendime banyoyu temizlerken. Onuru ve o öldükten sonra olanlar, diye cevap verdim ve banyoyu temizlemeye devam ettim. Bana yönlendirilmiş bir itham, yani annemin deyimiyle ya da benim hakkımda belki de hepsinin kullandığı deyimle kendimi ilginç göstermek için babamı insanın suçlanabileceği en kötüsüyle itham eden bir yalancıya, psikopata. Çünkü ben zaten ilginç biri değildim. Babamın hayatının son yirmi üç yılını yalanlarla mahvetmiştim. Bana yazılmış saldırgan bir mektup, bir savunma konuşması, bir kapanış metni, kendimi en kötüsüne hazırladım. En kötüsü olursa ne diyeceğimi not aldım:

Vazgeçmiyor. Hakkını yememek lazım. Tam da onun yapacağı bir şey bu, ölüp gitmişken bile kontrolü elden bırakmıyor, haklı çıkmalı, ölmüşken bile savaşacak. Ama ben de savaşçıyım ve onun kadar inatçıyım, genlerimde var ne de olsa. Ayrıca yaşıyor olma avantajına sahibim.

Bunları bir kağıda yazdım, Bråteveien'e giderken yanıma alacaktım. En kötüsü olursa faka basmadığımı, hazırlandığımı, babamı tanıdığımı belgeleyebilmek için. Annem ve kız kardeşlerim de bana saldırmanın tadını çıkarıp mutsuzluğuma sevineceklerdi: Bak burada ne yazıyor? Çünkü ölmüş birinin lafı yaşayanlarınkinden daha kıymetlidir. Ve ölmüş birine acımak, yaşayan birine acımaktan kolaydır, ilginç olmak için yalan söyleyen kızı yüzümden suçsuz yere mahkum edildiği için yıllarca acı çekmiş olan babaya eskisinden daha çok acıyacaklardı ve ben yine dışlanacak, ailenin yüz karası olmaya devam edecektim. Bunları gözümün önüne getirdim ve elim ayağım boşaldı, Bo'yu aradım. Şöyle dedi: Bu insanlarla bir ilgin olmasını istemediğini söylemiştin. O istiyor diye oraya gitmen gerekmez. Resmi bir evraktan söz edilmiyor.

Ama oraya gitmezsem mektupta anlatılanlardan korkan ödleğin teki gibi görünmez miyim?

Onların ne düşündüklerini umursamak zorunda değilsin. Neden kendini daha fazlasına maruz bırakacaksın ki? Yeterince olaya maruz kaldın zaten.

Gitmemeye, babamın son isteğini yerine getirmemeye karar verdim. Bård'u aradım, anlıyordu, beni temsil edebilirdi ama mektubun benim korktuğum türden bir şey olmadığına inandığını ekledi. Astrid zarfın epeyce kalın olduğunu, içinde muhtemelen değerli evrakların olduğu pek çok dosya bulunduğunu söylemişti. Bir zamanlar babam Bård'a bir gün annemle o bir uçak kazasında ölürse kasada bir şeylerin olduğunu bilmesi gerektiğini söylemişti. Umarım biz çocukları için iyi bir şeydir, dedi, berbat bir şey çıkmasın da. Ama annemin bu kadar histerikleşmesinin, zarf açılmadan rahat bir nefes alamamasının tuhaf olduğunu ekledi. Annem Unni Teyze'yi aramış, o da Astrid'i aramış ve annemin sağlık durumundan dolayı zarfın bir an önce açılmasının gerekli olduğunu söylemiş.

Bu endişe, bu histeri tek bir şeye delalet, babanın nelere kadir olabileceğine dair hiçbir fikirleri yok, dedi Klara.

Sahnede dergisini geliştirmek için bir seyahat bursu aldığımda düşünmek, çalışmak ve çayır zambakları, cennetkuşları gibi olmaya çalışmak için arabaya atlayıp yollara düştüm, zor zamanların kapıda olduğundan korkuyordum, içimi ısıtacak mutlu anlar toplamak için Avrupa'da güneye doğru inerek rastgele gezmeye çıktım. Almanya ve Avusturya'dan geçip İtalya'da Trieste'ye geldim, denizi gördüm, hava güneşliydi, Trieste'ye bahar gelmiş, her şey hafiflemişti. Bo'nun sevgili eski Yugoslavya'sına doğru seyahatime devam ettim, daracık ve ürkütücü yollarda araba sürüyordum, neredeyse hiç trafik yoktu, göğün altında yalnızmışım gibi, çok az insandan eser vardı, bacası tüten birkaç ev, portakal bahçelerinin arasından geçtim, söğüt ağaçlarının arasından akan bir derede bir kayık gördüm. Sonra hava karardı, Split yakınlarındayken yapımı tamamlanmamış ıssız bir yolda kayboldum, Split'e giden yolu bulamayacağım diye korktum, yorulmuştum, on bir saattir araba kullanıyordum. Sonra kenar mahallelerden geçip Split'e ulaştım, eski kentin içine kadar girdim, küçük ama vakur görünümlü tipik bir Doğu Avrupa otelinin önünde park ettim, otelde bir oda tuttum, kocaman demir bir anahtar verdiler bana, Split'in eski kentine yürüdüm, burası sakin sakin dolaşan insanlarla doluydu, cuma gecesiydi ve denizden tuzlu su kokusu yükseliyordu, ağaçlarda hâlâ yeni yıl süsleri asılıydı, rüzgar yumuşak esiyordu, içim de yumuşamıştı, bir kafeye oturdum, bira aldım, not defterimi çıkardım ve üzerime bir huzur çöküverdi, şükran duygusuna benzer bir şey. O zamanlar ne rapor vermem gereken bir sevgilim, ne telefon etmek ne de konuşmak istediğim biri vardı, bir şeyleri paylaşmaya ihtiyaç duymuyordum çünkü zaten paylaşılmışlardı, derinlerde dünyanın bir parçası olduğumu hissettim, geriye dönüp Split'teki o özel cuma gecesini düşündüğümde hâlâ aynı şeyi hissederim. Hayatın hedefi ve anlamı acıları dengeleyecek bu türden pek çok anı biriktirmek olmalı, zor günlerde kaçabilecek böyle anlardan kurulu bir ev inşa etmeli insan kendine. Beni zor günlerin beklediğini biliyordum.

Birkaç yıl önce bacağımı kırdığımda ameliyat olmam gerekmişti, hastaneye yattım ve orada üç gün kaldım, gece nöbetine kalan, kolayca ulaşabileceğim pek çok kişi vardı, sadece bir zile basmam yetiyordu, hemen geliyorlardı. Hastane uyumuyordu, uykusuzdu benim gibi, hastane çarşaflarımı değiştirdi, bana günde üç öğün yemek çıkardı ve nasıl olduğumu sordu. Üç günün ikisinde yaşlı bir kadınla birlikte kaldım. Rahatsızlığımızın ne olduğundan, neden orada olduğumuzdan konuşmadık, ama bacağımın alçıya alındığını ve bir askıyla tavandan asılı olduğunu görüyordu. Hastanede birlikte yattığımız iki gün boyunca ikimizi de ziyaret eden olmadı, ancak yaşlı kadının Oslo'da yetişkin çocukları ve torunları vardı, hemşireyle konuşurken bahsetmişti, duymamam mümkün değildi, sonra usulca çocuklarını ve torunlarını sordum, utandı, sıkıldı, ben de sormayı kestim, onun için ve yabancılar büyük kızını sorduklarında muhtemelen aynı şeyi hisseden annem için üzüldüm. Benimle aynı odada kaldığı günlerde yaşlı kadını ne çocukları ne de torunları ziyaret etti. Belki de onlarla arası bozuktu? Hastabakıcı onu yıkayacaktı ama beceremedi, hastabakıcı da çıplak yaşlı kadın kadar ıslandı, güldüler, çığlıklar attılar ve sonra yine gülüştüler, duştan çıktıklarında hastabakıcının ne kadar ıslandığını bana gösterdiler, gülerek odamızda duruyorlardı, ıslak ve çıplak yaşlı kadın ve üniforması üstünde, sırılsıklam hastabakıcı. Komikti.

Bir akşam fırtına koptu, yağmur yağıyor, şimşekler çakıyordu, ikimiz de uyuyamamıştık. Yağmur ve fırtına dindikten sonra pencerelerin önünde bir gökkuşağı çıkıverdi. Odamız yüksekte, onuncu kattaydı, manzaramız vardı, saat gece biri geçiyordu, çoğunluk uykudaydı ama biz ayaktaydık, gökkuşağına bakıyorduk, bir insanın gökkuşağı gibi bir doğa olayıyla karşılaştığında bu kadar heyecanlandığını, bu kadar kendinden geçtiğini hiç görmemiştim, gökkuşağı da öyle sıradan bir gökkuşağı değildi, renkleri çok canlıydı ve kapkara göğe yayılıyordu. Çok güzel değil mi! Harika değil mi! Bir düşün hele, bunu yaşayacağım varmış, dedi oda arkadaşım olan yaşlı kadın, insanın ailesinin ziyaretine ihtiyacı yok, diye düşünüp rahatladım ben de, aile her şey değildi.

Bråteveien'e gitmemeye karar verdim. Ve babamın sözünden çıkmayıp görev icabı oraya gitmek için fikrimi değiştirme gibi bir karar almamaya karar verdim. Babama kulak asmamak istiyordum, San Sebastian'a gitmek için bavulumu hazırladım. Saat yedi oldu, saat yedi buçuk oldu, saat sekiz oldu. Şimdi Bård Bråteveien'e geldi. Saat sekizi çeyrek geçiyordu. Zarf açıldı. Cinayet mi yoksa üvey bir kız kardeş mi, telefondan ses çıkmadı. Kovuşturma mı yoksa değerli evraklar mı, Bård aramadı. Haber çok dramatik olsaydı Bård arardı. Saat dokuzu çeyrek geçerken aradı. Bir dram yaşanmamıştı. Geçici ve geçersiz bir vasiyetti, yıllar boyunca, 97'ye kadar, sonrası yoktu, dört çocuğa neler verildiği not düşülmüştü. En fazla şeyi Astrid almıştı, bana ve Åsa'ya eşit miktarda şey verilmişti, en azı Bård'a düşmüştü.

Evraklara birlikte bakmışlardı, sonra zarftan çıkanlar masaya dağılmış, annem, Astrid ve Åsa babamın merdivenden düşüşünü, tesisatçıları, hastanede geçirdikleri günleri anlatmıştı. Babam adil bir dağılım olmasını istiyordu, bu işe şerefini koymuştu, düzeltilmesi gereken pek çok şey vardı, miras meselesine gelince adil olmak istiyordu, 97'ye kadar, o tarihte bundan vazgeçmişti. Evrakların başında duran babamı düşündüm, vicdanıyla baş başa. İlk kocamla ben ilk kez ev aldığımızda bana verilen para, kız kardeşlerim ilk kez ev aldıklarında onlara verilen para, Bård'un aldığı para. Belki babam aslında mirasını hepimize eşit dağıtmak niyetindeydi. Bård'a ve bana karşı çocukluğumuzda yaptıklarının bir şekilde bedelini ödemekti bu. Babam, çok çalışarak edindiği oldukça büyük servetini dört çocuğu arasında eşit paylaştıracaktı, bunu adaletli davranmak adına, başka türlüsü dedikodulara, spekülasyonlara yol açacağından yapacaktı. Aptal babamın çok gençken, gencecik bir babayken yaptıkları, geri dönüşü olmayan, kabullenmesi gereken şeyler hakkında dedikodular. Ama nasıl kabullenecekti? Hiç kolay olmamalıydı, bu onun mutsuzluğu, kaderiydi. Babam çok büyük bir hata yapmış ve yıllar boyu bunun ortaya çıkacağı korkusuyla yaşamıştı. Babam büyük kızından korka korka yaşamıştı, ona endişeli ve kaçamak bakışlarla bakmış, yedi yaşından sonra ona asla dokunmamıştı, büyük kızı yedi yaşına geldiğinde onun için yasak bölge olmuştu. Onunla ilişkisini sonlandırmıştı çünkü yedi yaşındayken kızın aklı artık her şeye eriyordu, çünkü ele avuca sığmayan, çok konuşan, boşboğazlık edebilecek cin gibi bir çocuk olmuştu. Babam büyük kızıyla ilişkisine son vermiş, onu beş, altı yaşındayken yaptığı gibi arabayla gezmelere götürmeyi bırakmıştı. Bu araba gezmelerinin nedeni annemin büyük kızından sadece bir yaş büyük yaramaz bir oğlu, yeni doğmuş bir kız bebeği ve sadece iki yaşında olan diğer kızı olmak üzere bakması gereken bir sürü çocuğu olmasıydı. Karısının yükünü azaltmak için, çalıştığı inşaat şirketi için kulübe arazilerini incelemek üzere arabayla iş gezilerine çıktığında büyük kızını yanına alırdı, babayla büyük kız otellerde konaklarlardı, otelde kalmak eğlenceliydi, oteldeyken öğlenleri yatakta yatılmalı, perdeler çekilmeliydi, otellerde böyle yapılır, dedi babam, o otellerde neler yapıldığını biliyordu. Ve otelde kalınmadığında da ormanda bir yatak yapılabilirdi, o, pek çok şey biliyordu. Ama yedi yaşındaki büyük kızı yine böyle bir gün babasıyla birlikte arabada giderken onun zenci bir kadınla birlikte olup olmadığını soruverdi. Babasının afalladığını anladı kız ama nedenini, niçin böyle şaşırdığını anlamadı. Böyle şeyler sormamalısın, dedi babası kızgın bir tavırla, kahretsin, böyle şeyler sorman yasak, dedi öfkeyle. Altmışlı yılların ortalarında bu çocuk kalkıp da Skaus gibi bir küçük burjuva semtinde başkalarına böyle şeyler soracak olursa neler olur diye düşünmüş olmalı. Ona böyle şeyler soran kızı kalkıp başkalarına da sorarsa, başkalarının yanında, okulda falan konuşursa ne olacaktı? Babamın başı dertteydi, derdi kızıydı, ne yapacaktı? Bu işten nasıl kurtulacak, korkmadan nasıl ortalıkta dolaşacaktı? Evde mümkün olduğunca az kalıyor, elinden geldiğince çok çalışıyordu, gece vakti eve dönüyordu, her şey yolundadır diye umuyordu. Fazla ilgi çekmeden büyük kızını inceliyordu, neyse ki çocuk bir şey olmamış gibi davranıyordu. Öyle miydi acaba? Büyük kız derslerine çalışıyor, kız arkadaşlarıyla oynuyor, piyano çalıyor, bale yapıyordu, tüm bunlar bir şey yok demek değil miydi? Neyse ki her şey çok geride kalmıştı, belki de unutulup giderdi, belki rahat bir nefes alıp hepsini geride bırakırdı. Yıllar geçti, zaman bizden yanaydı, yüz yıl sonra her şey unutulacaktı, ama sonra büyük kız tuhaf şiirler yazmaya başladı, onları gazetelere yolluyordu, gazeteler şiirleri basmıştı. Büyük kız tuhaf tiyatro oyunları yazmaya başladı, okulunun jimnastik salonunda bunları sahneye koydu ve insanları tiyatroya davet etti. Babam ne kadar korkmuş olmalı, kontrol edilemez, ne yapacağı belli olmayan büyük kızı yüzünden ne büyük dehşet yaşamış olmalı. Okulun jimnastik salonunda oynanan, büyük kızları tarafından yazılıp yönetilmiş böyle bir oyunu seyretmeye geldiler, başkalarının anne ve babaları gelirken onların gelmemesi olmazdı, büyük kızları oyunu yönetmişti ve oyuncular arasında küçük kızları da vardı, yani gitmemeyi tercih etmiş olsalar da gitmek zorundaydılar. Sahnede konu edilecekler yüzünden tüm bedenini saran bir endişeyle oturmuştu, zavallı babam. Böyle bir gösteriden sonra geceleyin büyük kız yatmış, her zamanki gibi uyanık ama iyi bir iş yaptığına, başarılı olduğuna inandığı için o günden gurur duyarak yatağında uzanmışken annesiyle babası mutfaktaydı, kız babasının annesine söylediklerini duydu, belki de duyması isteniyordu çünkü kapısı açıktı ve annesiyle babası kapının açık olduğunu görmüş olmalıydı ya da belki uyuduğunu sanmışlardı. Baba anneye diğer velilerden birinin dediğini söyledi: Gece kulübüne mi geldik yahu?

Kız çocuğu bu lafın ima ettiği şeyi anlamadı, kız çocuğu o sırada hiçbir şey anlamadı, sadece babasının onun çalışkan ve başarılı olmadığını düşünmesine, tersine, "karıştırdığı haltlardan" hiç hoşlanmamasına çok bozuldu, velilerden birinin kızın yaptığı işi beğenmediğini, velilerden birinin kızın yaptığı işin gece kulüplerinde gösterilenlere benzediğini düşündüğünü ve bunun da baba için utanç verici olduğunu anlayınca üzüldü. Belki de hiç kimse onun yaptığı işi beğenmemişti, sonunda alkışlamış olmalarına rağmen, belki de rezaletti bu, kendini anında rezil hissetti. Baba açılıştaki sahneden, dokuz ve on bir yaş arasındaki on iki kızın üstlerinde bolerolar ve büyük kızın bütün gece oturup diktiği ipek eteklerle sırayla sahneye çıktığı sahneden söz ediyordu, on iki küçük kız, sağdan sola tek tek, ipek etekleri ayak bileklerine düşene kadar kıvırarak kıç sallamışlardı, üstlerindeki siyah jimnastik kıyafetlerinin tam cinsel organlarına denk düşen yerinde kızın tüm gece oturup işlediği harfler vardı, hepsi bir araya geldiğinde ortaya o sevimli sözcük çıkıyordu: Welcome.*

Gece kulübüne mi geldik yahu?

Zavallı babam.

Büyük kız yedi yaşına geldikten sonra babası ona dokunmadı, yedisine basınca ona elini sürmedi, Astrid ormanda gezmeye çıktıklarında babamın onu elinden tuttuğunu anlatmıştı, büyük kızı hiç öyle elinden tutmadı, ona hiç sarılmadı, yedi yaşına bastıktan sonra onu okşayıp sevmedi. Büyük kızı büyüdükçe ve daha da tuhaflaşıp giderek ne yapacağı kestirilemez biri oldukça baba daha da çok korktu, baba belki de kız ciddiye alınmayacak kadar tuhaflaşır diye umdu. Babanın bundan kaçışı yoktu, yani aileden. Kaçmayı, boşanmayı, annemin şüphelendiği dünyayı ona anlatmayı istedi, annemin ona karşı kullanabileceği koz buydu, kocasına karşı kullanabileceği ve onu

* Hoş geldiniz (ç.n.)

mahvetmesini sağlayacak tek koz, güçsüz annemin babama karşı tek gücü buydu.

Sonra nihayet en çok korktuğu şey başına geldi. Kızı hatırlıyordu. Ne yapacaktı şimdi?

Açıklamaya, anlatmaya ve bundan kurtulmaya hazırdı kısa bir an için, ancak annem bunun ona nelere mal olacağını hemen anlayıp babamın ağzını kapattı. Babam bunu reddetmek zorunda kaldı, kriz geçirirken, kriz geçirdikten sonra, günler geçtikçe, yıllar geçtikçe hep reddetmek zorunda kaldı, inkârın da bir bedeli vardı. Yalnızca büyük kızıyla olan ilişkisi değil, bir de vicdan azabı, giderek ağırlaşan vicdan azabı, kendisine saygısının kalmaması. Cakalı havasıyla saygınlık uyandırıyordu, ama yıllar geçtikçe yavaş yavaş kendine saygısını yitirdi, yaşlandıktan sonra yaptıklarından dolayı vicdan azabı çekmeyecek kadar aptal ya da vicdansız olamadı ve bu duygu yüzeye çıktığında bir şekilde bunu idare etti. Büyük kızı için, tek oğlu için, büyük çocuğu için, hak ettiği ilgiyi hiç görmemiş oğlu için, belki de kız kardeşinin başına gelenleri bildiği için korkan ve uzak duran oğlu için, en azından yapabileceği, bir nebze olsun durumu düzeltmek için yapabileceği tek şey diğer ikisi, daha genç olanlarla mirası aralarında eşit bölüştürmekti. Dış dünya için de iyi olurdu, Skaus Sokağı yirmi iki numarada her şeyin yolunda gitmediğine dair dedikoduları duymuş dünya için, çocuklara bırakılan eşit bölünümlü miras iyi bir etki bırakırdı.

1980'lerin başında başlayıp 1997'de yarım bırakılan geçici vasiyet kimlerin neler aldığının çetelesini tutuyordu, tam bir fikre varmak ne mümkün ne de gerekliydi, çünkü büyük kız aileyle ilişkiyi kesmişti ve tek erkek çocuk uzakta kalmayı tercih ediyordu, bu arada diğer iki küçük kardeş onlara giderek daha çok yakınlaşıyordu; doğum günleri, tatiller, torunlarla birlikte yapılan ziyaretler. Torunlar dil kurslarına gidiyorlardı, yurtdışında okuyorlardı, şunu ya da bunu istiyorlardı ve annem giderek daha çok söz sahibi olmuştu, babam yaşlanıyordu ve artık büyük ya da küçük, bütün harcamaları kaydedemiyordu. Bunun yerine mirasın eşit olarak dağıtılacağının belirtildiği bir vasiyet yazdı. Güzel gözüküyordu. Vasiyette eğer ikisinden biri ölecek olursa Bråteveien'in satılacağı ve dört çocuğa da eşit pay düşeceği söylenmişti. Hvaler'deki kulübeler hariç.

Mirasını çocukları arasında eşit bölüştürme isteği kayıtlara geçmeliydi. Bunu nasıl sağlardı? Vasiyetname yazarak. O öldükten sonra annemin yapacaklarına hiç güveni yoktu, mirası eşit dağıtacağına güvenmiyordu çünkü annem bir dediği bir dediğini tutmayan, kafasına göre hareket eden biriydi ve artık vicdan azabı çekmiyordu, artık endişeli değildi, tam tersine, büyük kızı onlarla ilişkiyi kestiği için kızgındı. Anne, tatlı ve sevecen olanları ödüllendirirdi, ayrıca miras ona kalırsa, eşit dağıtmayı tercih etse bile bu sanki babamın değil de onun isteğiymiş gibi gözükecekti. İkisi aynı anda ölecek olsalar, bindikleri uçak düştü diyelim, çocuklar mirastan eşit pay alacaklardı, miras yasası sayesinde ama bu sefer de adaleti miras yasası sağlamış olacaktı, babam değil ve Hvaler'deki kulübelerin Astrid ile Åsa'ya kalması mümkün olmayacaktı. Babamın yazdığı vasiyet hem herkese eşit muamele ediyormuş gibi görünmeli hem de diğerlerini kayıracak şekilde formüle edilmeliydi.

Belki babam *bundan* sonra hiç mutlu olmamıştır. Belki babam *bundan* önce de hiç mutlu değildi. Babamın çocukluğunda başına ne geldiğini bilmek isterdim, ona bunu soracağımı ummuştu belki de, ama sormadım ve şimdi artık çok geç.

Gençken kafayı seksle bozmuştum. Cinsel birleşmeyle. Sınıftan bir kız bunu yapmış, bir oğlanla yatmıştı, ona bakıp durur, gözlerimde canlandırmaya çalışırdım. On beş yaşında olanlar, sevgilisi olanlar cinsel birleşme yaşıyor, birlikte yatıyorlardı, onlara baktım baktım, gözümde canlandırdım, penis boşalana kadar vajinaya girip çıkıyordu. Ben bunu başaramaz, cesaret edemezdim. Sonra bir partide bir oğlana rastladım, başka partilerde de öpüşüp koklaştık ve Karen onunla birlikte olup olmadığımızı sordu, belki de birlikteydik. İnsan on beşindeyse ve sevgilisi varsa o zaman cinsel birleşmeye girer. Oğlan cumartesi günü evinde parti veriyordu, günlüğüme şöyle yazdım: Sevgili Tanrım, cumartesiden önce ölmeyeyim ne olur! Cumartesi akşamı günlüğüme şöyle yazdım: Bu gece kimsenin unutamadığı bir gece olacak çünkü kimse ilk seferini unutmaz. Bunu önceden bilmek çok tuhaf, burada, beyaz sayfanın koktuğu gibi beklenti kokan bu beyaz sayfaların üzerinde yazılı olması.

Cumartesi gecesi Karen ve ben ev partisine gittik, bira içtik, dans ettik, sonra oğlan beni elimden tutup yatak odasının olduğu ikinci kata götürdü. Soyunduk, birlikte yatacaktık, üzerime yattı ama içime girmedi, penisi kalkmamıştı, o yüzden bir şey olmadı. Bir şey yapmadan eve döndüm, düşündüğüm doğru çıkmıştı, yani bunu beceremeyeceğim. Ama beklentilerle dolu günlüğümü hayal kırıklığına uğratamazdım, günlüğüm için bir hikâye uydurdum, oğlanların ormanda sakladıkları porno dergilerinden, çeşitli romantik ve polisiye dergilerden ve hayal gücümden esinlenmiş yirmi beş sayfalık bir hikâye, sırf günlüğüm hayal kırıklığı yaşamasın diye. Birkaç gece sonra annem odama gelip babamın gittiğini söyledi. Babam dışarı çıkıp gitmişti.

Annem günlüğümü okumuş ve ona göstermiş, babam da çıkıp gitmiş, okudukları onu o kadar üzmüş, kızı yüzünden o kadar hayal kırıklığına uğramış ki gecenin bir yarısı çekip gitmiş. Babamın üzüntüsünden ve kendi utancımdan dolayı öldüm bittim. Sonra babam geri geldi, çok sarhoştu, annem antrede babamın ayakkabılarını çıkarmasına yardım etti, merdivenleri çıkmasına yardım etti, odamın kapısının aralığından bakıyordum ve korkunç görüntüyü gördüm, sarhoş babam, yıkılmış. Annem merdivenleri çıkmasına yardım etti, ben yalınayak, geceliğim üzerimde kapımın arkasında utançtan taş kesilmiş halde dikiliyordum, yazdıklarım babamın bu kadar sarhoş olmasına, bu kadar üzülmesine sebep olmuştu. Annem onun yatak odasına gitmesine yardımcı oldu, yatak odasının kapısı açık duruyordu, kapımın aralığından babamın dizlerinin üstüne yüzüstü yere çöktüğünü gördüm. İnsan olmak kolay değil diyerek ağlıyordu.

Annem, ben görmeyeyim diye yatak odasının kapısını kapattı, göreceğimi görmüştüm. Babamın üzüntüsü, benim vicdan azabım, insan olmak kolay değil.

Ertesi sabah babam erkenden odama geldi, geceki halinden eser yoktu, sert ve resmiydi şimdi, tıraş losyonu kokuyordu, büroya gidecekti. Yatağımın yanında durdu ve günlüğümde yazdığım cinsel birleşmede kanayıp kanamadığımı sordu. Kanamamıştım, çünkü bir şey yapmamıştım, ama bunu ona söyleyemezdim çünkü konuşamıyordum, ölmüştüm, ölmek istiyordum, bundan sonra yaşam yoktu artık. Odamdan çıktı, yalnız kaldım.

San Sebastian'a gitmeden önceki gün içinde mirasla ilgili evraklar olan bir zarf aldım. Kasada, geçerli vasiyetle birlikte bulunmuş, geçerli olmayan geçici mirasın evrakları, kulübelere biçilen değerle ilgili evraklar ve dava açmaya kalkışırsa Bård'un kazanma şansı olmadığını belirten avukattan gelen mektup. Bu mektuba ek olarak da bana ve Bård'a gönderilen, annemin, Astrid'in ve Åsa'nın imzaladığı bir mektup. Neyse ki gayet resmi bir mektuptu. Bård'a, avukattan gelen değerlendirmeye bir itirazı varsa iki hafta içinde doğrudan avukatla ilişkiye geçmesini yazmışlardı. Beni de kasadan çıkanlarla ilgili bilgilendirmişler ve babamın bürosunda çocuklardan her birine ait birer dosya bulduklarını yazmışlardı, bu dosyalarda gazete kupürleri, mektuplar falan vardı, diğerleri dosyalarını almışlardı, ama benimki çok büyük olduğundan postayla yollayamamışlardı. Astrid dosyayı bana getirebilirdi.

Mektubun sonunda, Astrid'in eklediği notta yazılanlara katıldıklarını belirtmişlerdi. Eğer hemfikir değilsek, iki hafta içerisinde bunu bildirmemiz gerekiyordu. 'Sürtüşmeyi ardımızda bırakıp yüzümüzü geleceğe dönmeyi umuyoruz.'

Ekteki notta Astrid, kulübelere biçilen yeni ve daha yüksek fiyatların kıstas alınacağını yazıyordu. Ayrıca Bård'a kıyasla miras avansı olarak oldukça büyük yardım aldığı için kendi payından bir miktarı farkı kapatmak için kullanacaktı.

Bunu yapması gerekmiyordu. Åsa öyle yapmamıştı, Åsa kulübelere biçilen yeni ve daha yüksek fiyatı kıstas almamıştı.

Astrid adaletsizliği yamamaya çalışıyordu. Bård'a bir kulübe düşmediği, mirastan avans olarak en düşük payı o aldığı için Astrid onun kaybını en aza indirmeye çalışıyordu. Övgüye değer bir davranıştı. Ya da pek tabii ki böyle olmalıydı.

Ancak bu elbette ki temelde benim için geçerli olanı, yani lafımın edilmemesi, toptan göz ardı edilmem ve benim için hiçbir çaba göstermedikleri gerçeğini değiştirmiyordu.

Miras konulu bir mektupta adımın geçmesini umuyor muydum?

Hayır.

Denetçi toplantısında söylediklerim hiç söylenmemiş gibi davranmaları beni deli ediyordu. Bana inanmamaları ayrıydı, söylediklerim söylenmemiş gibi davranmaları, denetçi toplantısı yapılmamış gibi yapmaları ayrı. 'Sürtüşmeyi ardımızda bırakıp yüzümüzü geleceğe dönmeyi umuyoruz.'

Ben bunu ardımda bırakamazdım. Bir kız çocuğu asla unutmaz. Hani pantolonun ıslanır da kuruması için asarsın ve sonra yeniden üzerine giyersin ya, öyle değildi bu. Kurumamıştı işte!

Cevap vermedim. Dosyam beni ilgilendirmiyordu.

Bård cevap verdi. Onlara bir kere daha meselenin ne hakkında olduğunu hatırlattı. Para peşinde değildi. Hvaler'deki kulübelerden birinin yarısının kendisi ve çocuklarının kullanımı için ona miras kalmasını istiyordu. Bu anında reddedilmişti. Ancak vasiyette bize eşit miktarda miras bırakma niyetinden söz edildiği için en azından kulübelerin gerçek değerleriyle onun ve benim payımızın tazmin edilmesini ummuştu. Şimdi o da olmamıştı. Babam 1 Ocak'tan önce ölmüş olsaydı ya da avans olarak devredilen miras 1 Ocak'tan önce verilmiş olsaydı miras vergisinden muaf olunacaktı, o zaman da gerçek satış değerleriyle hareket etmek *zorunda* kalacaklardı.

Bu ihtilaf mahkemede lehime sonuçlanmayabilir, ama bu meselenin özünü değiştirmez, diye yazdı. Bu, iş hayatında karşı karşıya gelen iki taraf arasındaki bir dava değil, bir anneyle dört çocuğu ve torunları arasında adaleti ve dürüstlüğü tahsis etmek için açılan bir dava. Şansımı mahkemede denemeyeceğim, diye yazdı. Şirketlerin yönetim kurullarından çekildi.

Babam beni biraz da olsa sevmiştir herhalde? Kendi hayatından, geleceğinden endişeleniyordu, ama benimkinden de birazcık olsun endişe ediyordu değil mi? Annem ona günlüğümü gösterdi, o da gece yarısı çekip gitti ve sarhoş olana kadar içti, mahvolduğumu düşünüyordu muhtemelen.

İnsan olmak kolay değil.

Bu konuda haklıydı, bunu acı deneyimlerle tatmıştı.

Babamdan daha başka ne bekleyebilirdim ki? Eğer bu zorlu durumdan hiçbir ilişkisine zarar gelmeden paçayı sıyırabilseydi insan olamazdı. Bir seçim yapması gerekiyordu ve beni seçmemişti.

San Sebastian'a bahar gelmişti. İyi çalışıyordum. O günkü işimi gücümü bitirince sahilde iki kilometre yürüdüm, evde olan bitenden uzaklarda, kafayı dinleyerek. Sahilin sonunda bir kafeye oturdum ve güneş batarken bir bira içtim, güneş denizde kaybolmadan önce hava dışarıda oturulacak kadar sıcaktı. Güneşin, biranın, uzakta ve kendimle barışık olmamın tadını çıkardım. Sonra Astrid'den bir mesaj geldi: Sevgili Bergljot. Nasıl olduğunu merak ediyorum. Bir sürü olay oldu, zor bir dönemdi. Annem iyiye gidiyor. Evin satışıyla meşgul. En korkunç krizin geçtiğini hissediyorum yavaştan. Seni, Tale'yi ve diğerlerini çok düşündüm. Nasıl olduğunu bilmemek zor geliyor bana. Seninle konuşmam gerek. Hazır hissettiğinde bir telefon edemez misin? Astrid.

Tam da kendimi iyi hissettiğimi düşündüğüm, başka şeyler üzerine yoğunlaşmayı başarabildiğim sırada yine bu işlerin içine mi çekilecektim? Şimdi yine bu işlerin içine girmiştim işte. Bu kadarcık bir şey yetiyordu. Şimdi ona cevap vermeliydim ya da cevap vermemeliydim, her ikisi de aynı şekilde imkânsızdı. Ne yapacaktım, ne yazacaktım? Ne umuyordu ki benden? Mesaj düşünceli, kibar bir dille yazılmıştı, ancak yıllardır söylediklerim sanki hiç söylenmemiş, denetçi toplantısı sanki hiç olmamış gibiydi, nasıl bir tepki verecektim, benden konuşmam talep edilen şeyi konuşmayacaksak ne konuşacaktık, babamın merdivenlerden düşüşünü mü, annemin ne kadar acı çektiğini mi? Annemin acı çektiğinden, Astrid'in acı çektiğinden hiç şüphem yoktu, ama konuşunca daha mı iyi olacaktı? Tecrübelerime göre konuştuğumuzda işler daha da kötüye gidiyordu benim için, annemin ve Astrid'in acısından başka bir şey konuşmayacaktık, benim çektiklerimi duymak ya da onlara inanmak istemiyordu ki. Ne vardı aklında, varsayalım ki bir şey düşünüyor olsun? Ne durumda olduğumu pek çok defa ona anlatmaya çalışmıştım, ama o, genel olarak 4 Ocak'ta denetçinin odasında yaptığı gibi davranmıştı bana. Şöyle diyecekti: Şimdi sırası değil. Şöyle: Unni Teyze burada olmalıydı. Anneme yazık olduğundan, onun çok üzüldüğünden dem vuracaktı. Denetçinin bürosunda ayağa kalkıp korumacı bir tavırla anneme sarılmıştı. Denetçi toplantısında annem bu hikâyeleri kendimi ilginç göstermek için uydurduğumu söylediğinde hiç sesini çıkarmamıştı. Åsa, bana inanmaları için onlara direktif veremeyeceğimi söylediğinde hiç sesini çıkarmamıştı. *Biz* demişti, *ben* değil. Sana inanmamız için *direktif* veremezsin *bize*. Biz dediği kendisi, annem ve Astrid'di. Åsa, Astrid'in bana inanmadığını biliyordu, birbirleriyle konuşmuşlar, bana inanmadıkları konusunda anlaşmışlardı, bu yüzden Åsa gayet kendinden emin *ben* değil, *biz* diyebiliyordu. Sana inanmamız için *bize* direktif veremezsin. Astrid annemle ve Åsa'yla birlikte çekip giderken ben ve Bård orada kalakalmıştık. Şimdi de kalkmış bir sürü olay oldu, zor bir dönemdi diye yazıyordu. Cevap verecek olsam ne yazardım? Her zamanki gibiyim diye cevap yazdım. Babamın ölmesi dışında yeni bir şey yok. Ama ortalık epeyce aydınlandı diye yazdım. Annem kendimi ilginç göstermek için hikâyemi uydurduğumu söylüyor. Åsa bana inanmanız için size direktif veremeyeceğimi söylüyor. Üçünüz çekip gitmişsiniz. Sizinle ne hakkında konuşacağım ki? Konuşmak yalnızca canımı acıtıyor.

Hemen cevap verdi, yer ve zamanlama kötüydü, olanlara hazırlıksız yakalanmışlardı. Ama bunun canımı acıtmasını anlıyordu. Olan bitenden dolayı o da çok kötü hissetmişti. Ancak o ne annemdi ne de Åsa, farklı farklı insanlardı. Bizim ilişkimiz hiç fena gitmemişti, şimdi bu olan bitenin ilişkimizi bozmasını istemiyordu. Onun için çok önemliymişim, öyle diyordu.

İşte yine bu işe bulaşmıştım. Yine açıklama yapmam gerekiyordu, ama o hâlâ anlamıyordu! Aramızdaki ilişkinin bozulmasını istemediğini yazmıştı ya, ilişkimiz bozuktu zaten! İlişkimizin zaten bozuk olduğunu, biz konuştuktan sonra kendimi hep çok kötü ve bitik hissettiğimi, makale yazmak üzerine yaptığımız suya sabuna değinmeyen konuşmaların bir sürü hasar karşısında sessiz kalmamız anlamına geldiğini, makale düzeltmek için yaptığımız konuşmaların her anında ama her anında, her dakikasında, her saniyesinde bir sürü hasar karşısında sessiz kalmamızın içimi şişirdiğini ve konuşmamız bittikten sonra patladığımı, yine yalnız kalıp gece yarısı ona kızgın, suçlayıcı e-postalar yolladığımı yazdım. İyi bir ilişkimiz yoktu, işlenen suç karşısında sessiz kaldığımız sürece onun açısından işleyen bir ilişkimiz vardı sadece, ama bu sessizlik benim için dayanılır gibi değildi.

Allak bullak olmuş halde Lars'ı aradım, o da bıkmıştı artık. Neden cevap vermiştim, tekrar bu işe neden bulaşmıştım, faydası yoktu bunun.

Ya ne yapabilirdim? Cevap vermese miydim?

Evet. Yeni bir şey söylediği yok, elle tutulur, yeni bir şeyle gelmiyor ki, bir şey yapalım ya da bir şeyi değiştirelim diye bir öneriyle gelmiyor, yıllardır temcit pilavı gibi, söyledikleri hep aynı laflar, herkese yazık, kadın devridaim aracı gibi, can sıkıcı bilgiler elekten akıp gidiyor, katlanması güç olan sansürleniyor, herkese yazık, o kadar. Kurnaz ve stratejik mi, yoksa saf ve aptal mı, mesele bu, ama aslında fark etmez, bulaşma şu işlere, tartışma onunla, huzura ihtiyacın olduğunu yaz.

Her tarakta bezinin olması zor, diye yazdım, ne yardan ne serden geçmek olmuyor. Beni kaybetmek istemediğini yazdığında kendi ihtiyaçlarından söz ediyorsun, peki benimkiler ne olacak, diye yazdım. Ailemin beni rahat bırakmasını istiyorum, dedim.

Bir hafta boyunca ses çıkmadı, sonra yine yazdı. Merhaba Bergljot. Her şey yolundadır umarım. Bu ara benimle konuşmaya vaktin olacak mı? Olanlar oldu, diye yanıtladım.

Çalışma günüm mahvoldu, başka bir şey düşünemez oldum, ama başka şeyler düşünmek istiyordum. Her şey yolundadır umarım, bu ara benimle konuşmaya vaktin olacak mı yazıyordu. Sanki söylediklerimi hiç söylememişim ve o, annem ve Åsa gösterdikleri tepkiyi hiç göstermemişler gibi.

Bundan başka bir şey hakkında konuşamaz mısın, diye sorarken yakaladım kendimi. Sadece *bundan* mı söz etmek istiyordum? Hayır, *bundan* söz etmek istemiyorum, diye yazdım, ama Astrid'in benimle konuşmak istediği şekilde konuşmak gelmiyordu içimden.

Karen'i aradım ve gelecek faturayı düşünmeden ona içimi döktüm, şunu söyledi: Sana ne yaptığını anlamıyor, sana ne yapmakta olduğunu anlamıyor.

Astrid yeniden yazdı, adımın sonuna ünlem işareti koymuştu, küçük kardeşini hizaya sokacak olan bir ablanın yapması gerektiği gibi. Bergljot! Konuşmamız lazım! Konuşup birbirimizi dinlememiz lazım. Bence olanlar olmuş değil, bu hepimiz için zor bir dönem. Bir gün, bir öğleden sonra bir yürüyüşe çıkalım mı? Sana gelebilir miyim?

San Sebastian'da olduğumu yazdım.

O zaman sen döndükten sonra en kısa sürede. Konuşmamız lazım!

Çalışacak kafa mafa kalmamıştı, esir alınmıştım, açıklamalarda bulunma ihtiyacıyla dolup taşıyordum, onunla, onlarla görüşmediğimde kendimi daha iyi hissettiğimi, o yüzden kendimi düşündüğümden onunla, onlarla görüşmemeyi seçtiğimi yazdım. Birbirimizi oldukça iyi tanıyoruz, diye cevap verdi, şimdilerde Bård ile görüştüğümü, yalnızca mesajlaşmakla kalmayıp yüz yüze de görüştüğümüzü biliyormuş ve yaşadığımız bunca şeyden sonra iletişimi kesmenin doğru olmadığını düşünüyormuş. Bu mesele pek çok kişi için çok zor bir meseleymiş, özellikle iki çocuğuyla beş torununu kaybeden annem için. Bu durum annem için korkunçmuş özellikle. Ayrıca içinde babamdan kalan şeylerin olduğu, bana vermesi gereken bir dosya varmış. Bir de Tale'nin mektubu hakkında benimle konuşmalıymış. Bu aralar görüşmek için vaktin var mıymış?

Klara'yı aradım, San Sebastian'ın neredeyse insansız kumsalında yürürken, öğleden sonrası güneşi beni ısıtırken Klara'yla çığlık çığlığa konuşuyordum: Benden ne istiyor? Onunla buluşmak istemiyorum, onunla konuşma, sesini duyma, annemin çektiklerini duyma fikri bile beni hasta ediyor. Annemin çektiklerini bana anlatmaktan, anneme acımamı sağlamaktan, bana denetçi toplantısını unutturmaktan başka ne istiyor? Bunlar değilse ne peki? Kız kardeşi olduğum için mi benimle ilişki kurmalı, ne için? Aramızdaki ilişkinin nasıl bir şey olacağını sanıyor? Ailecek görüşüp keyif mi yapacağız?

Astrid ile konuşma ve annemin neler çektiğini dinleme fikrine tüm bedenim karşı koyuyordu, Astrid ile neden konuşacaktım ki, o, sadece şöyle derken: Olduğunu iddia ettiğin şey olmadı. Bana inanıyor olsaydı, bana karşı davrandığı gibi davranmazdı, şu anda olduğu kadar talepkâr ve kendinden emin bir halde bana yaklaşmazdı!

Kesin annen baskı yapıyordur, dedi Klara, şikayet eden, baskı yapan, yalvaran o olmalı.

Ya da, dedi Klara, vicdan azabı çekiyor.

Prøysen'ın *Lambadaki Ardıçkuşu* romanındaki Gunvor'ın şakağında bir yara izi vardır. O, sık sık bu yaraya dokunur, yarasını sevip okşar.

Yaramı sevip okşuyor muydum ben?

Yaramı sevip okşamamak, onu arkada bırakmak, şu aptal kurban rolünden sıyrılmak kurtuluş olmaz mıydı? Olurdu.

Ama bunun aileyle barışmakla bir alakası yoktu. Buna inanmıyordum. Annem, Astrid ve Åsa buna nasıl inanabilirdi?

Bård, Bråteveien'deki evin satıldığını yazdı.

Astrid'le görüşmeyi reddettim ve vicdan azabı çekmeye, kendimi kötü hissetmeye başladım. Çok mu sert davranmıştım?

Toparlanmak için San Sebastian'daki Ermeni kilisesine girdim. Yarı karanlıkta tek başıma oturdum ve sevdiğim herkes için, çocuklarım, torunlarım için mum yaktım. Mumların önünde duruyordum, alevin titreşmeye başladığını gördüm, titreşmeye devam etti, yeniden titreşti, titreşmeye devam etti. Nereden estiğini görmek için döndüm. Mumun alevi titreşti, titreşmeye devam etti, sonra titreşmeye yol açanın benim nefesim olduğunu anladım. Nefesimi ne zaman versem ışık titreşiyordu, nefes aldığım sürece yaşıyordum, mevcuttum, nesneleri hareket ettirebiliyordum, büyük bir sorumluktu bu, nefes almak, yaşamak, sorumluluk bana fazla geliyordu.

Karen bir seferinde annemle babamdan söz ederken babama annemden daha fazla saygı duyarmış gibi göründüğüme dikkat çekti. Gözlemi doğruydu. Gençken, kendimi avutmak istediğimde annemden çok babama benzediğimi söylerdim kendime. Bana karşı suç işleyen babamken neden annemden çok babama benzemek istiyordum, neden ona anneme duyduğumdan daha fazla saygı duyuyordum?

Ve annem ve Astrid bana gelip de beni sevdiklerini söylerken neden Åsa'ya Astrid'den daha çok saygı duyuyordum, Åsa asla bunu yapmamıştı, açık açık benden nefret ediyordu, beni hor görüyordu, tutarlıydı. O, tutarlıydı, oysa Astrid net değildi, çünkü babam annemden daha netti ve net olan insanlarla ilişki kurmak net olmayanlara, belirsiz konuşanlara, laf kalabalığı yapanlara, bir şey deyip başka bir şey demek isteyenlere ve bir söyledikleri bir söylediklerini tutmayanlara kıyasla daha kolaydır. Babam kendini geri çekmişti ama annem çekmemişti, annem yakamı bırakmak istemedi. Babam ben çocukken sınırlarımı çiğnemiş, sonra da geri çekilmişti çünkü sınırın nereden başladığını biliyordu. Annem yıllar boyunca sınırlarımı çiğnemeye devam etti, sınırın nereden başladığını bilmiyordu, muğlaktı, ne yapacağı kestirilemiyordu. Annem yirmi üç yıl önceki patırtıdan sonraki ilk çalkantılı dönemde bir gün çat kapı bana geldi, o sıralar psikanalize başlamış ve annemin sınırlarımı çiğnediğini anlamıştım, bunu ona söyledim, şimdi de beni enşestle suçluyorsun diye haykırıp koşarak çıktı ve Bråteveien'e dönüp babamla kız kardeşlerime şimdi de onu ş'li enşestle suçladığımı anlattı, beni acizliğin, mutsuzluğun pençesinde kıvranan bir deli olarak gösterdi. Babamın suçu daha büyük, ancak daha temizdi, babam kendini çok daha sert cezalandırmıştı, geri çekilmesi, depresyonu annemin asabi uçuşkanlığından daha uzlaştırıcıydı, annem hiçbir şey olmamış gibi davranıyordu, bu da talepkar ve suçlayıcı bir tavırdı. Zavallı muğlak annem, yıllarca kendi iyilik lisanını kullana kullana iyi olduğuna inanmış zavallı Astrid. İyidir muhakkak, pek çok insan gibi, aslına bakarsak. Astrid sınırlarımı çiğnemişti, ihanet karşısında sessiz kalma koşullu bir birlikteliğe beni zorladığında öyle hissetmiştim, dayanılmaz olan buydu, olay başından sonuna anormalken normalmiş gibi davranmaktaki ısrar.

Benim felaketimin suçlusu babamdı, ancak felaket hepimize mal oldu ve bunu ortadan kaldırmam mümkün değildi. Bu, annemin ve kız kardeşimin kendileri de çile çekerlerken beni daha da büyük bir mutsuzluğa sürüklemelerine sebep oldu.

Güneş batarken San Sebastian'ın merkezine doğru uzanan sahilde yürüdüm, hava karardı, küçük kiliseye girip çocuklar ve bir tane de babam için mum yaktım. Siyah boncuklu bir bileklik aldım, yas bandı ve bu yas bandını San Sebastian'daki bir bardan diğerine gezdirdim, arada ona baktım, babamın ölümünü ve yasımı hatırladım. Otele dönerken peşime siyah bir sokak köpeği takıldı, benimle eve gelmek istiyordu belli ki ve onun babam olduğunu anladım. Bir şey yemek ister misin, diye sordum, susadın mı, diye sordum, benimle mi uyumak istiyorsun, diye sordum, sonra kaçtı, ben de annesine gitmek istiyor diye düşündüm, çünkü sıkışıp kalan ve acı çeken annemdi.

San Sebastian'da, karanlıkta terasta oturdum, şarap içtim ve babama sinirlendim, o zaman da yas bandımı kopardım. Sabah kolumda yas bandım olmadan uyandığımda babamın ölümünü ve tuttuğum yası unutmuştum, ta ki yas bandının siyah boncuklarının üzerine basana kadar, o zaman eğildim ve yerden babamı topladım.

San Sebastian'dan eve döndüm. Astrid benimle konuşması *gerektiğini* yazmıştı. Bu çok önemliydi. Konunun Bråteveien'in toplanması ve boşaltılmasıyla ilgili olduğunu, çocuklarımın yardım edip edemeyeceklerini merak ettiğini düşündüm. Belki de çocukların annemin taşınacağı yeni daireye götürmek istemediği halılardan, mobilyalardan ve sanat eserlerinden bazılarını isteyip istemediklerini soracaktı. Çocukların büyük büyükanneleri, eski kocamın büyükannesi öldüğünde çocukların torunları ve torunların çocukları bu kocaman eve eşyaları aralarında paylaşmak için çağrılmışlardı. Çocukları aradım, annemin yeni dairesine götüremeyeceği Bråteveien'deki halılardan, mobilyalardan ya da sanat eserlerinden bazılarını isteyip istemediklerini sordum. Ebba ve Søren istiyorlardı. Astrid aradı, ama mesele Bråteveien'i toplamak değildi, durum hakkında konuşmamız *gerekiyordu*, bunu ona borçluydum, bu son dört ayda hayatının en kötü günlerini geçirmişti.

Bråteveien ne benim çocuklarıma ne de Bård'unkilere haber verilerek boşaltıldı.

Buna şaşmamak lazımdı, çünkü biz her şeyin idaresini Astrid ve Åsa'ya bırakmıştık.

Astrid, onu aramak istemediğim için bir mektup yazmaya ihtiyaç duymuş. Bir hafta sonra mektup postadan çıktı. Neden e-posta yazmak yerine postayla göndermek istemişti? Belki de mesajı başkasına, mesela Bård'a yönlendirmeyeyim diye?

Kahve yaptım ve salona geçip Astrid'den gelen mektubu açtım.

Bergljot!

Son zamanlarda hikâyemi ciddiye almadığını düşündüğümü ona pek çok kez söylediğimi yazıyordu. Bunu yapmam onu üzmüş ve kızdırmıştı çünkü bu doğru değildi. Bu benim için çok kötü bir deneyim olmalıydı ve babamın ölümüyle illa ki bir şeyler su yüzüne çıkmıştı. Bu yüzden üzgündü, ancak bu bana ona hikâyemi dinlemediğini ve ciddiye almadığını söyleme hakkını vermiyordu. Her türlü bağlantıyı kesmek istediğimden bana yazıp bazı şeyler söylemek istemişti. Bu mektubu Søren, Tale ve Ebba'ya da göstereceğimi umuyordu.

Babamın bana tecavüz ettiğini ilk defa anlatmamın üzerinden geçen yıllarda beni dinlemiş, dinlemiş, dinlemişti.

Bu doğruydu, hatırlıyorum.

Yirmi üç yıl önce hikâyem ortaya çıktığındaki durumu tarif etmişti. Ona, olayın ne zaman ve nerede olduğunu hatırlamadığımı ama olduğunu bildiğimi söylemiştim. Tabii ki sana inandım, yazıyordu. Ablasına neden inanmayacaktı ki? Bana inanmıştı ve ruhu alt üst olmuştu, tüm benliğini bu olaya kaptırmıştı, yirmi üç yıl önce, o zamanlar tüm benliğini bu olaya kaptırdığını hatırlıyorum. Aklına korkunç düşünceler geliyormuş ve annemle babama hiçbir şey belli etmemeye çalışıyormuş, aile toplantılarına katılmaya korkuyormuş. Evet, bu da kesinlikle doğrudur.

O zamandan bu yana bu konuyu çok düşünmüştü. Nasıl unutabilirdi ki? Tecavüz en kötü suçlardan biriydi. Suskun kalmış değildi, bu konuyu çok düşünmüş, başkalarıyla, kocasıyla, ahbaplarıyla, Åsa ve annemle konuşmuştu. Böyle bir şey olabilir miydi? Ne zaman? Acı çektiğim bir dönemi hatırlıyor muydu? Yaram berem var mıydı? Yanlış anlamış olabilir miydim? Sonuçta bunu dillendirdiğimde otuz yaşındaydım ve üç çocuğum vardı. Skaus Sokağı'nda çok iç içeydik, kimsenin böyle bir şeyden söz etmemesi tuhaf değil miydi? Bizi gözleyen, ailemizle birlikte olan bir sürü insan vardı. Yetişkin olup da bunu söylememden evvel hiç kimse bu konuda bir ipucu vermemişti. Bu, olayın olmadığı anlamına gelmiyordu. Ne de olsa çağ farklı bir çağdı, ensest pek konuşulmuyordu. *Kendi* çocukluğunu düşünmüş ve sonuç olarak güvenli bir çocukluk geçirdiğini hissetmişti, şefkat ve mutluluk dolu bir çocukluk.

Çocuk tecavüzü müthiş ciddi bir mesele olduğundan bu türden iddialar büyük bir ciddiyetle değerlendirilmeli, diye yazıyordu. Kahvemi içip okudum, sanki söz konusu olan ben değildim. Çocuk tecavüzü müthiş ciddi bir mesele olduğundan bu türden iddialar büyük bir ciddiyetle değerlendirilmeli, diyordu, resmi bir dille ve beni bir kol mesafesi kadar uzakta tutuyor, iddialarımın ne kadar ciddi olduklarına işaret ediyordu, hani bunu aklıma getirmemişsem eğer. Ciddi ve ciddiyet lafını aynı cümlede kullanmıştı, olayı bu kadar ciddiye alıyordu yani, çok büyük ciddiyetle. Onun sorunu benim hatırlamam ve babamın bu iddiayı reddetmiş olmasıydı. Ensest davalarını zor ve yaralayıcı kılan da buydu. Ortada delil yoktu. Birinin lafına karşılık diğerininki vardı sadece. Yıllar geçtikçe bir sonuca varmak için çok az şey bildiği giderek netleşmişti. İtalik olarak şöyle yazılıydı: *Bildiğim kadarı -senin anlattıkların, benim düşündüklerim- emin olmak için yeterli gelmedi bana.*

Neler olduğunu bilemezdim, diyordu. Benim iddialarımı doğrulayamadığı gibi babam böyle bir şey yaptığını reddettiğinde onun doğru söyleyip söylemediğini de anlayamazdı. Vicdanımı hiçe saymadan kabul edebileceği tek duruş bu haline gelmişti.

Bana zaten telefonda söylemiş olduğu gibi, başkalarına benim yalan söylediğime inandığını ve iddia ettiğim şeyin hiç olmadığını (büyük harflerle) ASLA söylemediğini yazıyordu. Ama bunu doğrulayamıyordu da. Benim yanımda durmuş olsaydı, temelinin zayıf olduğunu düşündüğü bu korkunç iddiayla babamı itham etmiş olacaktı. Bunu yapamazdı.

Hem babamı hem de beni sevdiği için ikimizle de ilişkisi olsun istemişti, hem babasını hem de ablasını görmek istemesi 'ne yardan ne serden geçtiği' anlamına gelmiyordu.

Bu konuda haklıydı, ona katılıyordum.

Annemle babamın onun duruşunu kabul ettiklerini ve benimle ilişkide olmasından da memnunluk duyduklarını yazıyordu.

Bu durumun çocuklarımız, yeğenlerimiz ve kuzenlerimiz arasındaki ilişkiyi, torunlar ve büyükanne arasındaki ilişkiyi, benim ve annem arasındaki ilişkiyi bozacak olması tarifi imkânsız bir şekilde üzücüydü. Bu yüzden pek çok defa konuşmamız gerektiğini iletmişti. Babamın ölümünden sonra pek çok kez bu mevzuyu etraflıca konuşmak için bir görüşme önermişti. Ailedeki kriz o kadar ciddiydi ki hepimizi ebediyen ayırabilirdi. İnsanlar birbirini görmediğinde, birbirlerinin sesini duymadıkça, beden dillerini gözlemlemedikçe iletişimin çoğu ortadan kalkıyordu. Fiziksel olarak bir araya gelmekte bu yüzden bu kadar ısrar ediyordu. İnsanlar birbirlerini görmedikçe aradaki mesafe de birbirlerini şeytanlaştırma olasılığı da artıyordu. Belki de annem, ben ve babam arasındaki ilişkiyi çok yakından gördüğü için böyle düşünüyordu, bu çok üzücüydü, böyle olmasından korkuyordu. Kardeşlerin ve çocuklarımızın görüşmeyecek olması düşüncesine tahammül edemiyordu. Hepimizin iyi ve kötü yanları vardı, birlikte olup birbirimizi gördüğümüzde insanı tüm yönleriyle anlamak daha kolaydı.

Cevap vermedim. Bunları önceden de duymuştum, önceden cevaplamadığım, cevaplamam gereken bir şey yoktu bunlarda, olsaydı bile boşa konuşacaktım çünkü anlamıyordu. İçimden cevapladım.

Bu benim için çok kötü bir deneyim olmalıydı, babamın ölümüyle illa ki bir şeyler su yüzüne çıkmıştı, öyle yazıyordu.

Hangi deneyim? Ne gibi şeyler? Böyle bir olay olmadığı, bunu kafamdan uydurmuş olmam gerektiği sonucuna varmıştı. Ne gibi şeyler su yüzüne çıkmış ve babamın ölümünden sonra beni üzmüştü? Sürekli olarak üzüldüğümden ve üzüntümü anladığından dem vuruyordu, ama iddiam doğru değilse, bunları uydurmuşsam çektiğim ıstırabın sebebi neydi?

Bunun doğrulanmasını istediğini yazıyordu.

Nasıl? DNA izi mi, video çekimi mi? İşi insan hakları üzerineydi, her gün doğrulanmamış hikâyelerle çalışıyordu, ne türden kanıtlar istiyordu ki?

Her psikolog randevusundan, her gördüğüm rüyadan sonra, yeni bir anı aklıma her geldiğinde, geçmiş ister rüyada ister güpegündüz her yakama yapıştığında ve beni bir güzel silkelediğinde, yetişkin dönemimden, gençliğimden ve çocukluğumdan bir parça her yerine oturduğunda ve ben içinde olduğum büyük resmi biraz daha anladığımda telefon mu edecektim ona, ayrıntıları mı dökecektim? Cinsellik ve tacizden, tehlikeli aile sırlarından söz edilen gayet sıradan durumlarda babamın verdiği tuhaf tepkiler, annemin verdiği tuhaf tepkiler? Astrid'i arayıp ayrıntıları mı anlatacaktım, nasıl hissederdi, bunu nasıl yaşardı, iyi mi olurdu? Yirmi üç yıl önce bütün o patırtı koptuğunda kendimi geri çekmeyi, kendimi kollamayı, profesyonel yardım almayı seçmiştim. Astrid'i arayıp fiziksel detayları ona mı verecektim, annesiyle babasını seven, haklı olarak uyumlu bir aile hayatı isteyen, şüpheci bir kız kardeşe kendi vakamı mı sunacaktım, açık yaralarımı, açık bir yara olan cinsiyetimi, acı dolu, utanç dolu cinsiyetimi, en mahremimi, psikanaliz odası dışında konuşulamaz olanı, psikanalistim dışında hiç kimseyle konuşamadıklarımı, çok canımı yaktığı ve fiziksel olarak zorlandığım için ne kız arkadaşlarımla, ne sevgililerimle, ne çocuklarımla konuştuklarımı ona telefon edip onunla mı paylaşacaktım?

İşte bu yüzden, Astrid.

Babam bunu reddetti, diye yazıyordu, sanki ağırlığı olan bir argümanmış, sanki bu babamın kabul edebileceği bir şeymiş gibi. Bu konu üzerine çok düşündüğünü yazıyordu, suskun kalmamış, konuşmuştu, ama kiminle? Konunun uzmanı kişilerle mi? Enseste Karşı Destek Merkezi'yle mi? Hayır, kocasıyla, onunla aynı görüşte olan Åsa'yla ve söylediğim doğruysa eğer tüm yaşamı bir aptallık ve utanç abidesi olarak görülecek annemle. Aralarındaki konuşmalar nasıl gelişmişti acaba?

Annem: Doğru söylüyor olabilir mi? Eve giren çıkan çoktu. Kimse bana hiçbir şey söylemedi.

Åsa: Bunlar ortaya döküldüğünde üç çocuğu vardı, fiziksel bir sakatlık yaşamamış demek ki, yoksa doktor fark ederdi.

Astrid: Bu konuda ne bir şey dediğini ne de acı çektiğini hatırlıyorum. Böyle bir şeyi kimse belirtmedi.

Annem: Böyle bir şey olduğuna inanmıyorum. Babanız öyle biri değil.

Åsa: Hayır, ben de inanmıyorum.

Astrid: Hayır, mümkün görünmüyor.

Bu konuyu ciddi bir şekilde konuştuklarını, sürekli kullandığı sözcükle söyleyecek olursak ciddi olarak ortaya koyduklarını nasıl iddia edebilirdi? O zaman annem denetçinin bürosunda verdiği tepkiyi vermez, bunları sadece kendini ilginç göstermek için yapıyorsun demezdi. Astrid bu konuda epey konuşup düşündüklerini iddia ediyor, ciddi ciddi, ancak bu doğru olsaydı 4 Ocak'ta yaptıkları gibi kesin ve saldırgan bir biçimde tepki vermezlerdi. Kendini iki arada bir derede kalmış gibi hissettiğini ileri sürüyor, peki onlara da bana yaptığı gibi baskı yapmış mıydı? Anneme ve babama tatsız, onları didik didik eden sorular sormuş muydu? Neden Bergljot için bu kadar endişeleniyorsunuz? Neden Bergljot'u bale ve piyano derslerine yolluyorsunuz ama bizi yollamıyorsunuz? Hayır. O zaman, aralarındaki uyum ve tekseslilik eskisi gibi olmayacaktı, çocuklarımın Bråteveien'de sık sık hissettikleri, Søren ve benim cenazeden önceki buluşmada hissettiklerimiz, 4 Ocak'taki denetçi toplantısında şahit olduğumuz davranış bunu doğruluyordu.

Annemle babam üzerindeki özel etkisini meselenin özüne inecek hakiki bir görüşmeye katkısı olacak bir şekilde kullanmış mıydı? Hayır. Bunun yerine, ellinci yıl partisine gelmemi istemiş ve hiçbir şey olmamış gibi rol yapmamı beklemişti.

Annemle babamı etkileyebilirdi. Bunu yapmamıştı.

Denetçi toplantısında ve eline geçen her fırsatta iki arada bir derede kalmanın çok üzücü olduğunu dile getirmişti. Durumun onun için korkunç olduğunu dile getirmişti. Aynı zamanda, annemle babamın onun görüşüne, aracı kadın konumuna saygı duyduklarını, hatta görüştüğümüze memnun olduklarını yazıyordu şimdi. Neden olmayacaklardı ki? Onun bu meselenin neresinde durduğundan hiç şüpheleri yoktu, yüz yıl önce bir defasında, rivayete göre, babamın doğrudan sorduğu soruya şöyle cevap vermesine rağmen: Neler olduğunu bilmiyorum baba. İlk seferinde ortaya çıkan fırtına dindikten sonra her fırsatta annemle babamı kucaklayıp iltifatlar ettiğinde, onlara her türlü itinayı gösterdiğinde ve özellikle de armağanlar verip armağanlar aldığında meselenin neresinde durduğundan şüpheleri yoktu.

Acısı neden kaynaklanıyordu?

Haklı olduğumu bildiği için mi acı çekiyordu?

Festen filmindeki yanlış, babası ve ailesiyle yüzleşen kahraman için her şeyin sonunda yoluna girmesidir. Oysa gerçek yaşamda, babası ve ailesiyle yüzleşenler için hiçbir şey yolunda gitmez. *Festen* filminin yanlışı, ailesiyle yüzleşenin delili sunan olmasında yatar. Gerçek yaşamda delil falan yoktur. Gerçek yaşamda ailesiyle yüzleşen kişinin intihar edip de ardında babasının suçluluğunu ispatlayan bir mektup bırakan ikizi bulunmaz. Keşke kendini öldürmek suretiyle babamın suçunu ispatlayan bir ikizim olsaydı. *Festen* güzel bir film ama yanlışı var.

Bo ile birlikte İrlanda'da yazdığı şiirler üzerine konuşmak için bir kafede buluştuk. Ben Bo'nun İrlanda şiirlerini okurken o da Astrid'in mektubunu okudu. Arada kafamı kaldırıp ona baktım. Şeytanlaştırma ve fiziksel olarak bir araya gelme hakkındaki paragrafa geldiğinde şöyle dedi: Bu doğru değil. İyi bir ilişkiye sahip olmak için illa yüz yüze görüşmek gerekmiyor. Ve kimin şeytanlaştırılmasından korkuyor? Kendisinin mi? Senin yaptığın bu değil ki.

Hayır, umarım öyle değildir, dedim. Ben sadece sınırlarımı korumak istiyorum, sınırlarım çok hassas, sınırlarımı korumak istiyorum, Astrid ile karşılaştığımda sınırlarımı çiğneyecek ve ben sonradan farkına varacağım. Bunları bir daha, bir daha, tekrar, tekrar anlatacak halim yok, bu çok mahrem, onursuz bir şey, çok yorgunum. Kendi meseleme dalınca Bo'nun şiirlerini unutuvermiştim, anlatmaya başladım. Bir defasında hipnoz olmak istemiştim, benden talep ettikleri delilleri toplamak için, yer ve zamanı, tüm ayrıntıları hatırlayabilmek, belge diye bunları önlerine koyabilmek için, ancak psikanalistim hipnoza kendim için başvurmam gerektiğini, ailemi ikna etmek için başvuracaksam vazgeçmem gerektiğini söyledi, onları dünyada ikna edemezdim, çıkarıp bir video göstersem bile bununla oynandığını söylerlerdi. Enseste Karşı Destek Merkezi'nde de aynı şeyi söylediler, aileyle yüzleşince genel olarak aileyi kaybediyordunuz.

Şimdi senin şiirlerini okuyacağım, dedim.

Çok ciddi bir ifade takınmış, ciddi bir ifadeyle yazmış bunu, dedi. Ciddi ve ciddiyet sözcüğünü aynı cümlede kullanmış, bu seni ne kadar ciddiye aldığını gösteriyor, hiç şüphe yok.

Kesinlikle ciddiye alıyor, diye ekledi, ama kendi iyilik lisanına kilitlenmiş, iyi ve mantıklı insan olma, resmi olarak bir iyilik insanı olma egzersizleri yaptığını gösteriyor.

Neden ilişkimi koparacaktım ki, diyerek lafını kestim ve onun şiirlerini bırakıp kendi meseleme daldım, neden ilişkimi koparacaktım ki, sadece kayıp, acı ve yalnızlıktan ibaret bu üzücü kopuşun tam ortasında olmayı nasıl başaracaktım eğer hepsi hayal ürünüyse, benim uydurmamsa, elime ne geçecekti? Böyle bir hikâyeyi kim uydurur, ne için, ne için, gerekçem neydi?

Astrid'in mektubunun satır aralarında yazılı olan, dedi Bo, senin babanı çok korkunç bir şeyle suçlayabilecek yetide olduğun, onun sözlerini kullanacak olursak, suçsuz bir insanı korkunç bir şeyle itham edebilecek yetiye sahipsin, dolaylı olarak senin korkunç biri olduğunu söylüyor, her ne kadar kendisi anlamış olmasa da.

Peki o zaman korkunç biriyle neden görüşmek istiyor, diye bağırdım. Neden benimle illa ki görüşmek istiyor? Kendimi ilginç göstermek için bir ensest hikâyesi uyduracak kadar aptal ve kötüysem eğer ben, o zaman annem benimle olan sorununu neden Bård'la olan miras kavgasından daha derin yaşıyor söylediğine göre? Akla hayale sığmaz yalanlar uyduran birini defterden silmek, epi topu Hvaler'deki bir kulübenin yarısını isteyen birini defterden silmekten daha kolay olmalı.

Astrid'in huzursuzluğunun sebebi vicdan azabı, dedim sakince. Doğruyu söylediğimi biliyor ama bunu ciddiye alır, içselleştirirse sonuçlarına katlanmak zorunda ve bunu yapabilecek durumda değil. Bir an için bile kulağıma söylediklerime inandığını fısıldayacak olsa, resmi olanlar dahil her ortamda anında annemle babamın sadık ve sevgili kızlarına dönüşmesi imkânsız hale gelirdi, ama bu onun imkânsızlığıydı, çaresini onun bulması gerekiyordu. Kendisi için bulduğu en uygun çözüm benimle görüşmek, sohbet etmekti, meselemle ilgisi olmayan, ama makalelerin düzeltilmesi hakkında edilen sohbetler sürdürmek, ancak bu sohbetler bana yaramıyor, beni huzursuz ediyordu, onun çelişkisinin bana yaramayacak bir şekilde çözülmesine neden katkıda bulunacaktım ki? Mektubu yazdığına memnunum, dedim çok daha sakince. Kanıtlanamayanın kanıtlanmasını istediğini doğrudan yazmasına sevindim çünkü yapılacak bir şey yok bu konuda. Bunu yirmi üç yıl önce söylemeliydi, kanıt istediğini, bu işe bu kadar lüzumsuz enerji harcamazdık. Hem kanıt hem de barışmayı aynı anda isteyen biriyle bir arada olmanın beni huzursuz ve dengesiz kılmasına şaşmamak lazım. Sohbetlerimizin hepsinin altında dile getirilmeyen bu imkânsızlık, bu yalan yatıyor.

O yüzden bana asla inanmayan ve benim ondan koptuğum şekilde benden kopan Åsa'ya yaklaşmak daha kolaydı, aramızda temiz bir kopuş yaşanmıştı, Åsa'nın kanıta, olayın doğrulanmasına ihtiyacı yoktu, Åsa bir araya gelmek için bana baskı yapmıyordu, Åsa gayet basit bir biçimde bana inanmıyordu ve onun benimle işi gücü yoktu.

Meseleyi kendine göre ciddiye alıyor, ama senin bunu ciddiye almaman gerektiğini düşünüyorum, dedi Bo ve Astrid'in mektubunu elimde salladı, tarifi imkânsız üzüntüsünü ciddiye almamalısın, sürekli bunu tekrar edip duruyor, tarifi imkânsız üzüntüsünü.

Bu *üzücü*, ama bu konuda benim yapabileceğim bir şey yok.

Bunu, dedi ve mektubu bıraktı, görmezden gelmek gerek. Abartıyor, dedi, ne kadar kötü hissettiğini söylerken abartıyor. Ama sanırım barış projesinin başarıya ulaşmasını istiyor. Bu balonun gazı çoktan kaçmış olsa da böyle.

Jung olaylara içgüdülerinin onu yönlendirdiği şekilde bakıyordu. Bunu yapmazsa yılanı ona düşman olacaktı. Olayları içgüdülerimin yönlendirdiği şekilde görmeyi denedim ben de. Bunu yapmazsam yılanım bana düşman olacaktı. Annem ve kız kardeşlerim, yılanımın karşı çıkacağı şekilde hareket ettiler ve birtakım şeyler söylediler. Yılanımın öngördüğü yolda ilerliyorum, diye düşündüm, çünkü benim için iyi olan bu.

Bo İrlanda hakkında şiir yazmak için İrlanda'ya gitmişti, ama nedenini bilmiyordu. Bir sabah İrlanda'da uyandı ve minik yağmur damlaları üzerine şiir yazmayı istedi. Yoksa sadece orada olmayı mı istiyordu? Bunu neden Norveç'te yapamadığını sordu, biz Lommedalen'deki pastanede otururken. İrlanda'da bir adama rastlamıştı, adam ona koruluğun içinden geçip sola, sonra da sağa dönmesini söylemişti. Koruluğun içinden geçip sola, sonra da sağa döndü ve bir kiliseye geldi, duvarda bir tabela vardı: Tanrı'nın kendini nasıl hissettiğini düşünün. Çok uzağa gittiğini anladı, geri dönerken yağmur yağmaya başlamıştı. Yağmur da onun gibi yönünü kaybetmişti. Ana yoldan uzaklaşmıştı, yoldan çıkmıştı, isteyerek yapmıştı bunu, böyle olacağını ummuştu, kaybolduğu yollar sessizdi, ana yoldan gelen arabaların sesi sessizliği bozuyordu. Oraya çıkan yolu her zaman bulabilirdi. Yeni kentlere umutla yürüyorum, diye yazmıştı, çünkü orada kendi olmadığıyla kendine ait olmayana kavuşuyordu. Orada kendini gösteriyorsun, orada hep sen gösteriliyorsun, diye yazmıştı ve yol müge ve akdiken olarak ikiye ayrılıyordu. Nereye geldim, diye sordu, bir dörtyol ağzına. Şehre geldim, ama şehir, şehrin dışındaydı, umutla geldim, ama içip içip gittim, İrlanda'ya gelmişti çünkü kocaman ağaçların gölgesini arıyordu, ama İrlanda'da sadece çalılar vardı.

11 Mart gecesi uyuyamadım. Ölümden sonra yaşam var mı, diye sordum, bir şekilde, bir yerlerde olabilir mi, diye sordum, onu çağırmaya çalıştım, ama cevap vermedi. Uyuyakaldığımda Skaus Sokağı'ndaki evdeki odamda uyandım, yataktan kalktım çünkü beş yaşındaki çocuğum Tale, gözünde gözlükler vardı, avaz avaz ağlıyordu. Odasına girdim, annemle babamın odasındaki çift kişilik yatakta yatıyordu. Onu teselli ettim ve neden ağladığını sordum, o da dedi ki: Bir türlü kalkmıyor.

Oyun evi paramparça olmuştu. Parçaları toplamaya başladım, küçük turkuaz mobilyaları, duvar ve tavan parçalarını, bunu hallederiz, dedim, o zaman sakinleşti. Ortalığı toplarken oyun evini kıran babama kızdım ve cesaretimi toplayıp salonun kapısını açtım; babam, yeşil deri divanda kaykılmış oturuyordu. Evi kırmasının hiç yakışık almadığını söyledim. Pek kıymetli bir şey değildi zaten, dedi, boktan bir McDonalds oyuncağı. Tale oyuncağı bu kadar severken onu kırman çok kötü bir davranış, dedim. Ama ben bunu der demez söylediğim şeyden dolayı ödüm patladı, Tale'nin yanına döndüm ve babamın salondan çıkıp banyoya gittiğini duydum, kapıyı kapatmadan işemeye başladı ve şöyle geçirdim: Şimdi ne olacak? Evde yalnızız, başka yetişkin yok, her şey olabilir.

İrlanda'da sokak isimleri Norveç'tekilerden çok daha neşeli, dedi Bo. İrlanda'da sokak isimleri daha kasvetli olsaydı her şeyi unutuşun denizine atmak çok daha kolay olurdu.

Bütün mesele dedi, kendini bırakıp meyvelerle birlikte yere düşmekte ve karıncalar tarafından götürülmekte.

Ben küçükken babamın çektiği tüm o filmler, Volda'daki sahilde bir taşın üzerinde çıplak balerin pozu verdiğim, gülümsediğim o filmler yok mu edildi, ne oldu onlara? O zamanlar tatlıymışım ya da babam yetenekli bir fotoğrafçıymış. Aşka benzer bir yanı vardı. Bunu aşk sanıyordum. Babam bana karşı koyamıyordu. Yalnız kaldığımızda tamamen başka biri haline geliyor, kendine hakim olamıyordu, çıplak bedenimi görmek başının dönmesine yetiyordu. Daha çocukken erkekleri deli edebileceğim, onların başlarını döndürebileceğim fikri vardı kafamda, bu fikir nereden geliyordu? Bunu tecrübe etmiştim, soyunmam ve şöyle bir yanına sokulmam yetiyordu, adam deliriyor, kendinden geçiyordu. Ama acı vericiydi, çünkü kısa sürüyordu. Bu hızlı buluşmalar sona erdiğinde babam benden uzaklaşıyor ve soğuk davranıyordu genellikle. Bu benim ilk hüznümdü, pek çok renksiz gün boyunca babam beni fark etmiyordu, benimle diğerlerinden daha az ilgileniyordu, arada benim tarafıma asabi bir bakış atıyordu, kaçamak bir bakış, ben oturmuş babamı özlerken o korku ve gizlilik içerisinde beni inceliyordu. O kısacık anlarda arzusunu dizginleyemiyordu ve fiziksel çekiciliğine dair bu bilgi küçük bir kız için değersiz sayılmazdı.

Küçük kız bu bilgiyle babasını kaybetmişti ama ve bu da acı veriyordu, çünkü bu uzun, hüzünlü günler boyunca onu özlüyordu, bütün bu yıllar boyunca, babasının korku ve utanç içinde ona bakmaktan imtina ettiği, onun da annesini kıskandığı yıllarda, babası annesine sevgisini ulu orta ifade ederdi. Bu bir aşk üçgeniydi ve anne kazanmış, kız çocuk kaybetmişti. Ama sonra anne bir profesöre âşık olup onu elde edememiş, kızıysa bir profesöre âşık olup onu elde etmişti. Annesinin gözüne sokmak için mi yapmıştı bunu? Kendisine karşı bir zamanlar zafer kazanmış olan anneyi mağlup etmek için mi? İçinde yıllarca çırpınıp durduğumuz böyle bir ağa mı takılmıştık biz?

Benim zavallı, ölü babam, ilk ve en trajik aşkım.

Brateveien'deki büyük ev satılmış ve boşalmıştı, ayın sonunda el değiştirecekti, mayısın ilk haftalarında mirasın elime geçeceğini yazdı Bård.

Görmeden inanmazdım.

10 Mayıs günü miras paylaşımını açıklayan bir mektup aldım, içinde bir şey anlamadığım miktarların yazılı olduğu sütunlar vardı. Altına imzamı atıp hesap numaramı yazacaktım, sonra miras hesabıma havale edilecekti. İmzalı mektubu annemin adresine postayla yollayabilir ya da kendim gidip verebilirdim. Belki de bunu umuyordu, şimdi yaşadığı yere gitmemi, seksen yaşındaki dulun şimdi tek başına yaşadığı daireye uğramamı istiyordu. Bunu yapamazdım, yapmak istemiyordum. Mektubu imzalayıp postayla yolladım.

Ayın on ikisinde para hesabıma yattı. Çok tuhaftı.

Annemden beklenmedik bir mesaj geldi. Yazdığım bir makaleye rastladığını söylüyordu, başlığı *Okumak, Sevmek*'miş. Zar zor hatırladım. Beni çok sevdiğini yazıyordu.

Mesajı okuyunca buz kestim.

Babam öldüğünde bana geleceksin demiştim ona bir zamanlar. Ama geç kalınmış olacak. Bunu biliyordum, çok geç olduğunu. Annem öldüğünde Astrid gelecek olursa o zaman da çok geç olacaktı. Astrid ağlasaydı, pişman olsaydı bile soğuk davranırdım.

Gazetede ihanetle suçlanan bir kişinin hatasını kabul edip ağlamaya başlamasıyla mağdurun kılını bile kıpırdatmadan arkasını döndüğünden bahseden bir psikolog alıntılanmıştı. Psikolog, daha deneyimsiz olduğu dönemlerde bunu izlemeyi acı verici bulduğunu ve mağduru karşısındakinin gösterdiği pişmanlığı kabul etmesi için yüreklendirdiğini söylemişti.

Ama artık öyle yapmıyordu. Doğru sıralamayla yapılmazsa bu bir çözüm değildi. Mağdurun ümitsizliği, üzüntüsü ve öfkesi kabul görmeden önce ihanet eden kişi suçu kabulü yüzünden övülmemeliydi. Bu kabulün yokluğunda pişmanlık yere bir taş gibi düşerdi. Doğanın kanunu bu, diyordu, içimize işlemiş, bu sırayla yapılması gerekir.

Bağışlama yetisine sahip değildim.

Ama unutuşun denizine atmak?

Havaya kaldırıp ışıkta incelemek, onaylamak, kabul etmek ve sonra unutuşun denizine atmak?

Bunu da beceremedim. Çünkü bu, tek tek olaylardan ibaret değildi. Bitmiş bir hikâye değil, ardı arkası gelmeyen bir incelemeydi, çıkmazlarla ve sinir bozucu geri dönüşlerle dopdolu, elzem bir kazı çalışması. Ve kayıp çocukluğum, bu kaybın durmaksızın geri gelmesi olduğum kişi olmamı sağlamıştı, varlığımın bir parçasıydı bu, içimdeki en ufacık duyguya bile nüfuz etmişti.

Sonra annemin seni-seviyorum mesajına cevap vermediğim için vicdan azabı duydum, bilinmeyen numaraları arayıp numarasını aldım ve onu aradım. Nasılsın, diye sordum. Çok iyi olmadığını, çünkü ne Bård'u ne onun çocuklarını, ne beni ne de benim çocuklarımı gördüğünü söyledi. Beni neden görmek istemiyorsun? Benden neden nefret ediyorsun? diye sordu bana. Ne diyecektim, yine açıklamalarda mı bulanacaktım? Nedenini bildiğini söyledim ve saldırganlaştı. Yalan söylüyorsun, dedi, madem doğruyu söylüyordun neden polise gitmedin o zaman, dedi, ben de telefonu kapattım, vicdan azabı falan kalmamıştı.

Emma sordu: Anneanne? Senin annen var mı?

Ben: Herkesin annesi var.

Emma: Babaanneminki ölmüş.

Ben: Evet.

Emma: Babamın babası da ölmüş.

Ben: Biliyorum.

Emma: Senin baban öldü mü?

Ben: Evet, bu yakınlarda öldü.

Emma: Ölenler yeniden büyür mü?

Ben: Hayır.

Emma: Senin annen öldü mü?

Ben: Hayır.

Emma: Onunla tanışabilir miyim?

Ben: Çok uzakta oturuyor.

Emma: Onunla tanışmak istiyorum.